DENISE LYNN
Mentiras del pasado

Editado por HARLEQUIN IBÉRICA, S.A.
Núñez de Balboa, 56
28001 Madrid

© 2005 Denise L. Koch. Todos los derechos reservados.
MENTIRAS DEL PASADO, N° 6 - 24.10.13
Título original: Falcon's Love
Publicada originalmente por Harlequin Enterprises, Ltd.
Este título fue publicado originalmente en español en 2008

Todos los derechos están reservados incluidos los de reproducción, total o parcial. Esta edición ha sido publicada con permiso de Harlequin Enterprises II BV.
Todos los personajes de este libro son ficticios. Cualquier parecido con alguna persona, viva o muerta, es pura coincidencia.
® Harlequin y logotipo Harlequin son marcas registradas por Harlequin Books S.A.
® y ™ son marcas registradas por Harlequin Enterprises Limited y sus filiales, utilizadas con licencia. Las marcas que lleven ® están registradas en la Oficina Española de Patentes y Marcas y en otros países.

I.S.B.N.: 978-84-687-3655-6
Depósito legal: M-20124-2013

Prólogo

Falcongate
Normandía, finales de primavera de 1142

Un brasero pequeño iluminaba un poco la cabaña del cazador. Y ofrecía de paso algo de calor para calentar la minúscula estancia.

Él se deslizó debajo de las pieles del estrecho camastro y la atrajo hacia sí. Ella se dejó hacer de buen grado y apretó su cuerpo contra el de él.

Su cabeza descansaba justo debajo del hombro masculino y su aliento tembloroso acariciaba el pecho del hombre. Los rizos de pelo dorado tan brillante como el sol de verano hacían cosquillas en el cuello de él.

La piel de ella era suave y lisa, como la suavidad tierna de un conejo. Él acarició sus miembros desnudos, recreándose en el conocimiento de que era suya. Ella temblaba bajo sus caricias y su nerviosismo le hacía sentirse osado y protector al mismo tiempo.

Aquel sentimiento lo reconfortaba y juró en silencio protegerla siempre. ¿Acaso no había jurado recientemente honrarla y amarla toda la vida?

Esa noche aprenderían juntos la pasión y el deseo. Harían vinculantes los votos que habían intercambiado con amor.

—Yo creía que un Faucon no bajaba nunca la guardia.

Darius Faucon salió de su sueño sobresaltado. Se había quedado dormido pescando y no había oído acercarse a los hombres. Su primer instinto fue agarrar el arma colocada a su lado. Pero la punta de la espada apoyada en su cuello lo mantuvo en su posición contra el árbol en el que se había recostado.

Guiñó los ojos ante el brillo del sol y contó ocho espadas apuntadas a su pecho. Miró el árbol siguiente y vio que sir Osbert se encontraba en la misma situación. Darius sintió cierto alivio al saber que el capitán de su guardia estaba intacto.

A juzgar por la tensión que transmitía el cuerpo musculoso del otro y el modo en que fruncía sus cejas ya casi blancas, Darius dudó de que sir Osbert compartiera ese alivio. Una cosa era cierta, si aquellos hombres armados hubieran querido matarlos, ya estarían caminando por la otra vida.

Darius miró de hito en hito al hombre que tenía más cerca y preguntó:

—¿Quiénes sois? ¿Qué queréis?

El hombre, que estaba inclinado sobre él, se incorporó.

—El rey Stephen y la reina Maude desean un favor.

Aunque Darius agradecía que lo hubieran despertado de un sueño que llevaba casi seis años atormentándolo, pregunto:

—¿Y no podían haber enviado una misiva?

—Lo hicieron. Nadie respondió.

Era evidente que la petición había sido enviada a Faucon Keep. Y hacía más de dos semanas que no pasaba por casa de su hermano. En vez de eso, se había instalado en la propiedad más pequeña de Falcongate, que, situada a lo largo del río, encajaba mejor con sus necesidades del momento.

—El conde Faucon se ha casado hace poco y todavía no han llegado a casa. El rey lo sabe.

—Si, vuestro hermano está ocupado en otra parte. Por eso la reina Maude nos ha enviado directamente a vos. Suponía que estaríais aquí y no en la mansión principal.

—Obviamente, ha acertado —Darius se levantó, maldiciendo en silencio a la reina por recordar aquel sitio—. ¿Qué quieren?

—Un intercambio.

El humor presente en la voz del hombre dio que pensar a Darius.

—¿Intercambio de qué?

—Un favor a cambio de vuestra vida traidora.

—¿Traidora?

El hombre se encogió de hombros.

—Parece que hay pruebas que demuestran que os habéis aliado con la emperatriz Matilda.

Las posibles repercusiones de aquella afirmación casi lograron que a Darius se le parará el corazón.

—¿Quién hace esa acusación sin fundamento?

La sonrisa del hombre se hizo más amplia.

—La reina Maude.

Darius apretó los dientes para ahogar un grito de frustración. Aquella acusación falsa sólo era un juego. Un juego que el rey y la reina jugarían para asegurarse su inmediata cooperación. Un juego en el que su vida sería el único premio.

Un juego en el que él, obviamente, no tenía más remedio que tomar parte.

—¿Y qué favor lleva al rey Stephen y la reina Maude a utilizar medidas tan extremas para conseguir mi ayuda?

El hombre hizo un gesto de asentimiento.

—Bien. Parecéis comprender la importancia de esta petición —esperó a que a Darius se le uniera su capitán antes de añadir—: Es una tarea sencilla.

Sir Osbert hizo una mueca de incredulidad. Darius compartía la opinión de su capitán. Sencilla seguramente se traduciría por una misión que exigiría mucho oro, hombres y peligro.

—Describid lo que entraña esa tarea sencilla.

—Lord Thornson ha muerto. Deja una viuda.

Probablemente una viuda que requería un nuevo marido. Darius tragó saliva antes de preguntar:

—¿Y qué quieren que haga yo?

—Tenéis que proteger Thornson Keep hasta que el rey y la reina encuentren a un hombre apropiado para ser el marido de la dama y dueño del feudo.

Darius exhaló un suspiro de alivio al comprender que él no era aquel hombre apropiado. Hasta que cayó en la cuenta de que Thornson Keep estaba cerca de la frontera con Escocia. Aquello no sólo lo alejaría semanas de Falcongate, sino que además lo colocaría al borde de territorio enemigo.

—Una tarea sencilla, sí.

La sonrisa amplia del hombre precedió a una advertencia ominosa:

—Hay más

Darius cerró los ojos un instante y movió la cabeza.

—No me sorprende.

Uno

Thornson Keep, costa noreste de Inglaterra
Principios de verano, 1142

Nunca había hallado mucho placer en matar a otro, pero Darius de Faucon estaba seguro de que la batalla le habría ofrecido más emociones que seguirle el rastro a los contrabandistas por encargo del rey. Por lo menos así habría estado a lomos de un caballo de guerra fuerte y no tumbado sobre el estómago en el barro frío mirando por encima del borde de un acantilado.

Para evitar que la empuñadura de la espada se le clavara aún más en la carne, cambio de posición en el suelo. Después de dos noches de aquello, nada de lo que hacía era de gran ayuda. Entre la frialdad de la tierra, la dureza de su malla de cadena y la maldita humedad de la noche, dudaba de que alguna vez volviera a sentirse cómodo, caliente y seco.

Miró desde el borde del acantilado la antorcha parpadeante que se movía más abajo. Las figuras de la playa se acercaban a unos botes que llegaban a la orilla. Levantaron baúles y bolsas de los cuatro barcos pequeños, los transportaron a través de la playa y desaparecieron en los acantilados. Sólo seis hombres guardaban la operación en la playa. Los vigías parecían estar cerca unos de otros en lugar de extenderse para proteger mejor a sus compinches. A juzgar por esa falta de preocupación por su seguridad, Darius dudaba de que hubiera otros más arriba.

Darius miró la posición de la luna. Todas las noches a la misma hora los hombres encendían antorchas en la playa para guiar a los botes hasta los que esperaban para descargarlos. Los recelos del rey Stephen estaban fundados: en Thornson existía una operación de contrabandistas.

Y Darius sólo tenía un mes para acabar con ellos.

No tenía sentido esperar. Se enfrentarían a los contrabandistas esa noche. Retrocedió desde el borde del acantilado, se levantó e hizo una seña a sir Osbert. Por lo menos una de sus «tareas sencillas» terminaría a tiempo. Primero una misión y después la otra.

Sir Osbert tenían los hombres preparados para actuar cuando Darius se reunió con ellos a poca distancia del acantilado. Sin decir palabra, los guió a lo largo del borde en su descenso hacia la playa.

Una vez en la playa de piedras, mantuvieron las espaldas contra la pared rocosa y se fueron acercando a los contrabandistas. Tal y como Darius había supuesto, los bandidos no tenían vigías en las proximidades de la operación, tan seguros estaban de que no corrían peligro. ¿Cuánto tiempo llevaban haciendo su voluntad en Thornson?

Una de las muchas preguntas que tendría que responder antes de terminar su misión.

Cuando se acercaron a los contrabandistas, Darius hizo una seña a sus hombres, desenvainó la espada, se apartó de las rocas y gritó:

—¡Por el rey Stephen!

Los hombres se dispersaron. Los más cercanos a los botes saltaron a su interior y se alejaron remando rápidamente, llevándose consigo el resto de la carga. Los que estaban en la playa que no corrieron al interior de la boca de la cueva, soltaron su carga, agarraron sus armas y corrieron hacia Darius y sus hombres.

Tres de los contrabandistas cayeron en los primeros choques con los hombres de Darius; los criminales tenían poco que hacer contra guerreros armados. Los que habían hecho guardia hicieron un intento desvaído por defenderse. Cuando se hizo evidente que los hombres de Darius habían ganado la partida, uno de los bandidos gritó:

—¡A la señora!

Al oír aquella orden, los demás contrabandistas y los vigías se volvieron y corrieron al interior de la cueva. Darius, seguro de que el hombre que había gritado estaba al mando de los demás, lo señaló y ordenó:

—¡Prendedlo vivo!

Quería toda la información que pudiera reunir para el rey Stephen, así como el nombre de la persona que apoyaba aquella operación.

Sir Osbert rápidamente agarró al hombre y lo retuvo a punta de pistola.

—Milord, ¿queréis que le haga hablar?

Darius echó una mirada a los ojos brillantes de Osbert y negó con la cabeza.

—No, será más fácil descubrir lo que sabe si todavía respira.

En aquel momento, el contrabandista capturado gritó:

—Jamás.

Y se arrojó sobre la espada de Osbert.

El capitán, tomado por sorpresa, no tuvo tiempo de apartar su arma antes de que el hombre se empalara en la hoja.

—¡Por Dios, hombre! —Osbert liberó su espada y dejó que el hombre cayera al suelo.

Darius lanzó una maldición; se arrodilló al lado del moribundo.

—Decidme a quién servís.

El hombre soltó una risita entrecortada. Negó con la cabeza.

—No.

—¿A qué dama buscáis proteger? ¿A la emperatriz Matilde? ¿A la señora de Thornson? —Darius frunció el ceño. Decidido a sacar toda la información que pudiera, agarró al hombre por los hombros—. Idos con vuestro hacedor con el corazón limpio. Decídmelo y me encargaré de que os entierren con la bendición de la Iglesia. ¿Matilde o la señora de Thornson?

—Sí —el susurro del hombre apenas resultó audible.

—¿Quién? —Darius se inclinó para oír mejor la respuesta, pero el único sonido que llegó a sus oídos fue el de las olas lamiendo la playa. El hombre exhaló su último aliento y murió.

Darius soltó el cuerpo. Lo que podía haber sido el final de una de sus tareas se había quedado en nada.

—Milord, ¿seguimos a los demás a la cueva?

Darius miró a Osbert y luego al mar. La marea subía y no tardaría en chocar contra las rocas. Cualquiera que se viera atrapado entre el mar y el acantilado quedaría sumergido.

Miró la empinada pared de roca. Seguir a los contrabandistas a la cueva era peligroso; el agua no tardaría en inundar su ruta de escape.

Como la posibilidad de una tumba acuática no era de su agrado, respondió a Osbert:

—No. Esta noche no hay tiempo para eso —se levantó y señaló los cadáveres de los contrabandistas—. Recoged a los muertos.

—¿Por qué no dejarlos aquí para que los entierre el mar? —sir Osbert se encogió de hombros—. Que su muerte se corresponda con sus hazañas.

—Yo no tendré eso en mi alma —Darius miró de hito en hito a su capitán—. Recoged a los muertos. Llevadlos a todos menos a éste a la iglesia de Thornson y que los aldeanos hagan con ellos lo que deseen.

Una figura solitaria retrocedió desde la boca de la cueva a la seguridad que ofrecía el laberinto de túneles. Apretó la mandíbula con rabia impotente y susurró:

—Estúpidos.

Aquellos extraños no sabían con quién trataban. La justicia rápida y letal sería su premio por entrometerse en cosas que no comprendían.

Estaba más que harto de servir a otro. Ya era hora de responder sólo ante el rey. Merecía ese privilegio. Nadie podría no estar de acuerdo. Se encargaría personalmente de las muertes de los extraños. Había arriesgado mucho, hasta el asesinato, para llegar hasta allí. Era justo que fuera él el que les pusiera la espada en el cuello.

El mar golpeaba contra los acantilados de roca y resonaba como el trueno a través de las praderas abiertas entre el bosque y Thornson Keep. Su eco sonaba amenazador en la mañana clara y soleada.

Darius miró la gran casa de piedra desde el refugio de los árboles. El sonido de las olas chocando en la orilla reverberaba a través de él y ofrecía el escenario perfecto para el futuro ataque.

El rey le había dado hombres, armas y oro para que llevara a cabo aquella parte de su tarea, apoderarse de Thornson Keep y controlarlo. Después de estudiar la propiedad, había asumido que sus fuerzas serían más que suficientes, pero se había equivocado.

El día anterior habían atacado repetidamente la casa sin resultado. Hasta donde él sabía, habían aniquilado a cuatro hombres de Thornson. Pero Darius había perdido uno de los hombres de Faucon cuando apartaron del muro la escalera por la que subía y el hombre cayó al suelo y se rompió el cuello. Con suerte, su hermano el conde se mostraría comprensivo al enterarse de la noticia.

Darius hecho otro vistazo al pergamino con los planos de la casa antes de arrugarlo y lanzarlo al suelo con rabia. Posó de nuevo la vista en Thornson. Era más fortaleza que mansión.

Seguir la batalla sería una pérdida de tiempo y de vidas. Su lastimoso grupo de hombres y él podían atacar las puertas hasta el fin del mundo sin que los de dentro se inmutaran por ello.

La idea de un asedio cruzó por su mente, pero de modo fugaz. Su intuición le decía que sus hombres y él morirían de viejos antes de que Thornson se rindiera.

¿Cómo iba a controlar el feudo si no podía encontrar el modo de apoderarse de la casa?

¿Y por qué parecía que el rey desconocía aquella situación? Quizá la conocía y no le importaba o no habría creído oportuno mencionarla.

Sir Osbert se reunió con él en el borde del claro.

—Milord, ¿habéis hecho algo para enfurecer al rey Stephen o la reina Maude?—La mirada de Osbert estaba clavada en Thornson.

—Aparte de las acusaciones falsas que me lanzaron, nada de lo que yo sea consciente.

—¿Cómo esperan que os apoderéis de esto? —Osbert se volvió hacia Darius—. Necesitaríamos más del doble de los hombres que tenemos.

—Lo sé —su capitán tenía razón. Treinta hombres no podrían vencer los muros sólidos de Thornson—. He pensado que podemos probar ahora el enfoque directo.

—¿El enfoque directo?

—Sí —Darius miró a su capitán, esperando sus objeciones.

Osbert abrió mucho los ojos.

—¿Pensáis ir hasta la puerta, acusarlos de traidores y exigir que os entreguen la fortaleza?

—Vale la pena intentarlo.

En realidad, Darius tenía pocas esperanzas de que esa táctica diera resultado. Aunque sería fácil relacionar a Thornson con la operación de contrabando, tal vez no resultara tan fácil colocársela a la viuda del traidor.

No obstante, tenía el presentimiento de que alguien de Thornson podía querer el cuerpo muerto cargado en esos momentos en uno de los caballos de Darius.

—Pero milord...

—Aunque no los acusemos directamente, Thornson murió hace meses —Darius cortó las objeciones de su hombre—. Su viuda tiene la mansión. ¿Crees que disfruta del trabajo y la responsabilidad que requiere una propiedad de este tipo? —al ver que Osbert no contestaba, Darius continuó—: Y si no bastara con ese incentivo, supongo que alguien querrá reclamar el cuerpo que poseemos.

Osbert se quedó pensativo un momento. Después asintió con la cabeza.

—Sí, vale la pena intentarlo.

—Me alegra que estéis de acuerdo —Darius sacó un pergamino enrollado de una correa de su silla—. Y si fracasan esas dos ideas, quizá las órdenes escritas del rey ayuden a razonar a la señora de Thornson.

Sir Osbert asintió y dio la vuelta a su caballo.

—Reuniré a unos cuantos hombres para qué nos acompañen.

—Cuatro arqueros serán suficientes —aunque Darius tenía pocas esperanzas de que aquello saliera bien, no era tan tonto como para pensar que no conllevaba riesgos. Los arqueros podían ofrecer la protección necesaria si se veían obligados a retirarse deprisa—. Y llevaremos el cuerpo con nosotros hasta las puertas.

Osbert y los arqueros se reunieron unos minutos más tarde con Darius. Éste los guió fuera del bosque mientras se preguntaba si sería un mal día para morir. Guiñó los ojos contra el sol brillante y confió en que los santos estuvieran ese día a su lado y no en su contra.

Los cuatro arqueros, Osbert, el caballo con el cuerpo atravesado en su lomo y él cruzaron la pradera en dirección a Thornson.

El viento aullaba, golpeándolos con una fuerza que amenazaba con tirarlos de sus monturas.

Darius mantenía la vista fija en el muro. Aunque los hombres de Thornson se asomaban entre las pequeñas almenas que coronaban el muro exterior de la casa, ninguno los apuntaba con flechas. Aun así, no se relajó. Estaban sólo a mitad de camino y sabía que podía ocurrir cualquier cosa. Las circunstancias podían cambiar en un abrir y cerrar de ojos. Una única flecha bien colocada podía cambiarlo todo.

Aunque nadie lloraría su muerte. Su padre lo había repudiado años atrás, cuando Darius había cometido la estupidez de decidir su futuro por sí mismo.

Parpadeó. ¿Por qué pensaba en eso ahora? Hasta aquel momento, los recuerdos de su joven esposa y la ira de los padres de ambos sólo lo habían atormentado en sueños.

Darius enderezó los hombros. Tenía ya preocupaciones suficientes por el momento. Contrabandistas a los que detener, una propiedad que controlar y le faltaba menos de un mes para completar sus misiones.

¿Y su mente quería recrearse en cosas tan lejanas?

No debería haber regresado a Faucon. Tendría que haber seguido lejos y dejar que los rumores de su muerte continuaran. Eso habría sido lo más fácil.

¿Pero cuándo había elegido él el camino fácil?

Darius maldijo en silencio. Se acercaban a las paredes de Thornson. Hizo señas a sir Osbert para que levantara su estandarte. Había llegado el momento de ver si su plan fracasaba o tenía éxito. El viento agitó con fuerza la tela de seda verde brillante. ¿Los que estaban en los muros reconocerían el halcón negro? ¿Y comprenderían que las alas dobladas y los talones cerrados eran una posición de paz y no de guerra?

Lady Marguerite de Thornson se reclinó en el muro que rodeaba la mansión, luchando por no perder la cabeza. Siempre que pensaba que era imposible que su vida empeorara aún más, algo se esforzaba en llevarle la contraria.

Dos noches atrás habían perdido a Matthew en la playa, junto con al menos tres de los aldeanos. El día anterior habían muerto cuatro guardas de Thornson rechazando el ataque contra la fortaleza.

Todos habían sabido que llegaría el día en el que los hombres del rey Stephen se acercarían a sus puertas. De hecho, le sorprendía que hubieran tardado tantos meses.

Thornson Keep era demasiado fuerte, demasiado rico y estaba demasiado estratégicamente situado para que el rey Stephen lo ignorara por mucho tiempo. La propiedad era una auténtica fortaleza cerca de la frontera de Escocia. El rey necesitaba los hombres y el oro que esas tierras podían darle. Poco sabía que esos hombres sólo eran leales a Thornson. Y la lealtad de Thornson había sido comprada por la emperatriz Matilde.

Si Stephen investigaba los derechos que había otorgado, pronto se daría cuenta de que Thornson excedía en mucho lo que le había sido concedido. Aquella propiedad no era una torre construida de madera, con empalizadas débiles para proteger a los de dentro.

Gracias al apoyo de la emperatriz Matilde y su tío, el rey David de Escocia, que vivían a sólo dos días a caballo al norte, Thornson había crecido rápidamente y prosperado.

Y aunque no habían repudiado al rey Stephen, permanecían abiertamente leales a aquellos que los habían ayudado. Era un juego que jugaba Thornson. Un juego peligroso, sí, pero uno que él había disfrutado. Y los había mantenido al margen de las batallas inútiles de Stephen hasta el final.

Se abrazó la cintura. Hacía muchas semanas que no pensaba en su muerte y no deseaba ahora revivir esa pesadilla. Prefería recordar a su esposo vivo.

El señor de Thornson era viejo, por lo que nadie se había dignado prestarle mucha atención. Un error estúpido. Ella desvió la mirada hacia el mar. Golpeaba con una intensidad que había encendido la sangre de su difunto esposo. Su pasión había sido terminar aquella fortaleza antes de dejar este mundo... y hacerlo por ella.

Ella había llegado a Thornson sin nada excepto la ingenuidad de una chica de quince años. La mansión le pareció entonces más una casa de guardias para los hombres y establos para los caballos que una vivienda decente. Ahora, más de seis años después, Thornson se había convertido en una fortaleza construida para protegerla.

Se volvió y observó el trabajo que Henry había llevado a cabo. Dos muros de piedra gruesos rodeaban Thornson Keep. Un enemigo podía atacarlos mucho tiempo sin conseguir entrar.

El patio interior albergaba a los hombres, sus caballos y las zonas de entrenamiento. Y había sido muy utilizado desde que se terminara su construcción.

El patio exterior servía de lugar de reunión y de una suerte de mercado. Allí iban los aldeanos a comprar y vender mercancías e intercambiar noticias y cotilleos.

En un rincón del patio se elevaba la mansión propiamente dicha. Acantilados empinados formaban la pared trasera de la casa. Con el rugido constante del mar, la naturaleza había creado un muro más seguro que el hombre. Nadie podía escalar aquella pared de roca resbaladiza.

—Milady.

Sacada de sus pensamientos, miró a sir Everett, el capitán de la guardia de Thornson.

—¿Sí?

Él señaló el campo.

—Se acercan.

Ella dio un respingo y se volvió. Esperaba que atacaran una vez más, pero sólo se acercaban seis hombres. Seis hombres y un caballo sin jinete. Tragó saliva y lanzó una maldición muy poco femenina. Mathew. Tenía pocas dudas de que el cuerpo que transportaba el caballo era el suyo. Los que habían regresado la noche anterior le habían contado la batalla de la playa y que Matthew les había gritado estúpidamente que volvieran con ella.

¿Cuántas veces les había suplicado que cesaran en sus actividades nocturnas? Les había avisado que antes o después ocurriría aquello. Y había pasado.

Cuando los aldeanos le comunicaron que habían dejado cuerpos en la iglesia, Matthew no estaba entre ellos. Ella había confiado en que hubiera conseguido escapar.

Sir Everett preguntó:

—¿Qué creéis que se proponen?

Marguerite se encogió de hombros.

—Vos conocéis mejor las mentes de los hombres que yo.

Después de la muerte de Thornson, no había recibido noticias del rey Stephen. Había asumido que enviaría a alguien como nuevo señor de Thornson cuando lo considerara oportuno.

¿A qué villano había enviado el rey?

Aunque estaba en su derecho, ella se revelaba ante la idea de que un hombre del rey tomará posesión de la propiedad de su esposo.

No podía impedirle hacerse con la casa como tampoco podía impedir lo que el futuro le deparara a ella. Ni podía impedir que ese hombre impusiera su forma de justicia a los que consideraba bandidos.

Pero tampoco podía evitar rebelarse a la certidumbre de que el rey Stephen podía controlar su destino y lo controlaría.

Si su esposo hubiera sido conde o ella rica y poderosa por derecho propio, nadie habría decidido su futuro, lo habría decidido ella sola. También habría podido proteger a las personas de Thornson.

Marguerite golpeó la falda de su vaporoso vestido con frustración. Desear lo que no podía ser sólo servía para pasar el tiempo, nada más.

Se centró en los hombres que se acercaban. ¿Uno de ellos sería el nuevo amo de Thornson? ¿O sólo controlarían la propiedad en el nombre de Stephen hasta que pudieran encontrar a un hombre más apropiado?

Estudió a los hombres con atención. No era difícil saber quién los guiaba. Obviamente, el líder era el hombre que cabalgaba en el centro del grupo. Su aspecto exterior de calma respondía a todo lo que ella había aprendido sobre los guerreros.

En contra de lo que su padre y sus hombres le habían enseñado de niña, había descubierto que el más tranquilo era siempre el más alerta, el más atento al detalle, el más peligroso.

Lo mejor para todos sería que él fuera el hombre elegido por el rey. Sería más fácil aprender los modos de un hombre y acabar de una vez que aprender sus modos sólo para tener que lidiar más tarde con otro hombre.

Marguerite entrecerró los ojos. Peligroso o no, pronto descubriría sus debilidades. Todo el mundo tenía al menos una y ella descubriría la de aquel hombre lo antes posible.

Un movimiento de uno de los hombres que se acercaban atrajo su atención. Observó con curiosidad que levantaba un estandarte verde brillante.

El corazón se le subió la garganta. La curiosidad no tardó en dar paso al horror. ¿Se había preguntado si la vida podía empeorar? Allí estaba la respuesta.

Sí. Podía y lo había hecho.

De todos los hombres que servían al rey Stephen, ¿por qué tenía que haberle enviado a Faucon?

El hombre situado en el centro del grupo que se

acercaba no podía ser otro que Darius de Faucon. El viento azotaba por encima de su cabeza el pendón verde, con el halcón negro en descanso. Y ella sabía que ese pendón mostraba su identidad.

Rhys, el conde de Faucon, llevaba un águila dorada real en su estandarte. Gareth, el segundo hermano, mostraba el halcón de su padre, con los talones extendidos en una postura de guerra. Pero ella conocía bien el estandarte de Darius, el halcón en descanso tenía un doble significado para ella, uno que no había olvidado.

Ya no tenía la opción de defender su mansión. Ni podía ni quería ser responsable de matar o herir a aquel hombre.

Marguerite levantó la voz para que los hombres esparcidos por los muros pudieran oír su orden.

—¡Bajad las armas!

—¿Milady? —sir Everett no se molestó en ocultar su decepción.

Ella lo miró de hito en hito, retándolo en silencio a desobedecer. Él hizo señas a los demás de que bajaran las armas.

Marguerite, segura de que cumplirían sus órdenes, hizo un gesto a los hombres situados en la torre de la puerta. Levantó el puño en el aire con el pulgar hacia abajo. En Thornson todos conocían la señal de rendirse.

Los susurros pasaron de hombre en hombre a lo largo de los muros. Murmullos de incredulidad y disgusto llegaron a sus oídos. Ella quería pedir perdón a todos los hombres a los que había jurado proteger. Pero no podía.

Se mantuvo firme en sus órdenes, pero también ella se encogió por dentro cuando la bandera blanca se elevó lentamente por encima de la mansión Thornson.

Se abrazó el estómago en un intento por contener unos espasmos repentinos. Si alguien descubría el secreto que Thornson y ella habían ocultado con tanto esmero, todo su mundo se derrumbaría. Su futuro terminaría antes de empezar.

Aquello no podía estar ocurriendo. Faucon no podía aparecer en su vida en ese momento.

—¿Milady? —sir Everett se acercó más a ella—. ¿Subimos la puerta?

—¡No! —No pudo evitar gritar ella.

Los hombres de los muros se volvieron a mirarla por aquella aparente contradicción. Marguerite decidió abofetearse por aquel estallido, pero en vez de eso, abofeteó de nuevo la falta de su vestido. Tenía que ir con más cuidado. Podía resultar muy perjudicial dejar que todos supieran lo nerviosa que estaba.

—No, todavía no —trató de mantener la voz firme—. Primero vamos a ver lo que quieren.

Ya sabía lo que querían; y sus hombres seguramente también. Pero necesitaba ganar tiempo para pensar y ésa era la única táctica que se le ocurrió en aquel momento.

Darius y sus hombres se detuvieron a cierta distancia. El hombre que acompañaba a Darius gritó hacia la torre de la puerta.

—Darius de Faucon exige entrada.

Marguerite se mordió el labio inferior para reprimir una sonrisa. La voz de sir Osbert era algo más profunda, algo más vieja, pero se mantenía todavía fuerte.

Sir Everett, el capitán de la guardia de Thornson, preguntó:

—¿Con qué autoridad?

Faucon levantó una misiva enrollada.

—Con la autoridad del rey Stephen.

—¿Con qué objetivo?

—Para preservar esta propiedad para vuestro futuro señor.

—¿Milady? —sir Eduardo la miró en busca de órdenes—. ¿Queréis darles entrada? —Una sonrisa maliciosa iluminó su rostro y tocó la empuñadura de su espada—. ¿O les decimos que se vayan?

Ella negó con la cabeza.

—No, ya hemos pedido tregua. No serviría de nada rechazar a Faucon —Marguerite hablaba más para sí misma que para el capitán de la guardia de Thornson—. Encontrarían otro modo de entrar —frunció el ceño, buscando desesperadamente un modo de protegerse ella y proteger a su gente.

No podía negar la entrada a Faucon y sus hombres por mucho que deseara hacerlo. Todos sabrían entonces que tenía algo que ocultar, y no podía permitirse que ocurriera eso. No todo estaba perdido. Su estómago se calmó y su corazón galopante recuperó poco a poco un ritmo más normal. Había algo que podía hacer.

—No. No les diréis que se vayan. Decidles que esperen un momento.

—¿Estáis segura? —sir Everett parecía incrédulo—. ¿Sabéis lo que significan esos hombres para Thornson, para todos nosotros?

Marguerite achicó los ojos y lo miró con fijeza, negándose a consentir que se ignoraran sus órdenes.

—Significa que los hombres de Stephen se harán cargo de la propiedad... por el momento. Si eso no ocurre ahora, ocurrirá mañana o pasado. Vamos a acabar con esto ahora. Decidles que esperen. Permitidles la entrada sólo cuando yo lo diga.

—¿Y cómo los mantengo en las puertas hasta entonces?

Ella hizo una pausa antes de dirigirse hacia la escalera.

—No me importa. Hablad del tiempo. Pero haced lo que digo.

Eduardo asintió, pero sus grandes ojos traicionaban sus dudas.

—Sí.

Marguerite se volvió hacia la escalera.

—No será mucho tiempo. Sólo unos momentos. Una vez que estén dentro, llevadlos al gran salón. Los recibiré allí.

Dos

Después de entregar el cuerpo al capitán de la guardia de Thornson, Darius subió las escaleras que llevaban al gran salón. A cada paso que daba deseaba más haberse dejado puestos el casco y los guantes de malla. En ese momento estaba más que preparado para el combate. Si la señora de Thornson quería poner a prueba su paciencia, lo había conseguido.

Sabía muy bien que él estaba allí en nombre del rey, pero los había tenido a sus hombres y a él la mayor parte de la mañana delante de los muros de Thornson como si fueran unos mendigos.

El rey Stephen tenía razón. Alguien tenía que hacerse cargo de Thornson. Era evidente por el modo en que se comportaban los hombres de los muros. A ningún guarda en su sano juicio se le habría ocurrido ponerse a hablar del tiempo para detener a una compañía de hombres del rey.

Y ningún guarda que supiera algo del arte de la guerra los habría hecho esperar después de haber alzado un estandarte blanco en señal de rendición. Su idea de la rendición era muy peculiar.

Darius se preguntó si los hombres, las armas y el oro suministrados por el rey alcanzarían para terminar las misiones que le habían asignado. Si las cosas que preocupaban al rey llevaban mucho tiempo sin ser atendidas, Darius sabía que podía encontrarse en más peligro del que había imaginado.

Se detuvo ante la puerta del gran salón y respiró hondo. Una de las tareas de su lista era hacerse con el control de Thornson. Eso lo haría a través de la viuda. Ella ya lo había tomado por tonto una vez y él tendría que encargarse de que el jueguecito no se repitiera.

Darius giró el pomo de metal y empujó la puerta con fuerza suficiente para golpear la pared interior. Cruzó el umbral más que dispuesto a poner a la señora de Thornson en su sitio... y respondió a los grititos escandalizados de las sirvientas con una mirada de hito en hito.

Recorrió el salón con los ojos y encontró... nada aparte de sirvientes y unos cuantos guardas.

Apretó la mandíbula para reprimir un grito de rabia. Agarró al hombre que tenía más cerca por la parte delantera de la túnica y lo atrajo hacia sí.

—¿Dónde está tu señora?

El hombre levantó las manos para protegerse.

—No lo sé, milord.

—Búscala y tráela aquí en seguida —soltó al hombre y lo observó alejarse con satisfacción.

Los otros sirvientes y guardas se escabulleron a su paso por el salón. Sus espuelas tintineaban a cada paso que daba por el suelo duro de tierra. Un guarda acercó rápidamente una silla a la larga mesa de madera antes de escapar corriendo.

Darius dejó el casco y los guantes en la mesa antes de sentarse. Una criada se acercó vacilante con una bandeja de comida. Otra llevaba una jarra y una copa de metal. Ninguna dijo ni una palabra; dejaron lo que llevaban en la mesa y se marcharon.

Un instante después el salón estaba vacío salvo por él. Lo cual no desagradaba a Darius. Se sirvió una copa de vino y se apoyó en el respaldo de la silla dispuesto a esperar a la señora de Thornson.

Marguerite se mantuvo en las sombras mientras se inclinaba sobre la barandilla para mirar a Darius.

—Milady, parece estar furioso.

Marguerite rió con suavidad.

—Pues claro que sí, Bertha. Teniendo en cuenta el tiempo que le he hecho esperar, me sorprende que no esté destrozando esto como un oso herido.

—¿Eso os parece buena idea?

—Bertha, él no es lord Thornson, que desahogaba su rabia gritando. Darius de Faucon es lento en la ira y rápido en el perdón.

—¿Conocéis a ese hombre?

—Sí, de cuando éramos niños.

Bertha miró por encima de la barandilla.

—Perdonad, milady, pero ya no parece un niño. Seguro que no lo habéis visto desde que estáis aquí. No podéis conocer su temperamento de ahora.

Marguerite sabía que ya había dicho demasiado.

—Tienes razón, ha pasado mucho tiempo. Espero que su temperamento siga siendo el de antes.

—Yo también lo espero, milady —Bertha señaló el salón con la barbilla—. ¿No creéis que puede ser buena idea ir con él?

Aunque podía ser buena idea, no era algo que Marguerite estuviese ansiosa por hacer.

—¿Está garantizada la seguridad de Marcus?

—Sí. Permanecerá en la aldea hasta que se hagan planes para llevarlo al norte. Todo el mundo está informado de vuestros deseos. Nadie duda de vuestra sabiduría en este asunto.

Marguerite sintió una opresión en el pecho. Se agarró a la barandilla. Oh, Marcus, amor mío, mi corazón va siempre contigo. Ella no podía hacer nada por alterar lo inevitable. Pero eso no disminuía el dolor de afrontar otra pérdida tan pronto.

—Gracias —apretó con extrema gentileza la mano de Bertha—. ¿Qué haría yo sin ti?

La doncella le dio una palmadita en el hombro.

—Milady, sabéis muy bien que yo haría lo que fuera por vos y por milord.

Marguerite enderezó la espalda.

—Necesito hacer esto.

Bertha arrugó la nariz con disgusto y se encogió de hombros.

—¿Deseáis que os acompañe?

—No.

La sirvienta exhaló un suspiro de alivio.

—Muy bien, milady.

—Tengo que hacerlo sola. Pero gracias por la oferta.

Marguerite esperó a que Bertha se retirara y miró a Darius una vez más. Había sido un chico guapo y se había convertido en un hombre atractivo. Por lo que podía ver, los años habían sido buenos con él. Lo habían bendecido con hombros amplios y brazos musculosos. Su pelo moreno caía sobre los hombros en desorden. Ella sabía que era suave al tacto como piel de conejo.

Después de alisar la falda de su vestido verde oscuro, se dirigió a las escaleras. ¿La recordaría él? ¿Y sus recuerdos de ella serían buenos? Movió la cabeza. ¿Qué más daba lo que recordara o no recordara?

Después de lo que le había hecho ese día, pedir tregua y después hacerlo esperar, dudaba de que ningún hombre, amigo o enemigo, la hubiera mirado con amabilidad.

No. Entre la espera y hacerle entrar en un salón vacío sin nadie que lo recibiera de modo apropiado, probablemente había asestado un golpe fuerte a su orgullo.

No importaba. Daba igual si era amable con ella o no. Ella se había hecho una vida lejos de Darius. Una vida plena y buena. Una vida que permanecería siempre en su mente y en su corazón. Vida que tenía que proteger a toda costa.

Se detuvo en mitad de la escalera y lo miró.

—Milord, por favor, perdonad mi tardanza en atenderos.

Él se levantó y la miró con rostro airado e impaciente. No, estaba claro que no la recordaba. Marguerite se dio cuenta de que a ella sí le importaba que la recordara y le importaba mucho que el recuerdo fuera bueno, pero no sabía por qué.

A Darius casi se le paró el corazón en el pecho. No podía ser. «Santo Dios bendito, despiértame de este sueño».

Se levantó y miró sin palabras la visión del pasado que se acercaba a él. Aunque lo hubiera considerado imposible, Marguerite era aún más encantadora que en su recuerdo.

Sabía que Marguerite se había casado, pero no sabía con quién y no había preguntado, temeroso de que saberlo lo impulsara a más actos de osadía.

Los años habían suavizado su cuerpo de chica, dándole curvas de mujer. Desde la redondez de sus pechos hasta la plenitud de sus caderas, ella era una visión capaz de provocar pasión en un moribundo.

Y él sabía muy bien cuánta pasión escondía debajo de la suavidad sedosa de su piel.

Lo único que lamentaba era no haber estado presente para verla convertirse en una mujer tan hermosa.

Levantó la vista y la fijó en los ojos color azul mar que tanto había echado de menos. Ella le devolvió la mirada. Con confianza. Orgullosa. Sin que una sonrisa de bienvenida entreabriera sus labios. Lo miraba como si fuera un extraño.

Darius tragó saliva. No era posible que no se acordara de él. ¿Cómo podría haberlo olvidado?

¿Conocían Stephen y la reina su relación pasada con lady Thornson? ¿Le habían encomendado aquella misión intencionadamente?

Ella se acercó a la cabecera de la mesa y se sentó en la silla de respaldo alto. Esperó a que él estuviera también sentado para hablar.

—Milord Faucon, tengo entendido que estáis aquí por el rey.

¿A qué jugaba ahora? Darius, dividido entre el deseo de quitarle el tocado de la cabeza y pasar los dedos por lo que sabía serían trenzas rubias y la responsabilidad jurada a su rey, acabó eligiendo una tercera opción.

Le tendió las órdenes escritas de Stephen.

—Sí, lady Thornson, estoy aquí en una misión del rey.

Si ella quería jugar con él, no le sería tan fácil. Y antes o después, la derrotaría en su propio juego.

Marguerite alisó la misiva sobre la mesa. Sus manos eran firmes, sus dedos no temblaron ni una sola vez con nerviosismo reprimido. Después de leer las órdenes, enrolló el pergamino con cuidado y se lo devolvió.

—¿Debo entender que os ocuparéis del cuidado y la defensa de Thornson hasta que se encuentre a alguien apropiado para reemplazar al señor?

—Entendéis correctamente, sí.

—Excelente —ella se puso en pie—. En ese caso, me retiraré a mis aposentos y lo dejaré todo en vuestras capaces manos.

Darius alargó un pie y golpeó con él la pata de la silla de ella.

—Volved a sentaros.

Un leve fruncimiento de los labios fue la única muestra de emoción que se permitió ella.

Darius esperó a que se sentara antes de seguir.

—Yo me encargaré de la defensa de Thornson y vos seguiréis supervisando las actividades diarias mientras esperamos la llegada de vuestro nuevo marido —y la idea de esperar al nuevo señor de Thornson le producía un gusto amargo en la boca.

Ella cruzó las manos encima de la mesa y las miró con interés.

—Todavía tengo que guardar luto a mi primer marido.

Aquello no era así, pero él sólo contestó:

—Es obvio que el rey cree que tres meses han sido tiempo suficiente de luto.

Marguerite levantó la vista y sus ojos brillaban como gemas en bruto atrapadas por la luz del sol.

No me importa lo que crea vuestro rey —su voz se

elevaba más a cada palabra. Agarró los brazos de la silla hasta que sus nudillos se pusieron blancos.

—¿Mi rey? —¿serían ciertos los rumores? ¿Thornson había sido leal a la emperatriz Matilda o al rey David en lugar de al rey Stephen?

—Yo no he jurado lealtad a nadie. Por lo tanto, es vuestro rey, no el mío.

—Vuestro marido hizo un juramento en nombre de los dos. Los hombres de Thornson y vos estáis vinculados por ese juramento o seréis considerados traidores a la corona.

—Mis hombres no son traidores.

—Lady Marguerite...

—¿Perdón? —lo interrumpió ella, y se inclinó hacia adelante—. No os doy permiso para usar mi nombre de pila.

Si ella lo hubiera abofeteado, Darius no se habría sorprendido más. Una espada en el pecho no le habría producido tanto dolor como aquellas palabras pronunciadas con dureza.

Quería gritar, exigir que le explicara no sólo sus actos de seis años atrás, sino también su frialdad actual. Tragó saliva para reducir un poco la presión que sentía en el pecho. No volvería a darle el poder de hacerle daño de nuevo.

Recurrió a los recuerdos, todavía frescos en su mente, y ordenó a su corazón que se endureciera contra ella. Antes de que la mujer pudiera leer sus pensamientos, se esforzó porque sus ojos parecieran una máscara seria que trasluciera tan poco interés como mostraba ella.

—Perdón, lady Thornson, pero no son vuestros hombres. Son los hombres del rey Stephen y esperamos que actúen como tales.

—¿Y si eligen otra cosa?

Darius sonrío.

—Entonces morirán.

Ella dio un respingo.

—¡Cómo os atrevéis!

Él se inclinó a través de la mesa hasta que casi estuvieron nariz con nariz.

—Me atreveré a mucho más si insistes en continuar con esta farsa, Marguerite.

Ella abrió la boca, pero antes de que pudiera decir algo, se abrió la puerta del salón y entró sir Osbert.

Darius se volvió hacia él.

—¿Sí?

—Milord, los hombres están instalados. Tienen sus órdenes —inclinó la cabeza en dirección a Marguerite—. Tenéis buen aspecto, milady. Los años os han tratado bien.

—No puedo decir lo mismo de vos. Estáis más viejo.

Darius la miró de hito en hito.

—¡Y yo que pensaba que no te acordabas!

Ella sonrió.

—Darius, ¿cómo iba a olvidar a un amigo de la infancia?

Darius hizo señas a Osbert de que se uniera a ellos en la mesa. Marguerite se encogió de hombros.

—Para hacer esta transferencia de poder más fácil

para todos, dadme los nombres de los contrabandistas que operan en vuestra playa —dijo Darius.

Marguerite apartó la vista.

—No sé de qué me habláis. ¿Qué contrabandistas? —al fin volvió de nuevo la atención a él—. Si conocéis criminales así en la zona, es vuestro deber llevarlos ante la justicia.

Siempre había sido muy mala mentirosa. Darius agradecía que eso no hubiera cambiado. Sonrió, apoyó los codos en la mesa y le tomó las manos.

—No temas. Tengo intención de llevarlos a la justicia.

Levantó una de las manos de ella y la estudió con interés, trazando con los dedos la telaraña azul de venas del dorso. La piel femenina era suave bajo sus dedos.

Volvió la mano y trazó despacio las líneas de la palma. Un temblor subió por el brazo de ella. Cuando intentó soltarse, el apretó más la mano, con fuerza.

—Milord, ¿qué hacéis?

Darius le besó la palma de la mano.

—En el este hay lectores de manos que os dirían que vuestra línea de la vida está cortada.

Marguerite lo miró confusa y él volvió a seguir la línea partida con su dedo.

—¿Veis cómo se para aquí y vuelve a empezar?

Ella se inclinó a mirar su mano.

—Sí.

—Está rota.

Recorrió de nuevo la línea con la yema del dedo,

muy levemente. Se mordió la lengua para reprimir una sonrisa al notar el escalofrío de ella. Seguía teniendo el poder de afectarla. Aquello sólo trabajaría en su favor.

Marguerite respiró con fuerza.

—¿Qué significa eso?

Darius levantó la mano y la acercó a su boca. Antes de que ella pudiera reaccionar, pasó la punta de la lengua por la línea de la palma. Ella soltó un respingo y él le acarició la mejilla. Mantuvo la mirada fija en su rostro.

—Lo que significa es que habéis tenido más de un marido —al ver que ella se sobresaltaba, añadió—: al mismo tiempo.

Marguerite intentó sin éxito soltar su mano.

—¡Cómo os atrevéis!

—A riesgo de repetirme, me atrevo y me atreveré a mucho más antes de que vos y yo hayamos terminado.

Esa vez, cuando ella intentó liberar su mano, se lo permitió. Marguerite se levantó sin decir nada más y se dirigió a la escalera.

¿Pensaba que iba a ser tan fácil? ¿Que podía alejarse y dejarlo así? Esa vez no.

—Sí os retiráis antes de que os lo permita —dijo desde su silla—, encontraré a los contrabandistas yo solo y serán ejecutados en vuestro patio.

Ella se detuvo y se giro hacia él.

—¿Quién sois vos para permitirme algo en mi propia casa? ¿Quién sois vos para decidir la vida y la muerte de los hombres de Thornson?

Darius se puso en pie.

—¿Quién soy? —tomó la misiva del rey—. Por si

lo habéis olvidado, soy vuestro señor por el momento. Soy el único que tiene el poder de decidir la vida y la muerte sobre los habitantes de Thornson.

Marguerite volvió a la mesa y se detuvo frente a él.

—¿En qué os habéis convertido, Darius?

Él colocó las manos en la mesa y se inclinó hacia adelante.

—Mi querida esposa, soy todo lo que siempre soñaste, todo lo que siempre deseaste —le lanzó a la cara las mismas palabras que había pronunciado ella mucho tiempo atrás. Después añadió otras de su cosecha—: Soy todas las pesadillas que hayáis podido soñar.

—Yo no soy vuestra esposa —ella enderezó la columna, levantó la barbilla y lo miró de hito en hito—. Os ruego que lo recordéis. Haré lo que ordenéis, Faucon, pero nada más.

Darius asintió con la cabeza.

—Bien. En ese caso, ordeno que te retires a tus aposentos y permanezcas en ellos hasta que yo diga otra cosa.

Ella abrió mucho los ojos, pero salió del salón sin añadir nada más.

A Darius le latía el corazón con tal fuerza que pensaba que iba a estallar. Se frotó las sienes.

Sir Osbert había guardado silencio hasta ese momento, pero ahora carraspeó y preguntó:

—Milord, ¿puedo hablar?

Darius lo miró sorprendido.

—Si tenéis que preguntarlo, es que debe de ser interesante. Por favor, hablad.

—¿No creéis que habéis sido muy duro?

—Quizá. Pero si hubiera suavizado mis palabras para que se sintiera más cómoda, pensaría que es libre de seguir haciendo de las suyas como si no hubiera pasado nada.

—No me refiero a eso y lo sabéis muy bien.

—¿Y qué sugerís? —Darius bajó las manos y suspiró—. Se ha reído de nosotros en la puerta. Ha pedido una tregua y nos ha hecho esperar sólo Dios sabe por qué. Ha fingido no conocerme y me ha mentido en la cara.

—¿No creéis que hace eso para protegerse?

—Lo hace no sólo para protegerse ella, sino también el secreto que esconde.

—¿Milord?

Darius negó con la cabeza.

—Osbert, aquí ocurren más cosas de las que pensaba el rey y es mi intención descubrirlas. Para eso necesito que sepa que no puede confiar en mí. Que comprenda que no puede utilizar lo que hubo entre nosotros en su beneficio.

—Eso lo entiendo —Osbert se rascó la cabeza—. Pero no estoy seguro de que sea el mejor modo de solucionar el problema.

—¿Y qué sugerís vos?

El capitán se encogió de hombros.

—Sugiero que sigamos vuestro instinto y veamos adónde nos lleva.

—De acuerdo —Darius se levantó, recogió el casco y los guantes y avanzó hacia la puerta forrada de hierro—. Por el momento, vamos a hacer inventario de esta propiedad.

Necesitaba saber cuántos hombres había en Thornson. Y quería descubrir también el tipo y el número de armas disponibles.

Puesto que la casa no era como había supuesto, era de imaginar que había más detalles que no le habían sido comunicados al rey Stephen. Darius dormiría mejor cuando supiera a qué se enfrentaba.

Tres

Cuando oyó cerrarse la gran puerta de roble, Marguerite abrió la de su aposento. ¿Había salido Faucon del salón? Salió al rellano y se asomó al gran salón.

Suspiró aliviada al verlo vacío. ¿Quedarse en sus aposentos? ¿Cómo pensaba que iba a supervisar Thornson si se quedaba confinada en su habitación como una niña traviesa?

Había muchas tareas que requerían su atención. Tareas que nadie más podía llevar a cabo.

Marguerite suspiró. Apretó los dientes y entrecerró los ojos. No toleraría más complicaciones en su vida.

—¿Milady?

Marguerite se sobresaltó. No había oído acercarse a sir Everett. Miró al capitán.

—¿Sí?

El hombre dirigió la mirada en dirección al gran salón y luego de nuevo a ella antes de preguntar:

—¿Sucede algo?

Ella no sabía si era el tono arrogante de su voz, el gesto desaprobador de sus cejas o simplemente su comportamiento general, pero algo no iba bien. El capitán de Thornson resultaba cada día más difícil de controlar. Y aquello era algo que tenía que parar cuanto antes. Si no lo hacía ella, lo haría Darius.

Enderezó la espalda y levantó la barbilla.

—No, sir Everett, no sucede nada —dijo con voz firme, y se vio recompensada cuando la arrogancia abandonó momentáneamente el rostro de él.

Everett retrocedió un paso.

—¿Hay algo que necesitéis?

Marguerite negó con la cabeza.

—Por el momento, no. ¿Por qué preguntáis?

—Sé que habéis estado mucho rato con él y temía que necesitarais ayuda.

A ella se le oprimió el pecho con rabia. La había estado vigilando. ¡Cómo se atrevía a espiarla en su propia casa!

—No he estado mucho rato con él. Faucon está aquí en una misión del rey. ¿No resultaría raro que no lo recibiera?

—Bueno, sí, pero...

Ella no le dio tiempo a terminar la frase.

—Y puesto que he sido yo la que le ha hecho esperar tanto rato, ¿no es normal que pase algo de tiempo comunicándole nuestra bienvenida?

Everett inclinó la cabeza.

—Tenéis razón. Por favor, perdonad.

Había cedido demasiado fácilmente, pero Marguerite tampoco deseaba llevar más lejos aquello.

—No temáis, sir Everett, yo no haré nada que pueda traer deshonor o vergüenza a Thornson.

Everett exhaló un suspiro de alivio. Marguerite le hizo un gesto con la mano.

—Idos. Ved lo que desean los hombres de Faucon. Que no tengan motivos para cuestionar nuestra hospitalidad ni nuestra lealtad al rey Stephen.

Sabía que Everett comprendía perfectamente lo que ocurriría si Faucon descubría la lealtad de Thornson a la emperatriz Matilda. Su capitán sería la última persona que querría que pasara eso.

Cuando se quedó sola, se dirigió hacia la alcoba situada detrás del gran salón, pensando mentalmente en todo lo que requería todavía su atención esa tarde.

Las cocineras necesitaban saber cuántas bocas más tenían que alimentar. Y ella necesitaba asegurarse de que todos comprendían su petición de guardar silencio sobre Marcus. Para eso tendría que ir a la aldea, y una vez allí, sería un pecado no visitar a la hermana de Bertha, que esperaba su quinto hijo cualquier día. Sally Miller había mencionado que a su marido le dolían mucho los huesos últimamente; tendría que ver cómo se encontraba. Y podría pasar algo de tiempo con Marcus. Tendría que irse pronto ya que quería estar todo el tiempo posible con él hasta que se separaran.

Y cuando hubiera hecho todo eso, tendría que buscar una excusa para Darius por haber desobedecido sus órdenes. Marguerite levantó los ojos al cielo. ¿Órdenes? Ella era la señora de Thornson y no había visto nada en la misiva del rey que cambiara su estatus.

Darius ya sabía que había mentido. Pero no sabía todavía que había sido intencionado. Necesitaba que concentrara su atención en ella.

Con un poco de subterfugio por su parte y mucha suerte, ella sería el punto débil de Darius Faucon. Si él tenía que estar pendiente de lo que hacía o dejaba de hacer, no se fijaría tanto en las actividades de sus hombres.

—Por favor, decidme cómo ha llegado Faucon a entrar en Thornson.

Sir Everett se encogió al oír el tono suave de su inquisidor. Había aprendido que la calma ocultaba un temperamento violento.

Faucon y sus hombres han sido enviados aquí por el rey Stephen. Intentaron capturar a los contrabandistas y después atacaron la casa.

La bota del hombre partió una rama al acercarse más.

—Yo vi lo que ocurrió en la playa. Y me enteré del ataque —rodeó el cuello de Everett con las manos como una serpiente que atacara a una presa impotente—. Os he preguntado cómo ha llegado Faucon a estar dentro de la casa.

Everett tragó saliva.

—Lady Thornson pidió tregua y les abrió la puerta.

La maldición del otro hizo que un roedor cercano se escabulliera corriendo entre las hojas del suelo del bosque.

—No permitiré que nadie altere mis planes. Nadie. Vigiladlos a los dos. Aseguraos de que milady no hace nada más que pueda poner en peligro nuestros planes y averiguad todo lo que podáis sobre Faucon —soltó el cuello de Everett y retrocedió—. Volveré mañana. Espero noticias para entonces.

Everett, que intentaba llevar aire a su pecho ardiente, sólo pudo asentir con la cabeza.

Marguerite entró en las cocinas a través de un túnel fuera de uso. La cocinera y sus ayudantes se limitaron a asentir con la cabeza y siguieron con sus tareas. Los trabajos de la tarde habían llevado más tiempo del que esperaba. Le quedaba muy poco para ponerse presentable antes de la cena.

Los sirvientes estaban colocando las largas mesas de madera del salón cuando pasó por allí camino de sus aposentos. Tenía menos tiempo del que creía. Como había usado el laberinto de túneles para salir y regresar a la casa, había tardado más que de costumbre.

Pero teniendo en cuenta que no le habrían permitido cruzar las puertas, no le había quedado otra opción que usar los túneles.

Por lo menos no había perdido el día. A pesar de lo duro de aquellos momentos, su visita la había llenado de alegría. Sonrió al recordarlo.

Marcus y ella se habían aventurado en el bosque a buscar manzanilla para una de los pociones de Bertha. Se habían reído y bailado por el bosque como si no tuvieran ningún cuidado en el mundo. Y cuando se obligó a separarse de él para regresar a la casa, los dos habían derramado lágrimas de tristeza ante su inminente separación.

En el camino de vuelta, Marguerite se había jurado que no sería una separación larga.

Confiaba en que Faucon no tardara en marcharse, pues necesitaba que las cosas en Thornson recuperaran una semblanza de normalidad. Aunque le buscarán otro marido, la presencia de un extraño sería preferible a la de Faucon. Mejor alguien que no la conociera.

Bertha se reunió con ella al pie de las escaleras.

—¿Cómo está mi hermana?

—Aparte de ansiosa porque llegue el niño, está bien —Marguerite miró al salón antes de subir a su aposento—. ¿Has visto a Faucon o a sus hombres?

Berta la siguió.

—Sus hombres guardan los muros y las puertas.

—¿Sus hombres? ¿Y los guardas de Thornson? —Marguerite se alegraba de no haberse acercado a las puertas.

—Nuestros hombres han sido apartados del servicio, milady. No sé lo que ha sido, pero ha ocurrido algo que ha enfurecido a Faucon.

—Me pregunto qué habrá sido —sin duda había descubierto su desaparición.

Se detuvo en el rellano de la escalera. Vio que los

guardas de Faucon flanqueaban la escalinata. Enarcó las cejas, pero no dijo nada cuando Bertha y ella pasaron a su lado.

Abrió la puerta de sus aposentos y frunció el ceño al notar el calor que salía del cuarto interior.

—Bertha, ¿es...?

Su doncella dio un respingo. Marguerite se volvió.

Sir Osbert le sonreía desde detrás de la doncella. Cubría con una mano la boca de Bertha y con la otra sujetaba el brazo de la criada. Señaló la habitación con la cabeza antes de soltar a Bertha.

—Entrad ahí y cerrad la puerta.

A Marguerite le golpeó con fuerza el corazón en el pecho. Se volvió a las escaleras, pero vio que los dos guardas la esperaban. La huida no era una opción.

Respiró hondo, entró en la estancia interior y cerró la puerta a sus espaldas.

Darius estaba de pie al lado del brasero encendido, la fuente de calor que había sentido. Le tendió una copa.

Únete a mí.

—¿En qué?

—Nuestra cena. Puesto que parece que no puedes cumplir ni siquiera la orden sencilla de permanecer en tus aposentos, yo me encargaré de que la cumplas.

Marguerite ahogó una maldición. Esperaba su ira, no su atención personal. ¿A qué jugaba? Tomo la copa que le ofrecía y se sentó en un taburete.

—Estoy segura de que tenéis otras responsabilidades de las que ocuparos.

Él se encogió de hombros, se acercó a la ventana estrecha y larga y miró el cielo del atardecer.

—Yo también lo creía así. Pero es evidente que mi responsabilidad principal es ocuparme de tu seguridad.

—¿Mi seguridad? Yo no corro ningún peligro en Thornson.

—¿No? —él se volvió a mirarla. En sus ojos color avellana brillaban luces doradas—. Oh, me has mentido intencionadamente sobre contrabandistas y criminales, sabiendo muy bien que yo lo descubriría. Después me has recordado que era mi deber llevar a esos hombres ante la justicia. Un deber que no eludiré.

Ella no podía negar sus acusaciones, por lo que guardó silencio.

—¿Piensas que los años me han adormecido la inteligencia y convertido en un idiota?

—No.

—¿Y cómo puedes imaginar siquiera que si mientes no me harás albergar sospechas sobre todo el mundo de Thornson? ¿De verdad has pensado ni por un momento que ignoraría a todos los demás para centrarme en tus falsedades?

A ella le latió con fuerza el corazón; se agarró al borde del taburete con una mano para mantenerse erguida.

—¿Necesitas que te recuerde que tengo dos hermanos? Era muy fácil para uno de nosotros atraer la atención de nuestro padre y que los otros dos quedaran libres para hacer lo que no debían. ¿Cómo no voy a sospechar que los hombres de Thornson están metidos en algo nefasto?

Maravilloso. No había pasado ni un día y ya sabía que había jugado con él.

Y por el brillo de sus ojos, la rigidez de su postura y el tic de su mejilla, sabía que estaba furioso. Marguerite tenía que admitir que los años le habían enseñado a reprimir su ira increíblemente bien.

—Tu mentira ha sido tan evidente que no he podido por menos de pensar que lo hacías para proteger a tus hombres. Ahora necesito descubrir de qué hay que protegerlos.

Ella tomó un sorbo de vino aguado antes de preguntar:

—¿Y qué pensáis hacer conmigo?

—Todavía no lo he decidido. Cuando he terminado de hacer mi ronda de la casa y empezado a juntar las piezas del puzle, se me ha ocurrido colgarte en la torre, pero me he dado cuenta de que eso disgustaría bastante al rey.

Marguerite terminó la frase por él.

—Y el cielo no permita que un Faucon incurra en la ira del rey.

Él levantó su copa en dirección a ella.

—Es cierto. O por lo menos que no sea este Faucon.

—¿Y qué habéis decidido después de comprender eso?

Darius se alejó de la ventana y se acercó a ella.

—He pensado hablar abiertamente contigo. Pero no estabas en tus aposentos.

Marguerite tragó saliva con fuerza. ¿Mentir? ¿No mentir? Darius le sujetó la barbilla, le echó la cabeza atrás y la miró con fijeza.

Ella apartó la cabeza.

—Yo también tengo responsabilidades, Faucon.

—Y has utilizado el túnel de la cocina para escapar de la casa.

¿Cómo demonios sabía eso?

—No te sorprendas tanto, Marguerite. Mis hombres hacen bien su trabajo. En pocas horas han descubierto por lo menos tres túneles. Y el de la cocina es el que más cerca acaba del pueblo.

Una llamada a la puerta detuvo la conversación. Marguerite se levantó, pero Darius señaló el taburete.

—Ya abro yo, tú quédate ahí.

La mujer obedeció de mala gana. Su error había sido olvidar que Darius de Faucon no era un hombre estúpido. La conocía bien y para él sería fácil deducir sus motivos y sus acciones. Simplemente tendría que ser más lista que él. Y cuanto antes empezara, mejor.

Darius volvió de la puerta con una bandeja cargada de rebanadas gruesas de pan y rodajas de queso, ave, manzanas y lo que Marguerite esperaba fuera una jarra de sidra.

—He supuesto que, después de un día tan ajetreado, tendrías hambre —dejó la bandeja encima de un arcón de madera.

—No, esta noche no tengo apetito —en realidad

estaba hambrienta, pero también cansada de que él supusiera lo que necesitaba—. Pero, por favor, tú come todo lo que quieras.

—Eso pienso hacer —arrancó un pedazo de pan y se lo tendió—. Tú también vas a comer. No permitiré que te pongas enferma.

—He dicho que no tengo hambre —su rebelde estómago eligió aquel momento para gruñir. Marguerite suspiro y tomó el pan que le ofrecía. Y, antes de morderlo, lo miró y dijo—: Podría fácilmente aprender a odiarte.

Él tendió una mano y le acarició la mejilla.

—Sé por experiencia que no es tan fácil como puedas creer.

Marguerite, que no deseaba una explicación a aquel comentario, se concentró como pudo en comer, con la mejilla cosquilleante todavía por la caricia de él.

Cuando tendía la mano hacia una navaja de comer, Darius se la quitó.

—Déjame a mí.

Ella se echó hacia atrás.

—¿Dejarte qué?

Él corto un trozo pequeño de gallina y lo acercó a la boca de ella.

—Alimentarte.

—Soy perfectamente capaz de comer sola, gracias —tendió la mano hacia la navaja, pero él la aparto.

Acercó la carne a su rostro e inhalado con exageración.

—Detecto un rastro de comino en la salsa de ajo —volvió a ofrecerle el pedacito—. Huele apetitoso.

Tenía razón, el aroma hacía que a ella se le hiciera agua la boca.

—Preferiría...

Darius interrumpió su queja sobre comer sola deslizando un trocito entre sus labios abiertos. Marguerite no se había dado cuenta del hambre que tenía hasta que tragó la carne tierna. Por la expresión de satisfacción de la cara de Darius, resultaba claro que, si quería comer, tendría que hacerlo a su modo.

No era la primera vez que hacían eso, darse de comer mutuamente lo que habían sustraído de sus respectivas casas; era algo que los dos solían disfrutar.

Ella levantó la copa vacía.

—¿Eso es sidra o vino? —¿recordaría él que no le gustaba el vino?

—Sidra, por supuesto —le llenó la copa, tomó un sorbo y se la entregó. Marguerite tomó la copa, consciente de la mirada de él, se la llevó a los labios y bebió del mismo punto que él.

Sería muy fácil olvidar los años transcurridos. En algún lugar de su corazón casi podía oír todavía el susurro de un arroyo, o leer la frescura del heno recién cortado y sentir la suavidad de la hierba bajo ella. Las chispas doradas habían acudido siempre con rapidez a los ojos de Darius y la sonrisa a los labios de ella. Entonces todo era más sencillo; entonces, cuando el amor era nuevo.

¿En qué estaba pensando? Marguerite volvió a la

realidad. Tenía una mansión, hombres y promesas de los que preocuparse. El lujo de días más sencillos y vínculos recién forjados ya no estaba a su alcance.

Darius le ofreció otro mordisco de gallina. La salsa de ajo resbaló por el extremo de la navaja y bajó por la barbilla de ella. Antes de que pudiera limpiársela, él la retiró con el dedo.

Cuando se la llevó a la boca, el tiempo pareció detenerse de nuevo y Marguerite supo, por la mirada de lejanía en los ojos de él, que también recordaba otro tiempo, otra comida compartida.

Se preguntó si sentía el mismo nudo en el estómago y el mismo calor en la sangre que sentía ella. Darius carraspeó y le pasó la navaja. Terminaron de comer en silencio.

—¿Por dónde íbamos? —Preguntó Darius cuando hubieron terminado.

—No me acuerdo.

—Ah, sí. ¿Qué voy a hacer contigo? —frunció el ceño, fingiendo una concentración intensa—. Puesto que colgarte es imposible y lo mismo ocurre con cualquier otra forma de castigo físico, sólo se me ocurre una cosa.

—¿Y cuál es? —preguntó ella, temerosa de la respuesta.

Él le sonrió.

—Permanecer a tu lado en todo momento.

Aquello no podía ser. Le sería imposible ocuparse de sus deberes y responsabilidades con él al lado. ¿Cómo se iba a encargar de los cargamentos semanales? Peor,

¿cómo iba a pasar el poco tiempo que le quedaba con Marcus?

Marguerite negó con la cabeza.

—No creo que eso sea inteligente.

—¿No?

—No.

—¿Y eso por qué?

—Me será difícil reunirme con mi amor todos los días si tú estás siempre cerca —aquello no era exactamente una mentira.

—Vaya, vaya. Dos maridos y un amante —él paseó por la estancia delante de ella—. ¡Qué mujer tan ocupada!

—Yo no tengo dos maridos.

—Cierto. Uno de tus maridos está muerto.

—Mi único marido está muerto.

Darius se colocó detrás de ella y le puso las manos en los hombros. Marguerite sintió un temblor en la espina dorsal, que le llegó hasta los dedos de los pies. Los pelos del cuello se le pusieron de punta.

Pero no era a él a quien temía. Era a sí misma.

Era miedo a los recuerdos que habían aparecido cuando él le había tomado la mano y después, cuando le había dado de comer. Miedo a la pasión desbordante que provocaba su proximidad. Miedo al modo en que sus recuerdos habían vuelto con tanta facilidad. Miedo de desear que él siguiera acariciándola.

Darius le acarició la nuca con los pulgares. Más de seis años desaparecieron... y volvieron a encontrarse de nuevo en la cabaña de casa.

Marguerite echó la cabeza hacia adelante, dejándole que deshiciera los nudos de su cuello y hombros. Sin tener ni la fuerza ni el deseo de combatirlo, suspiró. Sentía el aliento de Darius caliente en su cuello. Su beso en la piel sensible debajo de la oreja le arrancó un gemido suave. Incapaz de detenerlo, lo dejó escapar.

Él respondió al sonido con una risa gentil y la hizo incorporarse.

—Yo soy tu esposo, Marguerite.

Apartó el taburete de una patada y la abrazó contra su pecho. Ella se apretó contra él, agarrándose a sus brazos.

—Aquellos votos no eran vinculantes.

El frotó su mejilla en la cabeza de ella y acercó sus labios a la oreja femenina.

—Eran tan vinculantes como los actos en nuestro lecho matrimonial.

Bajó una mano al estómago de ella, que acarició a través de las capas de ropa. Le tocó un pecho y ella soltó un respingo.

—Darius, no hagas eso.

Él la volvió en sus brazos, bajó la cabeza hacia la de ella y preguntó:

—¿Hacer que? —antes de pasar la lengua por la línea de los labios de ella y apartarlos fácilmente para introducirla en su interior.

El beso acabó con la poca voluntad que le quedaba a ella. Le echó los brazos al cuello y le pasó los dedos por el pelo. Su recuerdo no estaba equivocado, el cabello de él era tan suave como la piel de un conejo. Y sus besos seguían teniendo el poder de hacerle desear más.

Darius levantó la cabeza.

—¿Crees que te bastará sólo con un marido y un amante?

Su pregunta fue como un puñetazo en el estómago. Ella bajó los brazos y lo apartó. ¿En qué estaba pensando? ¿Es que no era más que una ramera dispuesta a poner en peligro todo su futuro por un beso?

Darius recogió su copa y vació su contenido antes de volverse hacia ella.

—Dime una cosa, Marguerite, ¿fue fácil olvidar nuestro matrimonio? ¿Fuiste tan bien dispuesta al lecho de Thornson como al mío?

—No seas grosero. ¿Qué podía hacer yo? —cruzó la habitación para poner toda la distancia posible entre los dos.

—Podías haber dicho que no. Habíamos intercambiado votos.

Había esperado aquello desde el momento en que lo había reconocido desde la parte alta del muro, pero no el tono letal de su voz.

—Yo te hice una promesa, pero no todas las promesas se pueden cumplir —respondió.

En los ojos de él brillaron chispas doradas. En otro tiempo ella había estado encantada de perderse en su mirada. En un tiempo cuando no había secretos entre ellos, en un tiempo muy lejano.

—Yo recuerdo aquel voto, Marguerite. Fue mucho

más que una simple promesa —se acercó a ella—. Un juramento que me hiciste ante Dios y ante testigos —se quedó de pie ante ella, tan cerca que su aliento cálido le acariciaba la mejilla—. El juramento de ser siempre mi fiel esposa.

—No —ella lo apartó con los brazos—. No hagas esto, Darius.

—¿Hacer que? ¿No recordarte los votos hechos y rotos?

Marguerite cerró los ojos. No necesitaba ver su rostro para reconocer la furia en su tono de voz. Aunque habría aprendido a querer a Henry Thornson, los años que la habían separado de Darius no habían podido oscurecer los recuerdos que llevaba en su mente y en su corazón.

Pero no podía permitirse que caprichos de la infancia mancharan su pasado reciente ni destruyeran su futuro. Por mucho que le costara, tenía que hacer creer a Darius que aquellos votos no significaban nada para ella.

Rezó en silencio para pedir fuerzas para poder mentir. Lo miró y endureció la voz.

—Éramos niños, Darius. Niños impetuosos que actuaban por capricho. Fue más una estupidez infantil que un juramento vinculante. Nadie, ni el rey ni la Iglesia, nos obligaría a cumplir esos votos.

—¿Niños? ¿Niños impetuosos?

Marguerite se encogió ante la furia de su voz.

Darius la agarró por los brazos con fuerza.

—¿Estupideces infantiles? ¿No estábamos en edad

de desposarnos? ¿No nos habían prometido desde el nacimiento?

—Sí, pero no era lo que quería mi padre.

—¿Y tú no discutiste con él?

—¿Discutir con mi padre? —ella reprimió una carcajada—. Sé razonable, Darius. Sabes que habría sido más fácil discutir con una roca.

—¿Fuiste deseosa al lecho de Thornson?

Marguerite hizo una pausa antes de contestar. Aquello no le iba a gustar a él.

—Al principio no. Al principio sólo te deseaba a ti.

—¿Y después?

—Cuando supe que tú y yo no podríamos estar juntos, tuve que elegir el tipo de vida que quería.

—¿Y elegiste…?

—Seguridad. Calor y amor.

Si le dijera toda la verdad, ¿él se enfadaría o lo entendería? No, no podía correr ese riesgo.

Darius la miró.

—¿Amabas a Thornson?

Marguerite asintió, decidió que había llegado el momento de cambiar las tornas y preguntó:

—¿Y tú? ¿No quieres a tu esposa?

Él emitió un sonido entre una tos y una mueca antes de contestar:

—Yo quería muchísimo a mi esposa. Para mi desgracia, ella no me quería lo suficiente.

Marguerite se quedó atónita al comprender que hablaba de ella. Le costaba creer que no se hubiera casado nunca.

Darius se acercó la puerta y ordenó:

—Prepárate para acostarte. Volveré en seguida.

—¿Volverás? ¿Para qué?

Él la miró con una sonrisa que parecía más bien una mueca.

—No era broma. No pienso dejarte sola.

Cuatro

Bertha estaba al lado de Marguerite en el jardín.

—¿Cómo estáis, milady?

Marguerite tuvo que controlarse para no gritar de frustración. Pero con Darius a menos de diez pasos de distancia gritar era impensable.

No le daría la satisfacción de saber cuánto la alteraba su presencia.

—Después de dos días en la compañía constante de él, estoy a punto de atravesarlo con su espada —dijo en voz baja—. Arrancó un puñado de maleza y lo arrojó al montón, que estaba cada vez más alto.

—¿Hay algo que pueda hacer yo?

—No, dime sólo cómo está Marcus —a Marguerite le dolía el corazón por las limitaciones de aquella separación forzosa. Si tanto le costaba pasar dos días sin la sonrisa dulce de Marcus, ¿qué haría cuando estuviera totalmente lejos de su alcance?

—Está bien, no temáis nada por ese lado. Os echa de menos, por supuesto.

—Y yo a él.

—Pero tenemos noticias de que los hombres del rey David vendrán a finales de esta semana para llevárselo al norte.

Marguerite reprimió un sollozo estrangulado.

—Sólo faltan tres días.

Bertha se inclinó y le puso una mano en el hombro.

—Lo sé, lo sé. Tenéis que buscar el modo de verlo antes de que se marche.

—¿Cómo? —quería gritar. Necesitaba desesperadamente llorar. La mirada de Faucon se cruzó con la suya y comprendió que no podía hacer ninguna de ambas cosas.

Siguió arrancando maleza mientras pensaba en la situación. Al final se le ocurrió una idea.

—¿Están vigilados todos los túneles? —preguntó en voz baja.

—Ellos creen que sí —repuso Bertha—. Pero, milady, no han encontrado los del establo y el pozo.

—Bien. Usaré la salida del establo.

El túnel la dejaría justo debajo del borde de los acantilados.

El clima había sido seco últimamente, por lo que no sería imposible subir agarrándose en los salientes hasta el terreno firme. Arriesgado, pero no imposible.

Y en aquel momento el riesgo no importaba. Tenía que ver a Marcus o morir en el intento.

Se pasó el brazo por la frente y se dio la oportunidad de echar un vistazo a Faucon.

Él las observaba con atención, pero no se había acercado.

—Necesito una distracción —comentó Marguerite—. Pero tiene que ser algo grande.

—Nuestros hombres pueden atacar a los de Faucon. ¿Eso sería distracción suficiente?

Marguerite parpadeó.

—No. Quiero una distracción, sólo el tiempo suficiente para poder escapar. No queremos una batalla que acabe en muertes. ¿Y por qué no un fuego?

—Los hombres estarán dispuestos a hacer eso. Puede servir a vuestro propósito.

—Tiene que dar resultado. Y hay que hacerlo inmediatamente. Cuanto más tiempo esperemos, más tiempo tendrá Faucon para adivinar que hemos planeado algo —unos pasos detrás de ellas anunciaron que él se acercaba—. Dile a Everett que se encargue de ello ahora mismo. Y que espero que no fracase —terminó con rapidez.

Se sentó en los talones y se frotó las manos para soltar toda la tierra posible antes de levantar una en el aire en dirección a Darius.

—¡Qué oportuno, milord! Ya he terminado.

Él la ayudó a levantarse antes de hacer lo mismo con la doncella. Bertha le dio las gracias y preguntó a Marguerite:

—¿Puedo retirarme, milady?

Marguerite asintió.

—Sí, ve a ver a tu hermana. Dale mis recuerdos y mis mejores deseos.

Cuando la doncella se alejó del jardín, Darius preguntó:

—¿Ha nacido ya el niño?

—Todavía no —repuso la mujer.

Le sorprendía que él se preocupara por lo que ocurría en la aldea casi tanto como había hecho Henry Thornson.

A su padre nunca le habían interesado los aldeanos, y al principio, a ella le había sorprendido la preocupación evidente de su marido por ellos.

Y en su caso, resultaba explicable, porque después de todo, eran su gente; pero en el caso de Darius, no conseguía adivinar su motivo.

Él la tomó del codo y la condujo hacia la casa.

—¿Han llamado a la comadrona?

—Sí, Sarah recogió sus cosas ayer y se ha instalado cerca de la futura mamá.

—Mejor —él le dio una palmadita en la mano—. Así todo irá bien.

Aquellas cosas la distraían. Su contacto, el modo en que hacía que le cosquilleara la piel, su preocupación... su proximidad, que ya había llegado a aceptar.

Desde aquella primera noche, se había mostrado como la personificación del decoro.

La acompañaba a todas partes, a las comidas, a las visitas a la aldea, incluso a la capilla. Por la noche él era el único que guardaba la puerta de sus aposentos. Desde fuera.

Lo que no comprendían los que observaban todo aquello era que la tenía completamente vigilada. No protegía a la señora de Thornson, como ellos pensaban. La tenía prisionera.

Cierto que su celda invisible era confortable y lujosa, pero no por eso estaba menos confinada. Y su corazón luchaba con valentía por no tomarse en serio las muestras de cuidados tiernos de él.

Salieron desde el jardín al patio. Marguerite se esforzó por ocultar su nerviosismo.

—¡Milord!

Darius se detuvo al oír el grito de Everett. Éste y Osbert corrían hacia ellos.

Osbert fue el primero en llegar.

—Milord, hay fuego en la torre de la puerta principal.

Darius soltó el brazo de Marguerite.

—¿Cómo ha ocurrido? —miró a Everett de hito en hito.

—No lo sé, milord. Acabamos de descubrirlo.

Marguerite dio un paso para apartarse de ellos, pero Darius la agarró inmediatamente por la muñeca. Se la pasó a Osbert.

—Encargaos de que vuelva a sus aposentos y se quede en ellos.

Osbert asintió con evidentes reservas y tomó la mano de ella en la suya.

—¿Milady?

Cuando Darius salió corriendo hacia la puerta

principal, Marguerite miró el ceño de Osbert, fruncido por la preocupación y comentó:

—Id con él, Darius os necesita. No dejéis que le ocurra nada.

Para su sorpresa, su fingida preocupación por Darius dio resultado. El capitán la miró.

—¿Juráis volver a vuestros aposentos?

Después de pedir perdón en silencio por la mentira que estaba a punto de pronunciar, ella contestó:

—Sí, lo prometo. Daos prisa —seguramente Dios comprendería la necesidad de aquello.

El hombre no esperó más. Cuando ya no podía oírlos, Everett movió la cabeza.

—Ha sido bastante fácil.

—Tenéis que ir con ellos antes de que noten vuestra ausencia —Marguerite lo apuntó con el dedo—. Oíd bien, sir Everett. No dejéis que ocurra nada a nadie de Faucon ni de Thornson. ¿Comprendéis?

La expresión de él se endureció, pero asintió con la cabeza.

—Sí.

Echó a andar hacia la puerta principal y ella cruzó corriendo el patio en dirección a los establos.

—¿Y qué habéis descubierto para mí?

Sir Everett estuvo a punto de caerse del acantilado ante aquella pregunta inesperada. Desde la llegada de Faucon, había visto al hombre del rey David en el bosque, nunca en zona abierta.

—Nada sustancial.

—¿No? Entonces es que no hacéis bastante caso a vuestras responsabilidades.

El hombre se acercó más a él, sabiendo perfectamente que, si Everett se movía, acabaría cayendo a la playa.

—Los hombres de Faucon son como una piña. Temen dar información y, por lo tanto, no dicen nada.

—Os lo voy a poner más fácil. Quiero saber cuántos hombres acompañan a Faucon, lo bien armados que están, cuánto tiempo piensan permanecer en Thornson —agarró a Everett por la parte delantera de la túnica—. Y quiero saber cuáles son sus planes para sustituir a Thornson.

Everett se esforzó por reprimir el escalofrío que le subía por la columna. Miró a su izquierda, a la playa situada mucho más abajo y contestó:

—Sí, milord. Me encargaré de ello.

El hombre lo soltó.

—Hacedlo. Y deprisa, antes de que llegue el próximo cargamento.

Darius se secó el sudor de la frente. El fuego no había durado mucho, pero los daños eran importantes. Necesitarían unos cuantos días para reparar la puerta de la torre y, hasta entonces, pondría más guardias allí.

—¿Cómo creéis que ha empezado? —preguntó Osbert a sus espaldas.

Darius se volvió.

—¿Dónde está Marguerite?

—En sus aposentos.

—¿Estáis seguro de eso?

Osbert se encogió de hombros.

—Sí. Ha jurado ir allí y quedarse dentro mientras os ayudaba.

—¿Habéis estado aquí todo el tiempo?

—Sí, milord.

—¿Y ella ha estado sola todo este tiempo?

Osbert abrió mucho los ojos.

—No pensaréis que... no, no se atrevería.

Darius soltó una maldición y corrió hacia la casa, seguido por Osbert.

—Que preparen dos caballos por si se ha atrevido.

Osbert caminó hacia el establo y Darius continúo a la casa. Cruzó a la carrera el gran salón y subió las escaleras hasta las habitaciones de Marguerite.

Antes de entrar se detuvo a recuperar el aliento. Si ella no estaba dentro, necesitaría de toda la paciencia y fuerza que pudiera reunir para no estrangular a la primera persona que se encontrara.

Abrió la puerta y cruzó el umbral.

Las maldiciones que lanzó a gritos al encontrar los aposentos vacíos hicieron aparecer a Bertha en la entrada.

—¿Milord?

Darius se acercó y la agarró del brazo.

—Creía que habíais ido con vuestra hermana.

Bertha negó con la cabeza.

—No con el fuego. Podrían necesitarme.

Él no se creyó su excusa ni por un momento.

—¿Dónde está vuestra señora?

Bertha se asomó alrededor del cuerpo de él.

—¿No está aquí?

—Mujer, no juguéis conmigo. ¿Dónde está?

—No lo sé, lord Faucon —la mujer se encogido de hombros—. La última vez que la vi estaba con vos.

Su actitud bordeaba la indiferencia e hizo pensar a Darius que Marguerite le había dicho que no le tuviera miedo. De no ser así, la sirvienta se habría acobardado ante la mirada de furia que le lanzaba en ese momento.

Darius necesitaba que la mujer comprendiera que, aunque no tenía que temer nada por sí misma, quizá sí debería tenerlo por su señora. La agarró por el otro brazo y la sacudió.

—Decidme dónde está o juro que le daré una paliza cuando la encuentre. Estoy harto de sus mentiras y no las toleraré más tiempo.

Bertha abrió mucho los ojos.

—¿Si os ayudo, no le haréis daño?

Darius la miró con furia. ¿La doncella se atrevía a hacer tratos con él?

—Sólo os prometo que vivirá.

Bertha se mordió el labio y lo miró a los ojos. Al fin asintió con la cabeza.

—Está en la aldea. No hace nada malo, milord.

—¿Dónde en la aldea? —la soltó.

—Estará en el cementerio o en el bosque cercano.

Aquello tenía poco sentido para él.

—¿Qué es eso tan importante que arriesga mi furia y quizá su vida para desobedecerme?

Bertha se encogió de hombros.

—Puesto que lo vais a descubrir pronto, supongo que puedo decíroslo. Va allí para estar con Marcus.

Darius creía que había alcanzado los límites de su ira un par de veces en el pasado.

Estaba equivocado.

La rabia que le invadía en ese momento era tan violenta que nublaba su visión y sus pensamientos con una niebla roja. Se acercó a la puerta gritando:

—Vuestra señora vivirá, pero su amante no.

Bertha corrió detrás de él.

—No, milord Faucon, vos no comprendéis. Marcus no es...

Darius le cerró la puerta en la cara, cortando el resto de sus palabras.

Salió de la casa sin detenerse, sin mirar a derecha ni izquierda, cruzó el patio y subió a su caballo.

—¿Milord? —Osbert vio su expresión y movió la cabeza—. Nada. Puede esperar.

Los dos hombres atravesaron ambos patios y salieron por las puertas. Cruzaron el campo abierto y siguieron el camino estrecho que llevaba a la aldea.

Darius se esforzaba por calmarse a medida que avanzaba. No sería bueno estar cegado por la rabia cuando encontrara a ese Marcus. Los combates no los ganaban los que perdían la razón.

Y él ganaría ese combate. No le importaba lo que dijeran Marguerite, su padre, la Iglesia ni el mismo rey.

Por lo que a él se refería, su matrimonio era vinculante y, con la gracia de Dios, acabaría esa farsa aquella misma noche.

Sabía lo que sentía. Lo que no podía entender era por qué.

No era por amor. El amor había sido asesinado y apartado años atrás. No tenía que ver con la lujuria. Eso podía ofrecérselo cualquier mujer.

Necesitaba comprender el porqué o no sería más que otra farsa perpetuada por su propio orgullo.

Había echado de menos sus caricias, el sabor de sus labios, el sonido de su voz, el aroma de su piel, pero había también algo más que lo llevaba a esa locura. Algo en su interior que le comía las entrañas y le roía el corazón. Y no sabía lo que era.

Era como si su alma fuera consciente de algo que todavía tenía que descubrir.

Algo que necesitaba descubrir antes de volverse completamente loco.

Darius atravesó la aldea, agradeciendo que la gente se apartara a su paso. Frenó la marcha sólo cuando llegó a los campos del otro lado de las tierras de Thornson.

Detuvo el caballo, desenvainó la espada y miró a través del campo hacia el cementerio.

Osbert lo alcanzó y se detuvo a su lado.

—Darius.

La voz de su capitán contenía una nota de censura. Darius lo miró e hizo lo posible por tranquilizarlo.

—No le haré daño. Pero no puedo prometer que dejaré ir vivo a su amante.

El capitán estiró el brazo y tocó un momento el hombro de Darius.

—No puedo impediros hacer lo que debáis. Pero antes pensad en esto. No dejéis que los celos guíen vuestra espada.

—No son celos lo que me comen.

Y era cierto. Ni un asomo de celos fluía por sus venas.

—Entonces, ¿qué es?

Darius negó con la cabeza.

—Por el momento no lo sé. Pero lo sabré antes de que acabe el día.

Un movimiento en el borde del bosque situado al final del cementerio atrajo su atención.

Osbert lo vio también y lanzó un respingo.

Darius envainó su espada.

—Por el amor de Dios.

Sujetó las riendas y miró las dos figuras que caminaban de la mano hasta un punto del cementerio, en el que se sentaron.

Marguerite pasó un brazo en torno a su compañero y lo atrajo hacia su regazo. A Darius se le encogió el corazón ante la muestra evidente de amor que había entre la madre y el niño.

Osbert y él detuvieron los caballos a poca distancia del borde del cementerio. Marguerite estaba tan concentrada en el niño, que no se fijó en ellos.

Osbert rompió el silencio.

—Vos no lo sabíais.

—No —Darius movió la cabeza—. ¿Cómo iba a

saberlo? Nadie ha dicho ni una palabra. Nadie me ha hablado del hijo de Thornson.

¿Por qué se lo había ocultado ella? ¿Dónde había estado el niño? ¿Por qué le habían escondido su existencia?

En ese momento el niño saltó del regazo de Marguerite y tiró de ella para levantarla. Bailaron alrededor de unas cuantas cruces y luego la mujer lo abrazó.

El caballo de Darius relinchó y atrajo la atención de Marguerite y el niño. El chico se volvió y miró a los dos hombres.

Osbert lanzó un juramento. Darius casi se cayó del caballo. Ya sabía lo que su corazón y su alma habían estado intuyendo.

Cinco

Marguerite oyó relinchar al caballo. Miró a los hombres con el corazón en la garganta y una plegaria silenciosa en la lengua. Su primer impulso fue salir huyendo. ¿Pero adónde iría? Marcus y ella estaban en campo abierto. Darius los alcanzaría antes de que llegaran al refugio del bosque.

El juramento de Osbert resonó en sus oídos. Se encogió y abrazó a Marcus con fuerza.

Darius había descubierto su ausencia demasiado pronto. Unos momentos más y ella habría llevado a Marcus de vuelta con Hawise y John en la aldea.

El niño habría estado a salvo rodeado por los seis chiquillos morenos de la pareja. Escondido a la vista de todos.

¿Qué iba a hacer ahora? Observó a Darius con

atención. Al principio pareció sorprendido, su rostro palideció y sus ojos se agrandaron.

Cuando se acercaba a ella, Marguerite pudo ver que tenía un tic en la mejilla. Él miraba a Marcus y ella no pudo evitar preguntarse qué pensaría en ese momento en que sus ojos color avellana con reflejos dorados se encontraban con los ojos color avellana con reflejos dorados de su hijo... del hijo de los dos.

¡Santo cielo!, había jurado no romper nunca aquella promesa hecha a Thornson. Toda su vida adulta se había construido sobre una mentira obra de su marido. Y ella no había puesto objeciones.

¿Cómo ponerlas cuando mantener la mentira implicaba seguridad y amor?

Los hombres pararon sus caballos a poco más de un brazo de distancia de Marcus y ella.

—¡Vaya, que me condenen!

El casi susurro de Osbert reflejaba los pensamientos de Marguerite. Al final, su mentira probablemente la condenaría. Rezó en su interior para que no condenara también a Marcus.

El niño levantó la cabeza y miró a Osbert.

—¿No sabéis que jurar es pecado?

—¿De verdad? —Osbert se hizo el sorprendido—. Gracias por decírmelo, señor... ¿cómo os llamáis?

El chico levantó la barbilla.

—Marcus. Soy Marcus de Thornson.

Osbert se apeó del caballo. Observó al chico de la cabeza a los pies y una sonrisa amplia iluminó su rostro.

Su rápido reconocimiento sólo sirvió para fortalecer la resolución de Marguerite de impedir que nadie viera a Marcus y a Darius juntos.

Osbert se acuclilló a la altura de Marcus.

—Bueno, señor Marcus, es un honor conoceros.

—¿Quién sois vos?

—Soy sir Osbert de Faucon. ¿Y cuántos años tenéis, Marcus?

El niño levantó todos los dedos de una mano, sin dejar de mirar el caballo de Osbert.

—¿Ese caballo es vuestro?

—Sí, lo es.

—Es grande.

—No tanto —Osbert se enderezó—. Apuesto a que un joven como vos se puede sentar encima de él sin problemas.

Marcus miró a su madre con ojos brillantes de expectación. Marguerite tragó saliva con fuerza.

—Osbert, no le hagáis daño.

Osbert se puso rígido como si lo hubiera abofeteado.

—Me conocéis mejor que eso, milady.

Ella apretó a su hijo con fuerza.

Marcus se debatió un momento en sus brazos.

—¿Madre? —la miró, y en su rostro el miedo empezaba a reemplazar a la expectación.

—No lo asustes —Darius se inclinó hacia adelante en la silla—. Es innecesario.

¿Asustarlo? No, Marcus no tenía motivos para tener miedo. Era su propio miedo el que la retenía. Si lo dejaba ir con Osbert, ¿volvería a ver a su hijo? Negó con la cabeza.

—No. No puedo dejar que os lo llevéis.

—¿Llevármelo? —preguntó Osbert con desmayo—. Sólo me ofrezco a darle una vuelta en mi caballo, nada más —miró a Darius—. ¿Milord?

Darius desmontó, ató las riendas a una cruz de madera y sostuvo la mirada de Marguerite.

—Tenemos que hablar. Deja que el niño vaya con él —al ver que ella no soltaba a su hijo, añadió—: No me obligues a forzar este tema.

Él tenía razón en que necesitaban hablar. Marguerite soltó a su hijo y le pasó los dedos por las ondas de su pelo moreno.

Darius miró a Marcus, que hizo una seña a Osbert.

—Ve a dar un paseo. Sir Osbert se encargará de que estés a salvo.

Marcus corrió al lado de Osbert, claramente impaciente por subirse al caballo. El capitán lo sentó en la silla y echó a andar a su lado, con una mano en la cintura del niño y la otra sujetando con firmeza las riendas del animal.

Marguerite y Darius se miraron en silencio. Darius se preguntó si los pensamientos y emociones que invadían la mente de ella eran tan confusos como los suyos.

Osbert y Marcus dieron dos vueltas alrededor de ellos, y cuando llegaron la segunda vez al lado de Darius, Osbert carraspeó.

—Es evidente que os gustaría estar solos para compartir este momento de silencio total. El señor Marcus y yo estaremos ahí, en el campo, enseñando un par de cosas a este caballo.

Marguerite se secó los ojos y se volvió y apartó la vista.

Darius se acercó y la apretó con fuerza contra su pecho. Un sinfín de palabras subían a su garganta. Tragó saliva e intentó pensar qué decir, qué preguntar primero.

—¿Qué habéis hecho?

Ella tembló contra él; sus sollozos apagaron su voz. Darius apoyó su cabeza en el pecho de él.

—Marguerite, llorar no servirá de nada.

Cuando oyó que suspiraba y empezaba a controlarse, repitió la pregunta.

—¿Qué habéis hecho?

Ella continuó en sus brazos y habló contra su pecho.

—Yo pensaba que sólo protegía a mi hijo.

—¿Tu hijo? Estoy bastante seguro de que no lo creaste tú sola. No creo que nadie pueda negar quién es el padre.

—Su padre es Thornson.

—¿Por qué mientes? Él está muerto. Y ese chico es un Faucon de los pies a la cabeza.

Ella se puso rígida contra su pecho.

—Es hijo de Thornson —su voz subía de volumen a cada palabra—. Es Marcus de Thornson.

—Calla, Marguerite —le acarició la espalda, buscando calmar la histeria que asomaba en su voz.

Curiosamente, ahora que debería estar enfadado con ella por todo lo que le había hecho, lo único que le importaba era que no se sintiera amenazada. Apoyó la barbilla en la cabeza de ella y la meció con gentileza de un lado a otro.

—¿Por qué quisisteis esconderlo?

—Prometí a Henry que protegería a nuestro hijo.

—En Thornson estaba seguro, ¿no es así?

—Hasta que tú viniste, sí.

—Marguerite, ¿qué piensas tú que le iba a hacer yo a un niño? ¿Tan baja es la opinión que tienes de mí que me crees capaz de hacer daño a un niño?

Ella movió la cabeza debajo de la barbilla de él.

—No.

—Entonces, ¿por qué esconderlo?

Marguerite se encogió de hombros.

—Tenía miedo... creía que... —respiró con fuerza—. Creía que si la gente os veía juntos, pensaría... —hizo una pausa y enterró su rostro en los pliegues de la túnica de él—. Sabría que era tuyo.

Darius cerró los ojos. Las palabras de ella se clavaban en su corazón.

—¿Y por qué sería eso tan malo, Marguerite?

—Le prometí a Henry que no permitiría que nadie supiera la verdad. A cambio, el crió a Marcus como hijo suyo y procuró que no nos faltara de nada.

—¿Y él lo sabía?

—Por supuesto que lo sabía. Yo no era virgen la noche de bodas. Ya llevaba dentro a tu hijo.

—De nuestra noche de bodas.

—Sí. Henry protegió a mi hijo y mi honor.

—Y a cambio ganó un hijo que ya no podía concebir. Mi hijo.

Ella lo apartó.

—Él no te lo robó a ti.

—Cielos, no. No podía robarme lo que yo no sabía que tenía. ¡Qué inteligente por su parte!

—¿Inteligente? Hablas como si hubiera ideado un gran plan en beneficio propio.

—¿Y no fue así? ¿Crees que Thornson valoraba tu honor y bienestar por encima de sus deseos?

—¿Deseos? —Marguerite apretó los puños a los costados. Su rostro estaba rojo de rabia.—. ¿Deseos? ¿Qué deseos? ¿Qué crímenes diabólicos le vas a achacar a un muerto?

Antes de que terminara su misión y regresara a Faucon, él achacaría muchos planes diabólicos a Thornson, pero aquél no era de ese calibre.

—Yo no he dicho que su plan fuera malvado, sólo inteligente.

—¿Por qué inteligente?

—Por favor, Marguerite. No intentes convencerme de que te has vuelto ciega o tonta. Dime que la gente de Thornson no miraba a tu esposo de otro modo cuando se enteraron de tu estado.

—¿Otro modo? —ella arrugó la frente, buscando una respuesta—. No... no creo que lo hicieran.

—¿No susurraban sobre su virilidad renovada, su gran vitalidad con su joven esposa?

Marguerite se sonrojó; apartó la vista avergonzada.

—Ah, veo que tengo razón. ¿Y no crees que eso le hacía sentirse orgulloso como un pavo real?

—¿No sienten todos los hombres el mismo orgullo en esa situación?

—Yo no puedo saberlo, ¿verdad?

Marguerite levantó los ojos al cielo y movió la cabeza.

—Dime, Darius, ¿no sientes un aumento en tu orgullo en este momento?

Ella no tenía ni idea, pero de todas las emociones que le pasaban por la cabeza y el corazón, el orgullo no era una de ellas.

—¿Orgullo? No. De rabia tal vez. Y definitivamente, una sensación de pérdida.

—¿Pérdida? —ella se volvió y caminó entre las cruces—. ¿Qué has perdido? Un Faucon jamás podría comprender el sentimiento de la pérdida.

El dolor se hizo más intenso en el pecho de Darius. Su furia aumentó. ¿No comprender la pérdida?

—¿Por qué piensas eso? ¿Por el tamaño y la riqueza de nuestras propiedades? No olvides que pertenecen al conde, no a mí.

—Pero Rhys no permitiría que a sus hermanos les faltara de nada.

—Rhys no era el conde hace seis años —Darius hizo una pausa para tragar la bilis que le subía a la garganta—. No tenía nada que decir en la familia.

—Tu padre era un buen hombre. No habría permitido que sus hijos sufrieran ninguna pérdida.

—En circunstancias normales, tal vez no. Pero cuando estaba furioso, su furia no conocía límites.

Ella soltó una risita de incredulidad.

—Encuentro dudoso que algo pudiera enfurecerlo tanto fuera de la batalla —dijo.

—El matrimonio secreto de su hijo con la hija de un traidor, sí.

Ella se detuvo en seco, paralizada. Al fin se volvió lentamente.

—¿Traidor? ¿Te refieres a mi padre? —aunque su voz era suave y firme, los labios apretados y el ceño fruncido indicaban que su calma era sólo fingida.

Darius se encogió de hombros.

—Sí, y tú lo sabes muy bien. ¿No fue por eso por lo que se enfadó tanto por lo que habíamos hecho?

—No. Ya había arreglado mi matrimonio con Henry.

—Ah, sí. Es natural que un partidario de la emperatriz Matilda casara a su hija con otro de su calaña.

—¿Ahora llamas también traidor a Thornson?

Darius se echó a reír con fuerza. Cuando pudo controlarse, preguntó:

—¿Y los hombres a los que interrumpí en la playa no eran contrabandistas? —Marguerite negó con la cabeza.

—No. Recogían un cargamento de suministros.

A veces Darius disfrutaba del modo descarado en que le mentía. Le recordaba a un guerrero inepto que golpeara la espada contra su escudo como grito de batalla. La mentira era una invitación abierta a que probara su estupidez.

—Pues la próxima vez que pille a esos hombres en acción, los detendré. Entonces decidiremos si sus actividades son criminales o no. Pero no temas, su castigo será pequeño comparado con lo que sufrirá su líder —el respingo de ella fue recompensa suficiente por el momento.

Marguerite levantó las manos en el aire.

—Podríamos discutir eso todo el día. ¿Qué cambiaría?

—Nada. No cambiaría nada. Al final, yo habría perdido mi casa, mi familia y mi nombre, además de los primeros cinco años de la vida de mi hijo.

Ella lo miró completamente confundida.

—No comprendo. ¿Cómo perdiste tu casa y tu familia?

—Sencillo —él mantuvo la voz tan tranquila como su recuerdo le permitía. No fue fácil. Habían sido el peor día y la peor noche de su vida—. Mi padre me echó de la mansión e hizo borrar mi nombre de todos los registros.

—¿Qué? —preguntó ella, sorprendida.

—Ya me has oído. Los hombres de tu padre me sacaron de aquella cabaña, me ataron desnudo a un palo y me arrojaron a los pies de mi padre en el centro del patio de Faucon. Aunque eso divirtió mucho a los guardias, no le gustó nada al conde.

—No lo sabía. ¿Cómo pudieron hacer eso?

—Porque cuando nos encontraron, yo no iba armado, no estaba vestido y fue fácil para ellos.

Marguerite se ruborizó.

—Sí, fue un momento inoportuno.

Darius miró a Osbert y Marcus en la distancia.

—Yo diría que ese momento inoportuno y único fue suficiente.

Ella se acercó un paso más y le tocó el brazo.

—Darius, te suplico que no le quites su nombre a mi hijo.

Él la miró. ¿Qué esperaba que hiciera?

—No puedo permitir que se críe como un traidor a la Corona.

—Sólo es un niño.

—Sí. Rodeado por personas leales a Matilda. ¿Dónde será escudero y caballero, Marguerite? ¿Dónde aprenderá a ser un hombre? ¿En la corte del rey David? ¿Quién le enseñará honor y lealtad? ¿Uno de los barones de Matilda?

—¿Qué te importa a eso a ti? Cuando alcance esa edad, hará años que te has ido.

—Es mi hijo. Me importa muchísimo. Contéstame. ¿Qué arreglos, que promesas se han hecho ya para su futuro?

Ella volvió la cabeza y susurró:

—Irá al norte.

Darius la agarró por los brazos.

—Por encima de mi cadáver.

—No es asunto tuyo —Marguerite quería gritar, pero se limitó a apretar los dientes e intentar controlarse—. No pierdas el tiempo preocupándote por lo que no puedes cambiar.

Darius le apretó los brazos con fuerza y la miró de hito en hito.

—Si me lo propongo, puedo cambiarlo todo. Tú lo sabes.

—No puedes probar que Marcus no sea hijo de Thornson —conocía la debilidad de su respuesta, pero tenía que creer que mantenía algún tipo de control sobre el futuro de su hijo.

—No...

—¡Lady Marguerite! —gritó Hewise, que se acercaba con su esposo John.

—Parece que estás salvada por el momento —el tono de Darius dejaba claro que la conversación estaba lejos de haber terminado.

—Milady, nos preocupaba vuestra tardanza.

Marguerite sonrió a la mujer.

—No, estoy bien —se volvió a John para explicar su retraso—. Lord Faucon y su hombre se han encontrado con nosotros, así que estábamos muy protegidos.

John miró a su alrededor.

—¿Dónde esta el amo Marcus?

Marguerite abocó un gemido. No debería haber dicho nada que atrajera la atención hacia su hijo.

—Está con mi hombre —Darius señaló las dos figuras en el campo—. Sir Osbert le está enseñando a montar.

—Al chico le gustará eso, milord —John miró a Darius con la frente fruncida.

Su esposa, a su lado, apretó los labios.

—Lady Marguerite, os juro que lord Faucon y el amo Marcus podrían estar emparentados.

Darius observó a Marguerite con atención. Se preguntó si Hewise y John verían el temblor de su barbilla y la palidez de su rostro.

Apenas había tenido tiempo de asimilar aquello; no estaba preparado para compartirlo con otros.

—¿Parientes? Santo cielo, si el color del pelo creara vínculos familiares, estaría emparentado con todos vuestros hijos.

John soltó una carcajada.

—Milord, podéis quedaros uno poco si queréis.

Después de unos momentos de silencio incómodo, Hewise golpeó a su esposo con el codo.

—Hablando de niños, creo que ya hemos dejado bastante tiempo solos a los nuestros.

John asintió con la cabeza.

—Con permiso, lady Marguerite, milord.

—Iré luego —repuso Marguerite.

Espero a que la pareja se alejara para lanzar una retahíla de maldiciones, dirigidas principalmente contra sí misma. Se cubrió el rostro con las manos.

—¿Qué he dicho? ¿Qué voy a hacer ahora?

Darius se había preguntado lo mismo. Aunque no comprendía todavía que Marguerite mintiera sobre la paternidad de Marcus, entendía muy bien sus motivos más recientes.

Tomando en consideración la mentira, había hecho bien en esconder al chico No tanto de él como para que la gente no los viera juntos. Marcus se parecía tanto a los Faucon que habría que ser imbécil para no notar la semejanza.

Se pasó una mano por el pelo y miró el cielo. La respuesta al dilema de ambos estaba muy clara. Casarse con ella.

Sacudió la cabeza con la esperanza de despejarla de aquella locura repentina.

Pero el gesto sólo sirvió para fortalecer la locura.

La miró. Marguerite miraba el campo con el ceño fruncido, pero él tenía el poder de aliviar sus problemas.

¿Y qué pasaría con los problemas de él?

¿Que haría el rey Stephen? ¿Qué pensarían o dirían sus hermanos?

Suspiró. ¿Cuándo había tomado él el camino fácil?

Le puso las manos en los hombros.

—¿Marguerite?

Cuando ella se volvió hacia él, Darius vio que tenía los ojos llenos de lágrimas.

—Tengo una solución.

—¿Cuál? —la mirada esperanzada de ella le dio la fuerza necesaria para completar aquel momento de locura.

—Cásate conmigo. Otra vez.

Ella lo miró escandalizada.

—¿Casarme contigo? Tienes que estar loco para sugerir eso.

—Es posible. Pero resolvería muchos problemas.

—¿Cómo? ¿Cómo resolvería nada?

—Thornson será entregado a un nuevo señor. Te guste o no, te obligarán a casarte de nuevo. ¿Por qué no hacerlo con el monstruo que ya conoces en lugar de con un extraño?

Marguerite no podía creer lo que oía. Habría incontables razones para que fuera mejor el extraño. Razones que no deseaba contar a Darius. Y además, había algo más evidente.

—Por favor, dime cómo va a impedir nuestro matrimonio que os vean juntos a Marcus y a ti y adivinen la verdad.

—Sencillo. Una vez que estemos casados, declararé

públicamente que Marcus será el único heredero de Thornson.

—¿Harías eso? —ella no conocía a ningún otro hombre capaz de hacer algo así.

—Falcongate no es más que una propiedad pequeña, pero es más que suficiente para mí y un par de hijos.

—¿Esos hijos incluyen a Marcus?

Él le tomó las manos.

—Puesto que nunca llegaremos a un acuerdo, eso lo decidirá él cuando sea lo bastante mayor. No veo motivo para cambiar sus recuerdos del hombre al que considera su padre.

Empezó como un roce pequeño y gentil en la zona del corazón. Pero fue creciendo en calidez y en insistencia. Por mucho que deseara criticar las ventajas de aquella solución, no encontraba ningún fallo en ella por lo que a su hijo se refería.

—¿Y nosotros?

Darius pareció confuso.

—¿A qué te refieres?

—A nosotros. No quiero que esto se interponga entre nosotros. Yo quise a Henry, todavía lo quiero y una parte de mí lo querrá siempre.

El apretó la mandíbula, pero dijo:

—Tendré que aprender a vivir con eso. ¿Puedes decirme sinceramente que nunca volverá a haber sitio para mí en tu corazón? ¿No queda nada de lo que hubo entre nosotros?

Ella sólo pudo repetir:

—Éramos unos niños.

Darius le soltó las manos, le alzó la barbilla y bajo su boca hacia la de ella.

Marguerite sabía lo que iba a ocurrir, por lo que la guerra que invadió su mente y su corazón no tuvo nada de inesperado.

Los labios de él eran cálidos. Su caricia alejaba el frío que producía la brisa cada vez más intensa del océano.

Darius la abrazó y la atrajo contra su pecho. El abrazo y la dureza de su torso ofrecían un buen refugio. Por primera vez en meses, ella conoció un cierto grado de protección.

Él interrumpió el beso para preguntar:

—¿Te casarás conmigo, Marguerite? —sus palabras rozaron los labios de ella como frágiles alas de hada.

Marguerite sabía sin asomo de duda que podía colocar la seguridad de su hijo en manos de Darius. ¿Pero y Thornson y los hombres? Darius era un hombre del rey Stephen y eso no cambiaría nunca. Thornson descansaba en manos de Matilda y eso tampoco podía cambiar.

Darius apoyó la frente en la de ella.

—Pienas demasiado. ¿Qué te preocupa más, Marguerite? ¿El bien de tu hijo o el de tus hombres?

¿Nunca había perdido la capacidad de adivinar sus pensamientos?

—Yo...

Que Dios la perdonara, pero no podía volver a mentirle ni tampoco podía decirle la verdad.

—¿Tú qué? —Él le cubrió la frente de besos—. Sabes que no haré daño a Marcus.

Le besó la comisura de los labios, muy consciente de que su caricia llevaba el caos a los pensamientos de ella.

Recorrió sus labios con la punta de la lengua, provocándole escalofríos en la espina dorsal.

—Yo soy muy capaz de lidiar con tus hombres. No tengas ningún miedo a ese respecto.

Cuando ella abrió la boca para responder, él se lo impidió con un beso, una caricia insistente que le robaba los pensamientos y la impulsaba a abandonar toda cautela.

Suspiró y sintió que los labios de él se entreabrían en una sonrisa.

Se apoyó con más fuerza en él, deseando más que sólo sus labios. Y sabiendo que ese algo más sólo incrementaba el deseo.

Él se apartó un momento.

—Cásate conmigo.

Antes de que ella pudiera responder, la besó de nuevo en la boca.

Marguerite sabía que buscaba seducirla hasta que le diera la respuesta que quería. Pero ella ya no tenía quince años ni ignoraba los modos de los hombres.

Levantó una mano y pasó los dedos por el pelo de él. Darius la abrazó con fuerza.

Marguerite se apartó de su beso. Lo miró a los ojos y por un momento lamentó lo que estaba a punto de hacer.

—Darius, no puedo decidir algo tan importante en un momento.

Él bajo los brazos y se apartó. Un extraño no habría notado el dolor y la rabia que cruzaron sus rasgos antes de que los cubriera una máscara de indiferencia.

—Tienes que decidir de prisa o el rey Stephen decidirá por ti.

—Sólo necesito unos días —ella extendió los brazos, pero él se apartó—. Darius, dame tres días para pensar algo que va a decidir el resto de mi vida.

La risa de Marcus, que se acercaba, la impulsó a añadir:

—Marcus se queda con Hewise y John hasta entonces. No permitiré que nadie diga cosas que pueda oír él.

La mirada tormentosa de Darius hizo que se le acelerara el corazón, pero él asintió con la cabeza.

—Tres días.

Marguerite se sintió aliviada. Era el tiempo que necesitaba. Cuando se volvió hacia su hijo, Darius la tomó del brazo.

—Eso es todo, Marguerite. Tres días y termina este juego.

Seis

Darius se apoyó en el muro que rodeaba el patio interior. El brillo del sol le hizo parpadear. Al menos parecía que hacía un buen día para decidir su futuro.

Marguerite le había pedido tres días y habían pasado ya. Como no quería que se sintiera obligada a aceptar el matrimonio, la había dejado sola intencionadamente.

Aunque echaba de menos su compañía, había tenido tiempo de investigar las cosas raras que ocurrían en Thornson. Y había bastantes.

Un movimiento atrajo su atención y vio que uno de los hombres de Thornson entraba en los establos y no salía ni por la puerta delantera ni por la puerta lateral. Ya iban cinco hombres en poco tiempo. Movió su atención a la pared opuesta, esperando la señal de Osbert.

Su capitán se apartó de su lado del muro y avanzó hacia la parte delantera de la casa. Eso indicaba que los hombres de Thornson tampoco habían salido por la puerta trasera ni lateral derecha del establo. Darius salió al encuentro de Osbert.

Había dejado de vigilar a Marguerite porque creía que el secreto que tanto se esforzaba ella por ocultar era Marcus. Ahora se preguntaba si quizá tenía otros aparte de su hijo.

Eran demasiados los hombres que habían entrado en los establos y no habían vuelto a aparecer. Tantos, que resultaba evidente que se les había escapado alguno de los túneles.

Darius y Osbert bajaron del muro y se encontraron en el centro del patio.

—¿Estaban así de ocupados antes? —preguntó Darius.

Osbert negó con la cabeza.

—No. Yo diría que se cuece algo.

—Otro cargamento de suministros, seguro.

Osbert hizo una mueca.

—¿Reúno a los hombres y vamos detrás de ellos?

—No... —Darius vio en ese momento que Marguerite salía de la mansión y se dirigía hacia el establo. Justo cuando se disponía a seguirla, ella se volvió y lo saludó con la mano. Un mozo del establo sacó un caballo y se acercó a Darius con el animal.

—¿Cómo estáis en este hermoso día, milord?

—Muy bien, lady Marguerite. ¿Y adónde os dirigís?

—A la aldea —ella lo miró un momento—. Si me lo permitís, por supuesto.

Él quería decirle que no, sólo para ver sus mejillas rojas de furia y sus ojos brillantes. Pero reprimió el impulso.

—No quiero alejaros de vuestros deberes.

Ella montó con ayuda de Osbert y le sonrió.

—Gracias.

Darius se acercó y le tocó la pierna.

—Han pasado tres días —dijo, y ella asintió con la cabeza—. ¿Os veré esta noche en la cena?

Marguerite extendió el brazo y le acarició la mejilla con el dorso de la mano.

—Por supuesto que sí —arreó a su caballo con el pie y salió del patio.

Darius esperó a que cruzara la puerta.

—¡Seguidla! —pidió a Osbert.

Odiaba no poder confiar en ella, ¿pero qué había hecho para ser merecedora de su confianza? Hasta el momento, nada.

Se dirigió a la casa, a los aposentos de Marguerite. Aprovecharía su ausencia para descubrir lo que pudiera.

Cuando Marguerite salió a campo abierto, puso el caballo al galope. Soltó una carcajada cuando el viento le arrancó el tocado de la cabeza. Por el momento quería recrearse en los cambios que aquel día llevaría a su vida.

Los hombres se llevarían a Marcus al norte esa noche y ella iría con ellos.

Si no hubiera amado a Henry, la idea de casarse con Darius no le pesaría tanto en el corazón. Incluso muerto, Henry Thornson ocupaba un lugar que no podía ocupar ningún otro.

Pero... pero aquello no era cierto del todo. Arreó todavía más al caballo. Lo que pasaba era que temía que Darius pudiera ocupar muy bien el lugar que ella había prometido a Henry para toda la eternidad.

Sus ojos se llenaron de lágrimas. Aquello no era justo. Ni para ella ni para Darius. Stephen debería haberle enviado a un desconocido, un hombre al que ella no hubiera sido capaz de querer.

Entonces todo habría ido como estaba planeado. Habría sido fiel al hombre que le enviara el rey, pero se habría ido a la tumba amando sólo a Henry.

En lugar de eso, Stephen había enviado a Darius. Y la única tarea de éste era proteger Thornson hasta que encontraran un marido. Pero Darius siempre sería Darius. Es decir, nunca haría lo que le decían. Siempre encontraría la necesidad de ir más lejos. En consonancia con su naturaleza, le había ofrecido lo que creía que encajaba mejor con las necesidades del momento... que se casara con él.

Y ahora a ella sólo le quedaba esperar que él pudiera entender algún día lo que la impulsaba a huir. Y quizá un día, en el futuro, pudiera incluso perdonarla por el dolor que le había causado.

Los tres últimos días había intentado dejarle una

misiva que lo explicara todo. Pero no le había resultado fácil encontrar las palabras. Y tenía pocas esperanzas de que hubiera conseguido explicárselo de un modo que él lo entendiera.

Estaba segura de que, cuando Darius leyera sus palabras, su primera reacción sería de furia. Su única esperanza ahora era salir de Thornson antes de que él encontrara el mensaje.

Cuando llegó al borde del bosque, frenó al caballo y se volvió a mirar la casa en la distancia. El corazón le latió en el pecho con fuerza, y con una sensación de pérdida tan grande que creyó que no podría soportarla.

—Lady Marguerite.

Apartó su atención de la mansión que quizá ya no volvería a ver y miró a Hawise, oculta entre los árboles.

—Milady, venid —la mujer le tendió la mano—. No os torturéis más. Venid, Marcus os espera.

Marguerite desmontó. Ató las riendas a la brida y colocó el caballo en dirección a Thornson. La bestia no tardaría en tener hambre y encontraría sin dificultad el camino de vuelta a los establos.

—¿Estáis seguro de que la dama viene con nosotros?

—Sí, milord —repuso sir Everett—. De pronto se niega a dejar que su hijo vaya al norte solo.

—No veo motivo para esa decisión —el hombre

colocado en las sombras se tocó la barba corta—. ¿Ha ocurrido algo que no sepa para provocar eso?

—Nada de lo que yo sea consciente, milord. Sólo me dijo ayer que viajaría con Marcus. Yo no estoy en posición de interrogarla. Sólo cumplo órdenes.

—Ah, sí, el obediente sir Everett. Estoy seguro de que cumplís todas sus órdenes.

—Yo...

El hombre levantó la mano para cortar su respuesta.

—No contestéis. Ocupaos de que la dama y su hijo permanezcan ocultos hasta mi regreso.

—¿Ocultos? Vaya, lord Bainbridge, no sabía que tuviera que esconderme en mis propias tierras.

Los dos hombres se sobresaltaron al oír a Marguerite. Ella sonrió.

—Ah, veo que interrumpo. ¿Qué grandes planes habéis forjado para sorprenderos así?

Sir Everett se apartó, dejando que respondiera el otro.

—Milady, las actividades de esta noche requieren cierta planificación —el hombre miró al niño situado al lado de Marguerite—. Éste debe ser lord Marcus.

—Sí, es el hijo de Thornson.

Intentó adelantar a Marcus, pero él se echó hacia atrás.

Marguerite miró a su hijo sorprendida. El chico, normalmente extravertido, echó un vistazo a Bainbridge y se escondió detrás de ella. Algo, tal vez el instinto maternal, le indicó a ella que estuviera alerta con aquel hombre.

Lord Bainbridge no pareció notar nada y siguió con la conversación.

—El joven Marcus estará seguro conmigo. No es necesario que me acompañéis hasta el rey David.

Su voz era demasiado suave, su tono muy condescendiente, y su sonrisa no llegaba hasta los ojos. Marguerite sonrió también como la mujer buena y educada que él seguramente esperaba.

—Oh, no, milord, no es por miedo a que Marcus no esté seguro. Simplemente hace años que no voy a la corte y he pensado que ésta puede ser la oportunidad perfecta para visitar a viejos conocidos.

Aunque Bainbridge era pariente lejano de su difunto esposo, no habían tenido el contacto suficiente para que él supiera cómo reaccionaría ella en una situación dada.

En eso llevaba ventaja. Henry sólo se fiaba de Bainbridge hasta un punto. Por eso supervisaba personalmente la parte final de las operaciones de contrabando. Bainbridge no era tan tonto como para enfurecer al rey David, por lo que no había dudas de que, una vez cargados los suministros, llegarían a Escocia. Sobre todo teniendo en cuenta que un mensajero a caballo llevaba siempre la lista de mercancías por separado. Así los que descargaban los botes en Escocia sabían lo que podían esperar que transportaran.

La preocupación de Henry había sido siempre que las armas y el oro salieran de las cuevas hasta los botes. Nunca permitía que nadie más supervisara la carga aparte de él.

Lord Bainbridge la examinó con sus ojos fríos azules. Marguerite mantuvo la sonrisa en el rostro. Confiaba en no parecer tan tonta como se sentía.

Al fin el hombre asintió y cruzó la pequeña distancia que los separaba.

—Comprendo. Ahora que el querido Henry ya no está con nosotros, ansiáis compañía —le puso una mano en el hombro y lo apretó con gentileza—. Será un honor escoltaros a Marcus y a vos a presencia del rey David.

Aquel hombre era imbécil. Había interpretado su sonrisa como una especie de invitación para tomarse libertades con ella. Sólo el hecho de que Marcus le abrazara las piernas impedía a Marguerite apartarle el brazo con enojo, pero bajó el hombro para rechazar su contacto.

—Perdón —Bainbridge retrocedió inmediatamente—. No pretendía insultaros. Sólo quería ofreceros consuelo y lo que espero sea el comienzo de una relación fructífera.

—¿Relación?

Marguerite no tenía intención de empezar ningún tipo de relación con aquel hombre. Ya había pensado pedir al rey David que pusiera a otro al cargo del viaje en la parte de Escocia.

—Lady Marguerite, aunque Henry y yo éramos parientes lejanos, el parentesco venía por matrimonio. Su tío se casó con mi madre después de que yo naciera.

Ella ya lo sabía. También conocía los rumores de

que su madre no estaba casada con nadie cuando nació él. Él debía su apellido a que su madre se encontraba en la corte del rey David en el momento de la concepción.

Sin embargo, no dijo nada de aquello.

—Sí, milord, conozco vuestra relación con Henry.

Él le sonrió y le tomó la mano.

—Deseo que aprendamos a conocernos bien. Hay mucho que podemos hacer el uno por el otro.

—¿Por ejemplo? —ella no pudo resistir el impulso de apartar la mano. Por el momento, necesitaba su ayuda. Pero estaba deseando que acabara el viaje para separarse de él para siempre.

—Bueno... —él guardó silencio y bajó la vista como si se sintiera avergonzado. Ella sabía que aquello era puro teatro.

Marguerite se mordió la lengua y esperó a que él dijera lo que pensaba.

—Es de todos sabido que Thornson necesita una mano fuerte que guíe a sus hombres y supervise los asuntos del rey.

Marguerite tuvo que reprimir una carcajada. ¿Y él creía ser ese hombre? Pero sabía que no había terminado todavía, así que guardó silencio y esperó.

—El joven Marcus necesita alguien que lo guíe —llevó la mano de ella a sus labios y la besó—. Y estoy seguro de que una mujer encantadora como vos necesita un hombre fuerte como marido —acercó una vez más la boca a los dedos de ella—. Para mí sería un honor ser ese hombre.

Marguerite hubiera preferido saltar por el acantilado y condenarse al fuego eterno antes que casarse con Bainbridge. Apartó su mano con toda la gentileza de que fue capaz dadas las circunstancias y decidió que la lavaría bien a la primera oportunidad. Por el momento se contentó con bajar el brazo y ocultar el puño en los pliegues de la falda.

—Lord Bainbridge, gracias por una oferta tan generosa, pero Henry todavía no se ha enfriado en su tumba. Estoy segura de que, cuando llegue el momento, el rey David hará lo que más convenga a Thornson y a Marcus.

—¿Pero y vos, querida? —dijo él. Tendió la mano y colocó un mechón de pelo de ella detrás de la oreja. Marguerite se estremeció con repulsión.

—¿Yo? Yo haré encantada lo que el rey ordene.

—Supongo que, puesto que estuvisteis casada con un guerrero lujurioso —miró un instante a Marcus—, tenéis necesidades que ahora no están cubiertas.

¡Santo cielo! ¿Qué sería lo siguiente que pensaba sugerir aquel hombre? Marguerite enarcó las cejas.

—¿Necesidades?

La sonrisa de él era claramente lasciva. Pasó despacio la punta de la lengua por el labio superior y ella tragó saliva para impedir que la bilis le llegara a la garganta.

—Lady Marguerite, yo no soy hombre de palabras delicadas. Por suerte, ya habéis tenido un marido en vuestro lecho, por lo que las palabras directas no os ofenderán mucho.

—Yo...

Él le puso los dedos en los labios y movió la cabeza.

—No, no, primero dejadme terminar. Una unión entre nosotros nos daría una riqueza inimaginable. Las tierras de Thornson añadidas a las mías sólo podrían rivalizar con las propiedades del rey David.

Aquel hombre estaba loco. No había otra explicación para su horrible comportamiento. Aquella oferta debía presentársela al rey, no a ella.

—Pero no temáis. No es sólo vuestra propiedad lo que deseo —bajó la vista a los pechos de ella y, para sorpresa y horror de Marguerite, hizo lo mismo con la mano—. Debo admitir que la mera idea de teneros en mi lecho para disfrutaros toda la vida me seduce mucho.

Marguerite intentó apartarse, pero Marcus seguía abrazado a sus piernas. Cuando apartó el brazo para echarlo hacia atrás, Bainbridge le agarró la muñeca.

—Soltadme. No actuéis así delante de mi hijo.

Él la atrajo hacia sí hasta que ella quedó pegada a él. Rápidamente, él bajó la mano desde su pecho y la abrazó apretándola contra sí.

—¡Llevaos al niño al campamento! —ordenó a Everett por encima del hombro de ella—. Nosotros iremos pronto.

Everett apartó a Marcus de las piernas de ella y tiró de él. Cuando el niño gritó para llamar a su madre, Everett le tapó la boca.

Marguerite empujó a Bainbridge.

—Sí le hacéis algo a mi hijo, os mataré. ¿Me oís?

El hombre se echó a reír.

—Yo jamás sería tan estúpido como para dejar que le ocurriera nada al hijo de Thornson. El rey David me haría decapitar.

Bajó la boca hasta que estuvo cerca de la de ella y susurró:

—Pero la madre es otra historia.

Marguerite se debatió en sus brazos.

—Soltadme, Bainbridge.

Él se movió adelante y atrás, intentando besarla en los labios. Como no tenía éxito, agarró el pelo de ella a la altura de la nuca.

—Estaos quieta. No os portéis como una virgen asustada. No os sienta bien y no servirá de nada.

El miedo dejaba un sabor metálico en la boca de Marguerite. Habría creído que no tendría nada que temer, pero no había sospechado la depravación de aquel hombre.

Henry había descrito a Bainbridge como un tonto sin cerebro. Ni una sola vez le había dicho que fuera peligroso. Tanto Henry como ella lo habían juzgado mal. Había sido un grave error, error que ella tenía que procurar no repetir.

Lo empujó en el costado.

—No me porto como una virgen asustada. No os temo —rezó en silencio para que su falso arrojo hiciera razonar al hombre—. Si queréis unir nuestras tierras, éste no es el modo de hacerlo.

Él se echó hacia atrás, pero no la soltó.

—No me importa si os gusta mi método. Agradable o no, seréis mi esposa.

—Sí es lo que desea el rey David, lo seré. Pero quiero oírselo a él.

Bainbridge se encogió de hombros.

Me temo que el rey no comparte mi punto de vista.

Ah, o sea que sí había hablado con el rey. Eso explicaba sus acciones. Le enfurecía que hubieran rechazado su petición y pensaba tomar el asunto en sus manos.

Marguerite se preguntó por qué el rey no le había concedido lo que pedía.

Quizá tenía que ver con lo que Bainbridge había dicho antes, que las propiedades conjuntas de los dos serían inmensas. Eso podía suponer un peligro para el rey.

—¿Y creéis que me vais a convencer a mí por la fuerza?

—Había planeado cortejaros, mostraros tantas atenciones que no pudierais ignorarlas. Pero cómo habéis decidido ir a la corte del rey David, me resulta imposible seguir con ese plan. Vuestra decisión me ha obligado a actuar con rapidez.

Marguerite vio en aquello algo que podía salvarla y aprovechó la oportunidad.

—¿Y no habéis pensado acudir a mí? Quizá podríamos haber forjado un plan juntos —arqueó una ceja—. Puede que todavía no sea tarde.

Bainbridge achicó los ojos.

—¿Por qué deseáis coaligaros conmigo? ¿Qué maldades habéis planeado?

—¿Maldades? ¿Es malvado buscar mi futuro y no el que el rey Stephen planea para mí?

—¿Stephen? ¿Qué tiene que ver con esto?

Si aquel hombre no lo sabía, era tan tonto como había dicho Henry.

—Thornson puede ser leal al rey David y la emperatriz Matilda, pero la propiedad está en terrenos del rey Stephen. Siempre hemos estado entre la espada y la pared.

Él la soltó y se tocó la barba.

—Por eso está aquí Faucon, para controlar la propiedad para el rey Stephen.

Marguerite se recordó mentalmente que debía ir con cuidado. Sólo quería quedar libre de aquel hombrea, no provocar una guerra. Se encogió de hombros y dijo con ligereza:

—Eso creo. Como no es el hombre que el rey Stephen ha elegido para marido mío, no le hacemos mucho caso.

—¿El rey Stephen piensa elegir al siguiente señor de Thornson?

—Sí. Yo no quiero casarme con un enemigo —sonrió ella—. Conque ya veis que yo también me puedo beneficiar de una alianza con vos.

Bainbridge le devolvió la sonrisa. Y esa vez, una expresión de avaricia le iluminó los ojos. Tendió la mano.

—Milady Thornson, si podéis perdonarme, me gustaría mucho combinar nuestras fuerzas en beneficio mutuo.

Ella rezó para que no notara su temblor y colocó la mano en la de él.

—Milord Bainbridge, estaré encantada de trabajar con vos en este asunto.

De camino hacia su campamento, ella apenas prestaba atención a la conversación del hombre. Su mente estaba muy ocupada forjando planes de huida para Marcus y para ella.

Siete

Darius estaba sentado en el borde de la cama en su habitación y miraba sin ver la misiva que apretaba con fuerza en las manos.

¿Cómo podía hacerle eso? ¿Cómo podía hacerse eso a sí misma... a todos ellos? Si no hubiera conocido a Marguerite mejor de lo que al parecer se conocía ella, o si no hubiera podido leer entre líneas lo que tanto se había esforzado ella por esconder, habría estado furioso.

Otro hombre que no la conociera tan bien, se habría dedicado a destruir su mansión piedra a piedra para desahogar su rabia. Pero él no era otro hombre.

No. Era simplemente un tonto que se iría a la tumba amando todavía a aquella mujer. Una mujer que tenía tanto miedo de corresponder a su amor que prefería huir a correr ese riesgo.

Por eso, en lugar de enfurecerse, estaba sentado en la habitación escuchando los latidos de su corazón, corazón que, una vez más, sentía a punto de estallar.

Sus hermanos lo habían acusado a menudo de pensar demasiado. Él se había reído, pero quizá tenían razón. Quizá pensaba demasiado y por eso podía partirle el corazón la misma mujer más de una vez.

Osbert abrió la puerta sin llamar.

—Lady Marguerite pretende huir —anunció sin preámbulos.

Darius agitó en el aire el pergamino arrugado que tenía en las manos.

—Lo sé.

Osbert se apoyó en el cerco de la puerta y se llevó una mano al pecho, luchando por respirar.

—¿Casi me mato para traeros esa noticia y ya lo sabéis? —se rascó la punta de la nariz—. ¿Y estáis aquí sentado sin hacer nada?

Darius se levantó y arrojo la nota sobre la cama.

—¿Y qué pensáis que debo hacer?

—¿Ir detrás de ella?

Darius tomó los guantes y el casco de encima de un baúl y se los puso.

—Eso será lo primero que haga.

Osbert lanzó un gruñido y entró del todo en la habitación.

—No permitáis que os vuelva a hacer esto, milord, no vale la pena sufrir otra vez.

—Os equivocáis. Ella lo vale todo para mí, y lo sabéis bien. Traeré aquí a su hijo y a ella sólo el tiempo suficiente para cumplir mis deberes con el rey Stephen y después los llevaré a casa.

—¿Y si ella no quiere ir? ¿Qué haréis entonces? ¿La forzaréis? Ése no es el camino al corazón de una mujer.

Darius enarcó las cejas y miró a su capitán.

—No será necesario, creedme. Seguirá a su hijo dondequiera que vaya.

Osbert parpadeó, pero se hizo a un lado.

—Como deseéis.

Los dos hombres siguieron el corredor hasta la escalera situada al final. La puerta de los aposentos de Marguerite estaba abierta y de su interior llegaban ruidos apagados. Darius entró en la estancia.

Bertha, que limpiaba allí, se volvió a mirarlo.

—¿Milord? La señora no está aquí. ¿Puedo hacer algo por vos?

—Sé que ha decidido huir —hizo una pausa, esperando la reacción de la criada. Ésta se puso roja y no pudo sostener su mirada—. Reunid sus efectos personales y llevarlos a mi habitación. La traeré de vuelta, Bertha, como mi esposa. A partir de este momento, si hacéis algo por ayudarla a huir de esta casa o a cometer algún tipo de traición contra el rey Stephen o contra mí, responderéis de ello ante mí.

La criada palideció y se tambaleó levemente.

—¿Habéis entendido?

La mujer guardó silencio, pero asintió con la cabeza.

—Bien. Cuando hayáis dejado sus cosas en mis

aposentos, estoy seguro de que vuestra hermana necesitará vuestra compañía en esta hora de necesidad y yo necesito unos días a solas con Marguerite.

Bertha inclinó la cabeza.

—Gracias, milord —la voz de ella se quebró y lo miró con las mejillas llenas de lágrimas.

Él cruzó la estancia y le tomó la mano.

—No temáis, volveréis cuando haya nacido el niño. Os necesitaremos. No le haré nada a vuestra señora, pero no puedo permitir que Thornson siga como hasta ahora. A ella le toca enmendar los abiertos actos de traición de esta casa.

Seguro de que la mujer lo entendía, le dio recuerdos para su hermana y salió de la habitación. Bajó las escaleras seguido por Osbert y salió al patio.

—¡Faucon, a mí! —Gritó.

Cuando sus hombres empezaron a acudir a su llamada, cruzó con ellos hasta los establos para guiarlos en lo que esperaba no sería la caza inútil de una mujer asustada por el mero hecho de enamorarse.

Marguerite se levantó de su asiento en un tronco al lado del fuego, se apoyó en un árbol y reprimió una ristra de juramentos. Bainbridge y ella no habían alcanzado todavía ningún acuerdo. Habían caminado hasta aquel pequeño claro en lo profundo del bosque y hablado casi toda la tarde sin encontrar puntos comunes. Miró el humo que ascendía de lo que quedaba de la hoguera moribunda y observó a continuación los árboles densos que rodeaban el claro. Por supuesto, no ayudaba el hecho de que ella no intentara buscar puntos comunes.

Se negaba en redondo a casarse con él antes de llegar a la corte del rey David. Y él se negaba en redondo a ir a la corte sin la ventaja de un matrimonio entre ellos.

Una mano le tocó el hombro.

—Lady Marguerite, ¿habéis tenido ocasión de pensar otro modo de zanjar nuestro desacuerdo?

Marguerite se juró que, si no dejaba de acosarla de aquel modo, acabaría clavándole una espada en el corazón esa misma noche mientras dormía.

Se apartó de él y se encogió de hombros.

—No, todavía no. Sigo sin entender por qué insistís en tener un matrimonio secreto cuando estoy segura de que yo podré convencer al rey.

—Y yo no estoy tan seguro de vuestra capacidad para razonar con él. Ya me ha rechazado una vez. No comprendo por qué pensáis que vos podéis inclinarlo de nuestro lado.

—Porque vos sólo le hablasteis de batallas y defensas. Yo le hablaría de los muchos beneficios añadidos que pueden suponerle nuestras propiedades unidas.

Bainbridge negó con la cabeza.

—No, ¿qué le importa a él eso? Somos hombres. Lo nuestro es luchar. El rey David tiene muchos soldados que irían gustosamente a la batalla por él.

El absurdo de algunos hombres nunca dejaba de admirarla. ¿Por qué pensaban primero en la batalla y en la negociación sólo como último recurso? ¿Tan poco valían para ellos las vidas de los hombres que estaban a sus órdenes y las de los aldeanos?

Marguerite tragó saliva para ahogar su frustración.

—Milord, él ocupa Northumbria, que es del rey Stephen. Aunque la tierra es rica, no tiene fortificaciones de ningún tipo. Thornson es la fortaleza más cercana a esas tierras.

—¿Y?

Marguerite tuvo que hacer acopio de toda su fuerza de voluntad para no darle una bofetada.

—Thornson está al sureste. Bainbridge está al noroeste. Northumbria se halla entre nosotros. Podemos ofrecerle una ruta directa por tierra para suministros y hombres, además de la que ya tiene por barcos.

Casi pareció que hubieran encendido una vela detrás de los ojos de él.

—Entiendo. Sí, sí, puede que tengáis razón.

Empezó a pasear rápidamente adelante y atrás. Al fin se detuvo delante de ella.

—Quedaos donde estáis. Volveré pronto. Necesito unos momentos a solas para pensar en las ventajas de vuestro plan. Puede que funcione, pero todavía no estoy seguro.

Ella se recostó en el árbol.

—Tomaos todo el tiempo que necesitéis. Yo me quedo aquí.

Marguerite lo miró alejarse sin decir palabra. Cerró los ojos y se frotó las sienes palpitantes. ¿Cómo podía ser tan estúpido? No había que estar muy versado en el arte de la guerra para darse cuenta de que valía mucho tener las fronteras protegidas por aliados.

No era de extrañar que Henry despreciara a Bainbridge. Aquel hombre era un imbécil. Una cualidad que lo capacitaba sólo para la avaricia y la tradición.

Apretó los labios y miró a su alrededor. ¿Dónde tenían a Marcus? No lo había visto desde que entraran en aquel claro.

De no haber estado convencida de que el niño no corría peligro por parte de Bainbridge, a esas horas estaría frenética. Pero él tenía razón; el rey David lo decapitaría si le ocurría algo al heredero de Thornson estando bajo su protección.

Se colocó el pelo lo mejor que pudo, alisó la falda del vestido y echó a andar por un sendero. De un modo u otro, descubriría el paradero de Marcus, aunque tuviera que ponerse en el medio del bosque y gritar como una loca.

Encontró a sir Everett sentado en un tronco al final del sendero. En el centro de una zona abierta habían plantado una tienda. Su hijo probablemente estaría en ella. Pasó al lado de Everett sin decir palabra y se acercó a la tienda.

Él se incorporó de un salto y la agarró por la muñeca, pero no tardó en soltarla cuando ella le lanzó una mirada helada.

—Lo siento, milady, pero no podéis entrar ahí.

Ella retrocedió.

—Sólo busco a mi hijo. ¿Está ahí?

—No —negó Everett con la cabeza—. No, no está ahí.

—¿Y dónde está?

—Está... —Everett hizo una pausa—. Está jugando con los demás niños.

—¿Qué niños?

—De la aldea. Estaban jugando en el bosque y me pareció bien que Marcus se quedara con ellos.

Marguerite pensó que no conocía a un mentiroso peor que aquel hombre.

—Mentís. No hay niños a esta distancia de la aldea.

Él apartó la vista y ella aprovechó la oportunidad para abrir la puerta de la tienda y mirar dentro.

—¡Madre! —Marcus se arrojó a sus brazos.

Ella miró a Everett de hito en hito.

—¿Queréis explicarme esto? ¿O preferís quedaros sin empleo?

—No, milady, sólo he hecho lo que me ha pedido lord Bainbridge. Yo jamás le haría daño a lord Marcus.

Aquello sí era cierto. Ningún hombre de Thornson procuraría ningún daño a su hijo. Pero eso no disculpaba la mentira de Everett.

—Hablaremos de esto más tarde. A partir de ahora, Marcus estará siempre a mi lado. Así no tendré que preocuparme de su paradero ni de su seguridad.

—Querida mía, me temo que no será posible que tengáis el niño a vuestro lado.

Bainbridge entró en el claro e hizo una seña a Everett.

—Llevaos al niño y no volváis aquí hasta que yo os lo diga.

Everett miró un momento a Marguerite, y después a Bainbridge.

—¿Adónde me llevo al chico?

—¿Tengo que pensar yo en todo? ¿No hay una cabaña por aquí?

Marguerite, que no quería tener a su hijo en el bosque sin protección ni en un lugar donde ella no supiera dónde estaba sugirió:

—Llevadlo a la cabaña de la costa. Pasaremos por allí de camino al norte.

Everett asintió.

—Sí, milady —apartó a Marcus de su lado antes de que el niño pudiera reaccionar y se alejó con él.

Bainbridge la agarró por el brazo.

—Os he dicho que os quedarais allí hasta aquí tomara una decisión.

—Sólo quería buscar a mi hijo. ¿Qué daño hay en eso?

—Si no podéis cumplir mis órdenes, ¿cómo voy a confiar en vos?

—No sabía que fuera una orden. Pensé que era un simple comentario.

Él le apretó el brazo con más fuerza.

—Siempre que os pido hacer algo, es una orden.

El tono de su voz hizo que a Marguerite se le erizaran los pelos de la nuca. Tiró de los dedos de él para apartarlos.

—Me hacéis daño.

Él se echó a reír.

—Me alegro. Mejor. Me alegro de que por fin me prestéis atención. He tomado una decisión. Nos casaremos esta misma noche. Por la mañana no os quedará ninguna duda sobre quién es el amo absoluto en esta aventura.

—No seríais tan vil.

—¿No? ¿Creéis que no? —la acercó hasta que quedaron nariz con nariz y el hedor de su aliento casi la asfixió—. Pensad de nuevo, lady Bainbridge. Se ha acabado el tiempo de buscar el modo de convencerme para que cambie de planes.

—No me llaméis así. No soy lady Bainbridge y nada de lo que podáis decir o hacer podrá convencerme de que me case con vos.

El sonido de una espada al ser desenvainada de una funda de madera tomó a los dos por sorpresa.

—¡Santo cielo, Marguerite! ¿A cuántos hombres pensáis tomar por esposo antes de abandonar este mundo?

Ocho

En su vida se había alegrado tanto de oír el tranquilo sarcasmo de Darius. Tuvo que reprimirse para no llorar de alivio.

Bainbridge la soltó con tal rapidez que ella se tambaleó y cayó de rodillas en el duro suelo. Inmediatamente, Darius colocó su caballo entre Bainbridge y ella.

—¿Estáis ilesa?

—Sí. Estoy bien.

Darius le tendió la mano. Ella, sin levantar la vista, alzó la suya y la colocó en la de él, que la ayudó a levantarse.

Ella no tenía que mirarlo para saber que estaba furioso. Lo oía en su voz.

—Miradme.

Como ella no respondía, él le apretó la mano con más fuerza. Ella alzó la cara y sus ojos se encontraron.

Sí, estaba enfadado. Su rostro parecía tallado en piedra. La línea de su mandíbula estaba más rígida que nunca. Fruncía el ceño de un modo tan fiero que sus cejas se encontraban formando un ala encima de sus ojos. Por un momento, Marguerite creyó ver en él el ave de presa cuyo nombre llevaba.

Pero no era su furia lo que la preocupaba. Era su silencio.

Deseaba que gritara y maldijera. Que hiciera algo por romper aquel silencio ominoso.

Al fin, cuando pensaba que ya no podría soportarlo más, él miró a Bainbridge.

—Lord Bainbridge y yo tenemos asuntos que discutir. Marcus está con Osbert en el sendero. Él os escoltará a los dos de vuelta a Thornson. Os quedaréis allí hasta mi regreso. ¿Entendido?

Marguerite sintió el impulso de rebelarse, pero sólo duró un instante.

—Sí, comprendo.

Había un momento para luchar y un momento para retirarse. Y ella sabía muy bien la diferencia entre las dos opciones.

Se volvió y dio un respingo al ver a los hombres de Faucon rodeando el claro. Le abrieron paso para permitirles salir del círculo. Segura de que no tenía nada que temer por Darius, echó a andar por el sendero.

Darius esperó a que estuviera a salvo detrás de sus hombres antes de centrar su atención en Bainbridge.

Nada deseaba más que atravesar a aquel hombre con su espada, pero toda la información que había recopilado hasta el momento lo señalaba como el jefe de los contrabandistas. Si lo mataba ahora sin pruebas, no tendría nada sólido que entregar al rey Stephen.

Por lo tanto, tendría que dejarlo con vida por el momento. Entretanto, intentaría alentar a Bainbridge a acometer más actos de traición. ¿Y qué mejor modo de lograrlo que pedirle que cesara en ellos?

Apuntó su espada al pecho de Bainbridge.

—¿Queréis explicarme lo que hacíais con lady Thornson?

Bainbridge miró a los hombres que rodeaban su campamento antes de contestar.

—Sólo hacía lo que me ha pedido ella, nada más.

—¿Y qué es eso?

—Quería que la escoltara al norte, hasta el rey David.

Esa información sorprendió a Darius. Sabía que ella quería huir, ¿pero por qué con el rey David? ¿Por qué no con su padre?

Darius se inclinó en la silla.

—¿Y dónde entra el matrimonio en ese plan?

Bainbridge se apartó con nerviosismo.

—Como un favor al recuerdo de lord Thornson, quería proteger a su viuda.

Los hombres de Darius soltaron risitas ante aquella respuesta tan pobre. Él levantó una mano para hacerlos callar.

—¿Proteger? A mí me parece que os disponíais a

causarle un gran daño. ¿Eso es lo que entendéis vos por protegerla?

—Ella puede ser muy testaruda y a veces necesita que un hombre... la convenza de lo que debe hacer.

—¿Y pensáis que ese hombre sois vos? —antes de que Bainbridge pudiera contestar, Darius prosiguió—: Abandonad las tierras de Thornson.

Bainbridge enderezó los hombros y agarró la espada que colgaba a su costado.

—¿Quién sois vos para decirme eso?

Darius sonrió y adelantó el caballo un paso. Dos de sus hombres se colocaron directamente detrás de Bainbridge, impidiéndole moverse. Darius levantó la espada y acercó la punta a la garganta de Bainbridge.

—Soy Darius de Faucon, cumplo órdenes del rey Stephen de gobernar Thornson.

Empujó la espada lo suficiente para sacar sangre y la apartó un poco.

—Si vuelvo a veros, haré algo más que pincharos. ¿Comprendéis?

Bainbridge asintió, pero la mirada de furia de su rostro antes de alejarse prometía que volverían a encontrarse.

Y Darius estaba más que dispuesto a aquel encuentro.

Tal y como había dicho Darius, Marcus y Osbert la esperaban en el camino. El capitán de Faucon no dijo nada cuando se reunió con ellos. Se limitó a pasarle las riendas de su caballo, esperó a que montara al animal y la condujo de vuelta a la mansión.

Para alivio de ella, Marcus estaba ileso. Sentado encima de las piernas de Osbert, parecía feliz y contento. Sostenía las riendas del caballo del capitán y no dejaba de parlotear.

Marguerite sonrió para sí. Sabía muy bien que el capitán de Darius tenía mucho que ver con la alegría de su hijo.

—Sir Osbert, ¿tenéis hijos?

El hombre sólo respondió con una mirada fría.

—Deberíais tener muchos, se os dan muy bien —siguió ella.

—¿No tenéis ya bastantes preocupaciones por el momento? —pregunto él—. No necesitáis preocuparos por mi vida. Necesitáis considerar la vuestra con mucho cuidado.

—Quizá tengáis razón —contestó ella con falsa ligereza—. Pero creo que, como señora de esta propiedad, no tengo que preocuparme mucho.

Osbert hizo una muesca y movió la cabeza.

—Vos no estabais allí cuando él encontró vuestro mensaje.

A Marguerite le dio un vuelco el corazón. Había confiado en que Darius no hubiera encontrado su nota. Le sorprendía que la hubiera hallado tan de prisa, pues creía haberla escondido bien.

—¿Por eso ha venido, para impedir que me marche?

—No. Ha venido porque yo os seguí y descubrí

que planeabais llevaros lejos a este niño. Cuando volví con la información, él estaba leyendo vuestra nota.

Marcus la miró.

—Madre, ¿todavía vamos a ir a ver al rey?

Ella se encogió ante la pregunta, pero contestó:

—No, hoy no. Quizá otro día.

El niño, satisfecho al parecer con la respuesta, volvió a su tarea de guiar al caballo.

—¿Estaba enfadado? —preguntó ella con voz que la preocupación impedía que fuera más que un susurro.

—¿Enfadado? Vos precisamente deberíais saber mejor que nadie lo que le habéis hecho.

Hacía años que ella no conocía de verdad a Darius. Si no estaba enfadado, ¿entonces qué?

—Lady Marguerite, él no permitirá lo que planeáis.

Ella frunció el ceño.

—Tengo muchos planes. ¿De cuál habláis ahora?

—El niño no irá al norte.

—Ella se rebeló ante el tono de seguridad del otro.

—Esa decisión no le pertenece a él.

—Tenéis razón. Vos habéis tomado la decisión por él al forzarle la mano.

Algo en sus palabras hizo que ella pensara un momento.

—¿Qué queréis decir?

—Él no confía en que hagáis lo correcto.

—¿Y qué es eso exactamente?

—No criar al niño como un traidor a su rey.

Ella apretó los dientes.

—Repito, no es su decisión.

Osbert frenó su caballo y esperó que ella llegara a su lado. Cuando estuvieron cara a cara, la miró a los ojos.

—La decisión ya está tomada. Os aconsejo que vigiléis lo que hacéis en los próximos días. De no ser así, Marcus irá a visitar a sus tíos en el sur.

—¿Cómo? —su grito sobresaltó a Marcus. Ella extendió los brazos y respiró hondo—. ¡Entregadme ahora mismo a mi hijo!

Osbert se echó a reír y aguijoneó a su caballo, dejando a Marguerite sola en la línea de árboles que se extendía entre el bosque denso y el campo abierto.

Ella corrió tras ellos, aunque entendía que Osbert jamás le habría hablado así si pensara hacer algo raro. Más bien, había sido su modo rudo de advertirle de lo que podía ocurrir.

Pero por el momento no tenía tiempo de preocuparse por el futuro. Tenía que hacer acopio de sus defensas mentales para el regreso de Darius.

Acababa de pensar en eso cuando oyó el golpeteo de cascos a sus espaldas. Se volvió para ver quién se acercaba con tanta prisa.

Darius salió del bosque y Marguerite cerró los ojos y recitó una plegaria rápida. Él parecía un jinete salido del Hades para reclamar a su próxima víctima.

Darius, sin frenar el caballo, le quitó las riendas de la mano al pasar y a ella no le quedó más remedio que agarrarse a la crin de su montura para evitar caerse.

—¡Darius, para! —para sorpresa suya, él obedeció.

Dio la vuelta a su caballo para mirarla. Y ella, que nunca había recibido una mirada tan fría y tan dura, deseó no haber hablado.

Él se quitó el casco y lo arrojó al suelo, junto con los guantes de batalla y la espada.

Marguerite, que no quería ver hasta dónde llegaba su furia, cerró los ojos con fuerza.

Darius guardó silencio un rato que a ella le pareció eterno. El único sonido que oía ella era el rugido de su corazón latiéndole en los oídos.

Cuando ya no pudo soportarlo más, abrió los ojos y preguntó:

—¿Os habéis encargado de Bainbridge sin dificultad?

Él asintió con la cabeza.

De nuevo se prolongó el silencio. Al fin, desesperada por acabar con aquel pozo de vacío, ella gritó:

—¿Qué esperabas que hiciera?

Él no contestó; cruzó los brazos sobre el pecho y la miró.

—No me has dejado opción.

Darius siguió sin responder.

—Tengo que proteger a mi hijo. No puedo casarme contigo.

No podía soportar más el silencio de él.

—¿No lo comprendes?

Pero sabía que no. ¿Cómo iba a comprender lo que no entendía ella? Buscó en su mente las palabras que pudieran convencerlo. Como no las encontraba, acabó por gritar:

—Darius, vete de Thornson. Vete de aquí y déjame vivir en paz.

Él siguió sin hablar.

—¡Maldito seas, di algo! Lo que sea. Sé que estás enfadado.

Él se apeó del caballo y le dio una palmada en el lomo, enviándolo en dirección a Thornson.

—Tú no sabes nada.

Antes de que ella pudiera reaccionar, la bajó de su caballo y envió también a la bestia hacia la casa.

—¿Lo que sea?

La apretó con fuerza contra su pecho hasta que las argollas metálicas de su malla se clavaron en la carne de ella a través de la tela del vestido.

Darius le echó atrás la cabeza y la besó en la boca. Ella luchó por soltarse, pero sin conseguirlo.

Para su desmayo, notó que sus ojos se llenaban de lágrimas de rabia, frustración y vergüenza.

El terminó el beso y colocó los labios en la frente de ella.

—Llora todo lo que quieras, Marguerite. No cambiará nada. Hoy te casarás conmigo. Me importa un bledo si tienes a Henry Thornson en tu corazón siempre. Y tampoco me importa si huyes de mí impulsada por una culpabilidad equivocada.

Sin duda, él había encontrado su misiva. Ella negó con la cabeza.

—No puedo. No me obligues a hacerlo.

Darius le sujetó la cabeza entre las manos y la obligó a mirarlo. Marguerite parpadeó entre las lágrimas que la cegaban y soltó un respingo al ver el dolor que expresaba el rostro de él.

En sus ojos no brillaba furia, sólo dolor, y ella no podía soportar saber que ese dolor lo había causado ella.

—Sí, Marguerite, puedes hacerlo y lo harás. Yo tocaré no sólo los lugares ocultos de tu corazón que guardas para Henry, sino también los que fueron míos.

Ella intentó apartar la vista, pero Darius no se lo permitió.

—¿Me comprendes? No me importa que todavía lo quieras. Él no es una amenaza para mí. Está muerto.

Ella se encogió. La verdad de las palabras de él la atravesaba como una flecha.

—¿Cómo puedes ser tan cruel?

Darius no hizo caso a la pregunta, continuó como si ella no hubiera hablado.

—Yo estoy aquí, seré yo el que te proteja. Y serán mis brazos los que te abracen cuando tengas frío o te sientas sola.

Nuevas lágrimas acudieron a los ojos de ella. Se estremeció bajo el peso de las palabras de él.

—¿Por qué? Después de todo lo que te he hecho, ¿por qué haces esto por mí?

—Porque tú eres mi corazón. No fue un capricho infantil lo que creó mis sentimientos por ti. Te he querido desde el momento en que te vi. Entonces sabía que tú eras mi futuro y cuando leí esa nota que me dejaste hoy, he visto que te resistes por un miedo infundado.

La abrazó y colocó la cabeza de ella sobre su pecho.

—Una vez, hace tiempo, sabías que no había que temerle al amor. Estabas dispuesta a jugártelo todo por él. No puedo permitir y no permitiré que vuelvas a dejar escapar eso.

Ella no quería enojarlo ni causarle más dolor, pero tenía que preguntar algo.

—¿Y si no puedo volver a quererte?

El pecho de él tembló ligeramente bajo su mejilla.

—No temas, un día me querrás —la besó en la cabeza—. Pero por el momento, ¿crees que puedo gustarte al menos un poco?

Marguerite se encogió de hombros.

—Por supuesto.

Él le acarició la espalda antes de bajar los labios hasta su cuello. Ella sintió su aliento caliente en la piel y el deseo empezó a agitarse en su interior.

—¿Crees que sería muy desagradable casarte conmigo?

Ella sonrió y se apretó más a él.

—No.

—En ese caso, empezaremos por ahí —él le mordisqueó la oreja—. Pero hay una cosa que puedes hacer por mí ahora.

—¿Cuál es?

—Prométeme que nunca volverás a dejarme otro mensaje.

Marguerite se sonrojó.

—Lo prometo.

—Bien —él se apartó un poco para mirarla—. ¡Vaya, qué bonito tono de rojo!

Marguerite se sonrojó todavía más.

—Ya me siento bastante tonta, no hace falta que lo empeores.

—Sí hace. La vergüenza no te matará, pero puede que su recuerdo te ayude a pararte a pensar antes de volver a hacer algo tan estúpido. Acude a mí con tus miedos y tu furia. Yo puedo lidiar con ellos. Juntos podemos lidiar con ellos. No te escondas de mí, Marguerite. No busques huir. No hay nada que no podamos hablar. Nada. Puede que no estemos de acuerdo, pero eso no significa que no podamos hablar de ello.

—¿O gritar?

—Pues sí. ¿Y qué si gritamos? ¿Se va a acabar el mundo por eso?

—No seas tonto. No, claro que no.

—¿Tú dejarás de querer a Marcus si no está de acuerdo contigo?

No. Claro que no.

—Pues conmigo es igual. Yo nunca dejaré de quererte sólo porque no estemos de acuerdo.

Ella sabía que esa teoría se pondría a prueba muchas veces, y probablemente empezarían pronto, pero asintió con la cabeza.

—Bien —dijo él—, porque teníamos un acuerdo anterior y ya tienes que dar la respuesta.

Marguerite suspiró.

—No es inteligente, pero sí, me casaré contigo... otra vez.

Darius levantó un brazo por encima de la cabeza de ella y, antes de que Marguerite pudiera preguntarle qué hacía, oyó los cascos de muchos caballos acercarse desde la casa.

Se apartó de él y miró hacia Thornson. Abrió mucho los ojos. Daba la impresión de que todos los hombres, mujeres y niños cabalgaban hacia ellos. Cuando pudo encontrar la voz, preguntó:

—¿Qué es esto?

—Esto, querida mía, es tu boda.

—Lo tenías todo planeado. ¿Cómo podías estar tan seguro de que diría que sí?

Él le pasó un brazo por los hombros y la atrajo hacia sí. Sonrió a los jinetes que se acercaban y dijo:

—Incluso cuando tú no estás segura, Marguerite, yo oigo las palabras que tu corazón le susurra al mío.

Nueve

Marguerite empezó a desatar los lazos de su vestido. Era el final del día más largo y extraño de su vida.

Y ahora que casi había terminado, tenía un apellido nuevo y un futuro que nunca había soñado que fuera posible.

En una noche normal, Bertha habría estado por allí comentando los sucesos del día antes de retirarse a su lecho.

Sin embargo, esa noche no tenía nada de normal. Su doncella no estaba presente y su ropa y objetos personales habían sido trasladados ya a la habitación de Darius... a sus aposentos comunes.

Marguerite se alegraba de ello. No creía que hubiera podido soportar compartir con Darius la cama que había ocupado con Henry.

Había dejado la fiesta de abajo para estar un momento a solas. Tenía que prepararse para la noche que le esperaba. Todos parecían alegrarse por ella, nadie había lamentado en voz alta su boda con Darius. Más bien, todos habían bebido por su unión.

Él se reuniría pronto con ella, pero por el momento agradecía la soledad. Se levantó y apagó la única vela. Las brasas del brasero ofrecían luz suficiente. Se desvistió en la penumbra y, una vez desnuda, se colocó un manto forrado de piel y se acercó a la ventana estrecha para mirar las estrellas. Recordó que una vez, tiempo atrás, había pedido deseos inútiles a esas mismas estrellas. Deseos destinados a no cumplirse.

Pero aunque esos sueños habían sido aplastados por la mano de su padre, Henry Thornson la había enseñado con paciencia a creer de nuevo en sueños y deseos.

Contuvo el aliento. ¡Oh, cómo lo echaba de menos! Ni siquiera esa noche podía apartar su recuerdo. Al principio, él la había asustado muchísimo, pero con sus cuidados tiernos, ella había llegado comprender que el marido voluminoso y fiero era tan temible como uno de sus cachorros de caza recién nacidos.

Henry la había alentado a pedir lo que quería. Marguerite sonrió; no recordaba lo que había empezado la pelea, pero no olvidaría nunca el juramento de él de no prestarle ninguna atención hasta que ella aprendiera a decir lo que quería.

Y la ignoró durante días. Hasta que ella estuvo tan furiosa que lo buscó en el campo de entrenamiento y lo atacó como una mujer enloquecida.

Su marido se rió de ella, se la cargó al hombro, cruzó el patio con ella y la llevó así por las escaleras, hasta su habitación. Cuando la dejó en la cama, los dos reían ya sin aliento. No salieron de la habitación en dos días.

Marguerite respiró hondo y se secó las lágrimas acumuladas en sus ojos.

—¡Oh, Henry! ¿Cómo pudiste dejarme así?

Era injusto echarle la culpa, pero lo hacía. Aunque no había sido culpa suya, claro. Había habido una disputa en la frontera y Henry había recibido una flecha de uno de los hombres del rey Stephen. Al día siguiente moría en sus brazos.

—¡Basta! —apretó los puños.

Pensar en los años pasados sólo serviría para atormentarla. Era un ejercicio inútil para lidiar con las incertidumbres del futuro.

Se volvió desde la ventana, alejándose de sus pensamientos. Tenía que encontrar el modo de apartar a Henry de su mente. Pero, por el momento, estaba demasiado cansada para pensar. Se quitó el manto y se metió en la cama a esperar a Darius.

Darius miró las escaleras desde su asiento escondido en un rincón del salón.

Ella ya estaría en la cama. Y después de todo lo que había ocurrido ese día, probablemente se habría dormido.

¿Qué imágenes llenarían sus sueños? Cuando cerraba los ojos por la noche, ¿el pasado atormentaba su sueño?

—¿Milord?

Darius levantó la copa medio vacía.

—Osbert, me alegro de que hayáis encontrado tiempo para reuniros conmigo —dio una patada a un taburete pequeño y lo lanzó en dirección a su capitán—. Sentaos, tomad otra copa.

—Milord, yo... —Osbert miraba a todas partes menos a Darius—. He intentado acercarme antes, milord.

—Estoy rodeado de los peores mentirosos —Darius señaló el taburete y esperó a que Osbert se sentara antes de continuar—: Habéis vuelto cuando creíais que había bebido vino suficiente para estar dormido.

El capitán se miró los pies.

—Bueno, sí —suspiró pesadamente y lo miró a los ojos—. He pensado que sería lo mejor para todos.

Darius se inclinó para levantar la jarra de vino del suelo. Sirvió otra copa y se la pasó a Osbert.

—Tengo malas noticias para vos, amigo mío.

Osbert tomó un trago y puso una cara que hizo reír a Darius.

—¿No os gusta vuestra bebida?

—Sabe a agua.

—Es normal, puesto que es agua. He pensado que lo mejor para todos sería que conservara el control de mis sentidos.

—Después de todos estos años, ¿no habría sido mejor para todos dejar las cosas como estaban?

—No —Darius negó con la cabeza—. Es mi noche de bodas... otra vez. Es extraño, pero las imágenes de mi mente me hacen temer esta noche.

Osbert movió la cabeza.

—Su padre no os arrancará de su lecho.

—Gracias a Dios por eso.

Osbert dejó su copa.

—Tengo sed de algo más fuerte.

El capitán divisó otra jarra y se acercó a por ella. Olió su contenido y sonrió.

—Esto ya me gusta más —se sirvió y tomó un sorbo—. ¿Qué sentido tiene recordar cosas pasadas? Lo hecho, hecho está. Dejadlo a un lado.

—Lo he intentado.

—Si no recuerdo mal, esta unión es lo que queríais —Osbert sirvió a Darius una copa de vino y se la tendió—. Un brindis por vuestro matrimonio. Bebed e idos a la cama.

Darius se echó a reír.

—¿Queréis que deje de perder el tiempo, que sea un hombre?

—Sí. Os sentiréis mejor por la mañana.

Darius vació el contenido de su copa y se puso en pie con una mueca.

—Esa cosa os matará si no tenéis cuidado. Os dejaré con vuestro veneno.

Subió las escaleras hacia su habitación, sin dejar de pensar en lo que podía decir para facilitarle aquello a Marguerite. De pronto, la idea de desposarla en la casa de su primer marido le pareció errónea. Se detuvo en la puerta de la habitación y se pasó una mano por la cara. Ella era su esposa. De hecho, lo había sido antes de ser la esposa de Thornson.

Y al igual que seis años antes, otra vez le sudaban las manos y el corazón le latía con fuerza como si se preparara para la batalla.

En otras circunstancias habría reconocido esos síntomas como señales de cobardía o miedo a lo desconocido. Esa noche no eran más que un recuerdo activo de lo que había ocurrido en su último lecho matrimonial. El padre de ella y sus hombres no estaban allí, pero eso no evitaba su nerviosismo.

Se sacudió mentalmente. Se portaba como una mujer vieja, que tuviera miedo de su propia sombra.

Darius abrió la puerta y entró. La luz del brasero lanzaba un brillo pálido en la habitación. Miró el lecho.

—¿Marguerite?

Cuando ella no contestó, suspiro de alivio y cruzó la estancia hasta la ventana estrecha. Un millón de estrellas puntuaban el cielo nocturno. No pudo resistir el impulso de pedir un deseo.

—¿Qué has deseado?

Darius se volvió.

Creía que dormías.

—He dormido un rato —ella se sentó con las mantas bien sujetas y apoyó la cabeza en el montón de cojines que tenía detrás—. ¿Qué has deseado?

Darius se acercó y se sentó en el borde de la cama. Le apartó un mechón de pelo de la cara y le acarició la mejilla.

He deseado encontrar las palabras apropiadas para facilitarte esta noche.

Marguerite cerró los ojos y frotó su mejilla en la palma de la mano de él.

—Creo que acabas de hacerlo.

Sus palabras, pronunciadas como un suspiro entrecortado, eran una invitación que él no podía ignorar aunque quisiera.

Se inclinó y le dio un beso, un beso gentil destinado a no asustarla.

—No tengo miedo —susurró Marguerite contra sus labios—. No me voy a romper, Darius

Él soltó una carcajada y la tomó en sus brazos.

—No creía que te rompieras. Se colocó en la posición que acababa de ocupar ella, de espaldas contra los cojines con las piernas estiradas y ella a horcajadas sobre sus muslos, sin estar tapada ya por las mantas.

Marguerite parpadeó.

—¡Ah!

Cuando Darius se dio cuenta de que estaba desnuda, lanzó un gemido y la besó en la boca. Ella se inclinó contra él, empujada por la intensidad de su deseo.

Él la abrazó con fuerza, acarició con una mano la tensión de su espalda y le pasó la otra por el cuello. La lana de su túnica rascaba la piel delicada de los pechos de ella.

Pero sus caricias eran un paraíso que la llenaba con la promesa de deseos realizados. El deseo y la necesidad largo tiempo dormidos estallaron en ella. Marguerite se arrodilló y le echó los brazos al cuello.

Olía a lavanda y sabía a canela, una combinación más intoxicante que la bebida que él había rechazado antes.

Bajó los dedos por la columna de ella, sintiendo la piel suave estremecerse bajo su contacto. La redondez de sus caderas dio paso a los músculos fuertes de los muslos.

Ella se estremeció de nuevo cuando él acarició la piel de su cintura y siguió hasta detenerse a sopesar un pecho en su mano.

Aunque la suavidad de su piel era familiar, los músculos eran más suaves de lo que recordaba. No era un cambio desagradable, pues la plenitud de su pecho, la curva de sus caderas y la redondez de su estómago la asemejaban más a una mujer que a la chica joven de su recuerdo.

Pero la chica que él recordaba no había dado a luz a un hijo. Marguerite se había convertido en una mujer encantadora y el sólo lamentaba que no le hubiera sido permitido ser testigo de su paso de niña a mujer.

Tragó el gemido de impaciencia de ella con sus labios y los apartó levemente para susurrar:

—Tenemos el resto de nuestra vida, no hay prisa.

Ella le mordisqueó el cuello y echó su aliento caliente en el oído de él.

—Puede que no tengas prisa tú, pero yo sí.

Darius se echó a reír.

—Será un placer complacerte, amor mío, pero yo todavía estoy completamente vestido.

Ella tiró de su túnica, subió el dobladillo hacia arriba junto con la camisa.

—Eso se remedia fácilmente.

Sacó las prendas por la cabeza y las tiró al suelo. Tocó la cuerda trenzada que ataba los pantalones de él y lanzó una maldición.

Darius le cubrió las manos con las suyas. Estuvo a punto de ahogarse con la carcajada que intentaba reprimir.

—Espera, déjame ayudarte.

Sus dedos rozaron los rizos de la ingle de ella, que soltó un respingo. Él levantó la vista y miró los ojos brillantes de la mujer.

Sonrió y acarició con su mano los rizos húmedos y el punto caliente debajo de ellos.

Marguerite cerró los ojos; su rostro mostraba una expresión entre la agonía y el éxtasis.

Darius quería ver ese éxtasis y la necesidad de su cuerpo a medida que la arrastraba a una locura de deseo.

Antes no había necesitado ver su deseo, era joven y su preocupación principal había sido su propia necesidad. Ahora quería algo más que calmar su necesidad, quería ver cómo oscurecía la pasión los ojos azules de ella, oír sus gritos y gemidos, sentir temblar su cuerpo al irse saciando.

—Darius —dijo ella con voz ronca; su humedad se tensó en torno a los dedos de él y le clavó las uñas en los hombros.

El hombre bajó la cabeza y le lamió un pezón sin detener los movimientos de su mano hasta que ella quedó inmóvil sobre él tras otro grito susurrado.

El corazón de ella palpitaba contra el pecho de él. Marguerite suspiró y se incorporó. Achicó los ojos y le sonrió. Bajó las uñas por el pecho de él, y rió con suavidad cuando él se estremeció.

Esa vez sí consiguió desatar el nudo que ataba los pantalones y los bajó con impaciencia por las caderas.

Cuando Darius se movió para terminar de quitárselos, ella volvió a empujarlo contra los cojines. Y se instaló encima de él con un movimiento fluido.

Darius respiró hondo y ella flexionó y relajó los muslos para dejarse penetrar mejor.

Se inclinó hacia adelante y succionó los pezones de él. Darius le acarició los muslos y guió sus movimientos para que fuera más deprisa.

Marguerite aceleró el ritmo, buscando su propia satisfacción. Echó atrás la cabeza y, cuando volvió a gritar el nombre de él, la voz espesa de Darius se mezcló con la suya.

Diez

Marguerite se despertó con un sobresalto. Desorientada por la habitación nueva, iluminada con la luz pálida del amanecer, tardó unos momentos en comprender que el brazo que la rodeaba y el calor que acariciaba su espalda eran algo más que un sueño.

El aliento cálido que agitaba levemente su pelo en la nuca no procedía de una aparición nocturna. Contuvo el aliento porque no deseaba despertar a Darius tan temprano.

Y sobre todo, no deseaba despertarlo antes de que se despejara la niebla que rodeaba sus pensamientos.

¿Qué había hecho?

Tragó saliva para reprimir un gemido de desmayo. Se había casado con él después de jurar no hacerlo. Peor aún, había ido alegremente a su lecho.

¿Qué locura la había poseído para hacerla actuar con tanta precipitación?

Unos momentos más de calma y quizá estuviera preparada para afrontar el día. Quizá...

Por maravilloso que hubiera sido verse abrazada por un hombre la noche anterior, la vergüenza empezaba a enraizar en los rincones ensombrecidos de su alma.

Fue creciendo rápidamente, desplazándose desde la boca del estómago hasta su garganta para casi ahogarla en una sensación de culpa y traición. Henry sólo llevaba unos meses muerto. ¿Qué clase de mujer era para pasar de un hombre a otro con tanta facilidad?

—Estás despierta.

Habiendo perdido ya sus momentos preciosos de calma, ella sólo pudo asentir y él la abrazó con más fuerza.

Quizá si ella lo abrazaba también con fuerza el tiempo suficiente pudiera vencer los terribles remordimientos.

Darius se incorporó sobre un codo y la besó en la sien.

—¿Has dormido bien?

—Sí.

¿Podría adivinar él cómo se sentía en ese momento? Marguerite rezó para que no fuera así. Si tenía que preocuparse continuamente de que él pudiera leerle el pensamiento, se volvería loca.

Había muchas cosas que no quería que él supiera. Por lo menos, hasta que tuviera tiempo de cambiar las cosas en Thornson.

Darius liberó su brazo y le apartó el pelo de la cara.

—¿Dónde estás?

Marguerite cerró los ojos y tragó saliva con fuerza; se volvió y le sonrió.

—Estoy aquí.

—Pareces muy lejos. ¿Qué te atormenta esta mañana?

—¿Atormentarme? —ella se encogió de hombros—. Nada de importancia.

—Eso lo dudo. ¿Qué?

—Sé que Henry está muerto —miró hacia la ventana buscando palabras con las que explicar lo que sentía. La luz del sol empezaba a entrar en la cámara, y lograba que sus preocupaciones parecieran más tontas—. Sin embargo, tengo la sensación de haberlos traicionado a Thornson y a él.

Darius le acarició la nariz con un dedo.

—¿Crees que eso pasará con el tiempo?

—Espero que sí —suspiró Marguerite, insegura de que pudiera olvidar alguna vez su vida con Henry—. Pero no veo cómo.

Darius le tocó la mejilla y le volvió el rostro hacia él.

—Lo de anoche era necesario para sellar nuestros votos, ya lo sabes. De no ser así, no lo habría apresurado.

Ella se sonrojó.

—No fue sólo eso. Yo estaba más que dispuesta, ¿no? —sintió una opresión en el pecho.

—Dispuesta o no, si no puedes venir a mis brazos

sin que Henry esté mirando por encima de tu hombro, prefiero esperar hasta que se haya ido.

Marguerite lo miró sorprendida.

—¿Tú harías eso por mí?

—Por supuesto que sí. Prefiero que haya dos personas solas en nuestro lecho. Tres son demasiadas. Marguerite, sé que acabarás por hacer las paces con tus recuerdos de Henry. Estoy dispuesto a esperar.

—¿Y si nunca puedo expulsar a Henry de mi mente ni de mi corazón?

—No es un pecado haber querido mucho al hombre con el que compartiste tu vida, Marguerite. No te pido que lo olvides, sólo que apartes su recuerdo lo suficiente para darme cabida a mí también.

Ella no deseaba otra cosa que conseguir que fuera él el que ocupara su mente y su corazón en todos los momentos del día o de la noche. ¿Pero sería posible? ¿Se haría realidad aquel sueño? Lo miró.

—¿Y si ese proceso dura toda la vida?

Él le acarició el cuello. Rozó el valle entre sus pechos, lo que provocó un escalofrío en el cuerpo de ella. Respiró con fuerza y él soltó una risita.

—No temas, no durará toda la vida. Estoy seguro.

Darius saltó de la cama.

—Aunque sería maravilloso pasar el día jugando contigo, desgraciadamente hay tareas que nos esperan a los dos.

—¿Tareas? ¿Cuáles son esas tareas que no pueden esperar?

—Es hora de que yo empiece a conocer a Marcus.

Puesto que el padre que conocía ha muerto, tiene que familiarizarse con el que queda.

Marguerite estaba de acuerdo con aquella lógica.

—Entonces vete.

Él se inclinó a besarla en la frente antes de recoger su ropa del suelo. Empezó a vestirse.

—Te espero abajo con nuestro hijo.

Aquel hombre nunca dejaría de sorprenderla. No había nadie tan amable ni tan comprensivo como él en todo el mundo.

¿Pero acaso Darius no había sido siempre así? Marguerite respiró hondo e hizo algo que llevaba años sin permitirse: dejar vagar su mente por los días de su juventud, una época anterior a la de sus votos y responsabilidades. Una época en la que escapar a los ojos vigilantes de su doncella significaba pasar una tarde con Darius.

No importaba cómo empezaran sus días juntos, pescando o subiéndose a los árboles o simplemente paseando de la mano por el campo, porque siempre terminaban en el mismo lugar... la cabaña de caza. Allí se sentaban y compartían el agua o la comida que habían robado de sus respectivas cocinas.

Cuando estaban saciados, se acercaban el uno al otro y se daban la mano.

A veces Darius le robaba un beso. Sus torpes intentos la dejaban como si se hubiera bebido una jarra entera de vino ella sola. Algo que no había cambiado con los años.

Marguerite suspiró al recordar el último festival del

Día de Mayo en la aldea cercana a las propiedades de sus familias. Darius y ella habían discutido por un comentario que hizo otro chico sobre las flores que llevaba Marguerite en el pelo, flores que Darius había recogido y con las que le había hecho una cadena.

Se mostró celoso porque otro chico le hubiera prestado atención. Y aunque ella se enfadó con él por ser tan tonto, le complació en secreto que otro chico aparte de él le hiciera un cumplido.

Darius se marchó enojado y ella se quedó a disfrutar de aquella oportunidad rara de reír, bailar y hablar con gente de fuera de la propiedad de su padre. Cuando quiso darse cuenta, el día había dado paso a la noche y las festividades se habían vuelto más violentas.

Se fijó en que las personas de su edad se habían ido a casa o se habían alejado con sus amantes, dejándola sola. Los chicos que ahora le lanzaban miradas de admiración ya eran más hombres que muchachos.

Uno, más atrevido que los demás, le tomó la mano. Y ella no había tenido experiencia con ese tipo de cosas y no sabía qué decir ni qué hacer.

Al final, eso no importó. Cuando el hombre empezaba a llevarla hacia el borde del bosque circundante, acudió Darius en su rescate. Sacó la espada, tomó la mano libre de ella y dijo:

—Esta dama es mía —su tono de voz era tan frío y decidido, que el otro la soltó y se marchó.

Aquélla fue la primera vez que ella miró a Darius como a un hombre. Él la acompañó a casa de su padre sin decir palabra y la dejó sola casi dos semanas hasta que ella no pudo soportarlo más y lo buscó en la cabaña de caza.

Marguerite le riñó y él soportó la riña en silencio hasta que ella se cansó de hablar. Entonces la tomó en sus brazos y la besó hasta que ella olvidó por qué estaba enfadada.

A medida que los recuerdos de los años pasados con Darius flotaban gentilmente por su mente, empezaba a estar cada vez más segura de que él sería un marido bueno y firme.

Si no lo mataban en la batalla ni moría de alguna herida infectada, envejecerían juntos. Ella sopesó aquella posibilidad en su mente y descubrió que le resultaba agradable.

¿Acaso no había sabido aquello antes? ¿Por qué no había luchado más con su padre? ¿Cuantos años habían desperdiciado debido a su cobardía?

La risa de Henry resonó en sus oídos. No, no habían sido años desperdiciados. Lo que le ocurriría ahora era otra oportunidad de ser feliz.

Pero si las cosas en Thornson no cambiaban, temía que esa felicidad se destruiría fácilmente. Aunque Darius sería un esposo bueno y de confianza, también podía ser un enemigo mortal.

Marguerite saltó de la cama. Había cosas que tenían que cambiar. Ella se encargaría. Agradecía que Darius se hubiera ocupado de uno de sus problemas, el de Bainbridge. Quizá con él fuera de escena, no sería difícil trasladar la base del contrabando a otro punto.

Ni al rey David ni a la emperatriz Matilde les gustaría esa decisión. Pero los barones cambiaban alianzas con la misma facilidad que el océano sus mareas, ¿importaba, pues, tanto con quien se aliara Thornson?

¿Jurar lealtad a uno u otro supondría alguna diferencia en su vida cotidiana? No; probablemente, no.

Hasta el momento, el curso de su vida había sido decidido por su padre o por su marido, no por la persona que llevaba la corona.

Aunque su padre y Henry habían servido a la emperatriz Matilda, Darius y su familia no. Le gustara o no, Henry estaba muerto y no iba a volver. Por suerte, su padre estaba a muchas leguas de distancia y ella tenía que tener en cuenta más cosas que simplemente a qué corona servir.

Lo más importante de todo era la seguridad de su hijo. Darius ya había declarado que Marcus, como hijo de Henry, era el heredero de Thornson.

Sin la bendición del rey, eso no sería más que un discurso bonito, pronunciado para apaciguar sus preocupaciones como madre. Y en su mayor parte, había conseguido hacerlo.

Cuando Marcus y Darius aparecieron en el patio juntos el día anterior, Marguerite oyó comentarios entre algunos hombres de Thornson. Si a alguno se le ocurría cuestionar la paternidad de Marcus, la proclamación de Darius les haría guardar silencio.

Sólo por eso, ella le debía más que el honor y la fidelidad expresados en sus votos. Tenía que arreglar las cosas en Thornson. Y hacerlo de un modo en el que no mezclara a Darius. No quería poner en peligro su reputación ni su nombre por algo que no era obra suya.

Después de todo lo que había hecho por ella, era lo mínimo que le debía.

Darius miraba el campo de entrenamiento. Una creciente sensación de satisfacción lo invadía. Después de muchos años largos y vacíos, la esposa a la que nunca había olvidado volvía a ser suya. Y había ganado un hijo que lo llenaba de orgullo. Cuanto más conocía a Marcus, más se henchía su corazón de alegría.

Para asegurar que permanecieran casados y su familia intacta, había enviado una misiva a Faucon explicándolo todo lo mejor posible. El rey Stephen podía interpretar su acto de casarse con la viuda de Thornson sin permiso como un acto de rebeldía rayano en la traición.

Si ése era el caso, Darius quería la ayuda del conde de Faucon para convencer al rey de los beneficios de esa unión.

Probablemente se preocupaba sin motivo. El rey estaba tan ocupado reuniendo a sus barones para ir a la guerra contra la emperatriz Matilda que, casi con toda probabilidad, dedicaría muy poco tiempo a lo que ocurría en Thornson.

Lo cual estaba muy bien, por lo que a él se refería. De momento, el bienestar de Marguerite y de Marcus le interesaba más que recibir la bendición del rey.

Sabía que Marguerite necesitaría tiempo para olvidar todo lo que había ocurrido desde la primera vez que se casaran, y no le había mentido: estaba más que dispuesto a esperar todo lo que hiciera falta.

¿Cómo no hacerlo? Ella había conquistado su corazón años atrás y no había vuelto a liberarlo.

En los tres días transcurridos desde que se casara de nuevo, había llegado a comprender que no deseaba que lo liberara nunca. Iría a la tumba amando a Marguerite.

Y no podía por menos de esperar que ella pudiera mirarlo pronto sin el fantasma de Thornson al lado, pues cada vez se le hacía más difícil yacer a su lado por la noche sin compartir nada más que un colchón.

Volvió su atención a lo que sucedía en el campo de prácticas. Si no se centraba en otra cosa que el deseo físico por su esposa, se volvería loco.

Estudió a los hombres que luchaban de mentira en el terreno desigual y se fijó en que la mayoría de ellos eran de Faucon y el rey Stephen. Extrañamente, faltaban bastantes de los hombres de Thornson.

Extraño sólo en el sentido de que su ausencia se notara mucho. Hasta ese día, parecían turnarse para aparecer y desaparecer unos pocos cada vez, pero ahora parecía que se habían perdido una docena de ellos al mismo tiempo.

Darius miró a Osbert y le hizo señas de que se acercara. Llegaría al fondo de aquello cuanto antes, antes de que al rey David le enviaran más suministros a través de Thornson.

—Osbert, llevaos a unos cuantos hombres e intentad localizar al resto de las tropas de Thornson.

Osbert miró el campo.

—¿Cuántos calculáis que faltan?

—Unos diecisiete.

—¿Todos son hombres de Thornson?

—No —Darius pasó la vista por el campo contando a los hombres con rapidez—. Sólo una docena son de Thornson.

A su llegada, Osbert y él habían calculado que treinta y cinco hombres pertenecían a la fortaleza de Thornson. Los demás no aparecían en los registros.

Aunque el número de hombres permanecía constante, las caras cambiaban de modo regular. Darius, que no quería incrementar el recelo que los guardas de Thornson sentían hacia los hombres de Faucon, rehusó emplear la fuerza al interrogarlos, por lo que sus entrevistas con ellos no le procuraron mucha información.

—Localizad a los hombres y descubrid lo que hacen, pero nada más —dijo a Osbert.

—¿Y si los sorprendo en algo ilegal?

—Venid a mí inmediatamente.

Darius esperaba que fuera así. Más aún, esperaba encontrar a Bainbridge liderando esas actividades. Sería la excusa que necesitaba para entregar a ese hombre al rey Stephen. Quería acabar su misión cuanto antes para seguir adelante con su futuro.

—Estaré dentro de la casa.

Dio otro paseo alrededor del campo de prácticas. La seguridad de Thornson descansaba sobre sus hombros y los hombres tenían que estar preparados para el combate en todo momento. Dejó a su escudero al cargo y se dirigió a la casa.

Quizá podría encontrar respuestas de otro modo. El uso de la fuerza tal vez le ayudara a aflojar algunas lenguas. Pero antes quería dar a Marguerite la oportunidad de ofrecerle voluntariamente la información que tan desesperadamente necesitaba.

Tenía que hacerle comprender la importancia de sus misiones. No había más remedio. Era imperativo que descubriera por qué aquellos hombres iban y venían tan libremente.

¿Cuántas entradas, túneles y cavernas existían debajo de Thornson? Si había más de los tres descubiertos por sus hombres, la seguridad de la casa podía estar en peligro. ¿Podían despertarse un día y descubrir que los edificios y la tierra habían caído en una trampa construida por ellos mismos?

Cuando se acercaba a la casa, alzó la vista para observarla. Thornson era una fortaleza bastante impresionante, que transmitía una sensación de fuerza. ¿Pero y si del interés de su dueño anterior por los agujeros ocultos había hecho que esa fuerza fuera sólo una fachada? Sería una lástima que se destruyera una construcción tan meticulosa.

Y sería más lástima todavía que esa destrucción arrastrara a los que vivían en ella. Quizá sería buena idea enviar a Marguerite y Marcus al sur, a Falcongate. Por lo menos así no tendría que preocuparse de su seguridad. Ya tenía bastantes preocupaciones sin ellos.

Cuando no encontró a Marguerite en las cocinas

ni en el gran salón, subió los escalones que llevaban a sus aposentos.

Los encontró vacíos. Darius se detuvo, inseguro de dónde buscar a continuación. Marguerite no había dicho que pensara dejar la propiedad ese día. Si la hermana de Bertha había dado a luz, seguramente iría a verla a la aldea, pero antes se lo comunicaría a él. Pensó brevemente si se le habría ocurrido llevar otra vez a Marcus al norte. Pero no, no lo creía. Ahora estaban casados y él había cumplido su parte del trato.

¿Y si le había ocurrido algo? Se volvió hacia la puerta, con un nudo en el estómago. Un murmullo de voces frenó su salida.

Con curiosidad, porque no había visto a nadie en el pasillo al entrar en la estancia, abrió la puerta. El corredor estaba vacío. ¿Por qué, entonces, oía voces?

Su confusión aumentó cuando volvió a entrar en la habitación. No había nadie en el pasillo, en el dormitorio ni en la alcoba, pero seguía oyendo ruido de voces.

Siguió el sonido hasta la alcoba. Miró el muro sólido de la estancia antes de inspeccionar su contenido. Los bancos llenos de cojines, la mesa y las velas conformaban una zona pequeña para momentos tranquilos. Un lugar al lado del dormitorio principal donde Marguerite y él pudieran sentarse a comentar lo que quisieran en privado.

Por desgracia, ella no estaba allí. Lástima. Le hubiera gustado mucho comentar con ella su descubrimiento: una habitación secreta situada entre el dormitorio del señor y el siguiente.

Se acercó a la pared de piedra para escuchar mejor la conversación apagada. Aunque no podía distinguir las palabras, sí distinguía el tono de los dos que conversaban y la identidad de uno de ellos.

No estaba completamente seguro de quién discutía con Marguerite, pero le parecía que se trataba de sir Everett.

Las dudas y miedos anteriores dieron paso a una oleada de rabia que hizo que se le oprimiera el pecho y le palpitaran las sienes. Se apartó de la pared y pasó las manos por la piedra. En algún lugar tenía que haber una puerta de aquella habitación oculta.

Procedió a su búsqueda. Pero no vio ninguna grieta en la piedra. Y ningún atisbo de luz cortaba el muro. No encontró nada que lo llevara a creer que estuviera allí la entrada secreta que le permitiría sorprender al dúo que discutía detrás de la piedra.

Salió de la alcoba y volvió a la puerta de la habitación. Si la entrada no estaba en sus aposentos, tenía que estar en los de al lado, en la habitación que antes pertenecía a Marguerite.

Once

Marguerite miró la antorcha que iluminaba la oscuridad de ese cuarto secreto.

En realidad, la habitación era poco más que un corredor oculto entre los dos aposentos principales de la casa. La entrada estaba en su antigua habitación, en la pared posterior de la alcoba.

Henry lo había diseñado con astucia. La pared estaba hecha de planchas gruesas de madera, diseñadas para parecer una puerta elaborada, completa con sus goznes de cuero, sus cerrojos y sus goznes.

Todos los que entraban en la habitación intentaban antes o después abrir esa puerta, pero no encontraban nada excepto un muro de piedra detrás.

Lo que no sabían era que el muro sí era la puerta. Sólo había que tocar el espacio estrecho entre la madera y la piedra para encontrar la palanca que abría la auténtica entrada a la habitación oculta.

La antorcha se movió y ella tuvo que protegerse los ojos del brillo de su luz.

Sospechaba que sir Everett la movía adrede para molestarla. Cansada de sus movimientos, le agarró la muñeca con una mano y le quitó la antorcha con la otra.

—Ya está bien —colocó la antorcha en una argolla de hierro cercana—. Mucho mejor. ¿Decíais?

—Lady Marguerite, no podéis dejar de servir al rey David.

—¿Y por qué no?

Por lo que a ella se refería, podía dejar de servir a quien quisiera cuando quisiera. Lo que le preocupaba era el castigo por hacerlo.

Mientras esperaba la respuesta de Everett, se frotó los brazos con la esperanza de calentarse un poco.

El aire estancado de la estancia, que no se calentaba nunca, parecía atravesar su ropa y su piel y llegarle hasta los huesos.

—Milady, hemos sido el punto principal de suministro de armas y oro a la emperatriz Matilda desde el momento en que el rey Stephen le arrebató la corona —suspiró Everett.

Hablaba despacio, como si le explicara algo a un niño. Marguerite resistió el impulso de reírse en su cara.

—Darle ahora la espalda sin previo aviso sería invitar al rey David a que nos atacara abiertamente por el feo hecho a su sobrina —prosiguió Everett.

—¿Cómo pueden esperar David o Matilda que sigamos apoyándolos sabiendo que Thornson está muerto? —¿por qué tenía que honrar ella los juramentos de un hombre muerto?

Everett abrió mucho los ojos. Con aparente incredulidad.

—¿No hemos mostrado nuestra intención de hacer precisamente eso? Incluso después de la muerte de lord Thornson, hemos mantenido activo el flujo de mercancías.

—Sí, pero eso era antes de casarme con uno de los hombres del rey Stephen.

Una sonrisa diabólica entreabrió los labios de Everett. Una señal de que eso no auguraba nada bueno para ella. Se encogió de hombros y dijo:

—Eso es un problema que puede resolverse fácilmente.

Marguerite sintió un miedo repentino, pero aguantó firme y miró con dureza al capitán de Thornson.

—Yo no he dicho que sea un problema, ¿verdad?

—No, pero...

Ella lo interrumpió con un movimiento de la mano.

—Sin peros. No causaréis ningún daño a Faucon —achicó los ojos—. ¿Comprendéis?

Everett le devolvió la mirada, otra señal de que había llegado el momento de buscarle un sustituto. Ella le sostuvo la mirada y él asintió con la cabeza.

—Sí, comprendo.

—Bien. Sólo os lo diré esta vez, sir Everett. Si le

ocurre algún daño a Faucon o a sus hombres, vos sufriréis las consecuencias.

—Yo no tendré la culpa si alguien se cae por el acantilado.

Marguerite sintió un escalofrío de advertencia.

—¿Qué decís?

Él negó con la cabeza.

—Nada.

Ella había oído claramente su advertencia y se ocuparía de que Darius y sus hombres estuvieran en guardia contra cualquier amenaza, fuera o no accidental.

Everett señaló detrás de él.

—Mañana habrá aquí un cargamento para el norte. ¿Qué proponéis que hagamos? Los botes están ya en camino. Yo no puedo hacer nada para impedir su llegada a nuestra playa.

Marguerite deseaba decirle que lo arrojara todo al mar, pero sabía que la cueva estaba llena. Nada deseaba más que olvidar el acuerdo que tenía Thornson con el rey David. Pero Everett tenía razón en eso: una acción tan drástica atraería un ejército a sus puertas.

Y el único modo de parar los botes sería apagar los fuegos de advertencia y dejar que se estrellaran contra las rocas. Eso era algo que no podía hacer. No sería responsable de causar una muerte así a los hombres de los botes.

Mientras una idea se formaba en su mente, Everett abrió la boca y ella levantó rápidamente una mano para detener sus palabras.

¿Y si permitía que ese último cargamento saliera

como estaba planeado y enviaba con él a uno de los hombres con una misiva para el rey David? Podía explicarle su matrimonio y el peligro que conllevaría para su hijo y para ella continuar con aquello.

Antes o después, Darius querría regresar a Faucon. Marcus y ella tendrían que viajar al sur con él. Una vez que se hubieran ido, el rey podría abrir fácilmente la ruta de suministros.

Satisfecha con su idea, dijo a Everett:

—Que los hombres sigan preparando el próximo cargamento. Será el último. Enviaré un mensaje al rey David explicándole la situación aquí. Elegid a uno de los hombres para que vaya al norte con el cargamento y decidle que llevará un mensaje mío.

—Eso no dará resultado, lady Marguerite.

—Dejad que yo me preocupe de eso.

Everett hizo una mueca.

—Eso no servirá de mucho cuando el hombre al que enviéis al norte se encuentre una espada clavada en el corazón.

—No digáis tonterías —a veces se preguntaba cómo había conseguido llegar Everett a capitán de la guarnición—. Enviad a uno de los hombres de David.

—¿Y si decide matarlo?

—No creo que lo haga, pero si lo hace, será su decisión —no le gustaba parecer tan fría, pero aquello estaría fuera de su control.

—¿Y qué hay de lord Faucon? ¿Cargamos los botes bajo su escrutinio?

Marguerite ya había tomado en consideración a

Darius. Conocía un buen modo de mantenerlo ocupado unas horas durante la noche. Tendría que convencerlo de que Thornson ya no estaba presente entre ellos.

—Dejad que yo me ocupe de eso.

—¿Y sus hombres?

Para ese problema, necesitaría la ayuda de Bertha. La doncella había estado con ella desde que llegara a Thornson y Marguerite sabía que podría contar con su ayuda.

—No os preocupéis. También me encargaré de los hombres.

—Muy bien —Everett parecía resignado a llevar a cabo sus deseos—. Sólo nos queda rezar por que sepáis lo que hacéis, milady.

Ella lo vio desaparecer en la oscuridad del corredor. Cuando el eco de sus pasos dejó de llegar a sus oídos, abrió la puerta que conducía de vuelta a su antigua habitación.

El panel de piedra se cerró fácilmente a sus espaldas con un leve sonido. La puerta falsa de madera, más grande, era otra cuestión. Había que colocar en su sitio las enormes planchas de madera. Luchó unos momentos con ellas y acabó por apretar la puerta con el hombro.

Una mano pasó por delante de su nariz para empujar la puerta.

—Espera, déjame ayudarte.

A Marguerite le dio un vuelco el corazón; contuvo el aliento y se tambaleó contra la puerta que se cerraba.

Darius la sujetó por el brazo para impedir que cayera y se apoyó a su lado. Ella le lanzó una mirada. No parecía enfadado ni sorprendido de verla aparecer por allí. Parpadeó. A decir verdad, su expresión era más bien de regocijo.

Segura de que se había confundido y su aparente humor escondía otra cosa, Marguerite intentó apartarse. Pero él siguió sujetándole el brazo.

La antorcha tembló en la mano de ella. Darius se la quitó de los dedos. Su sonrisa se hizo más amplia y la miró con calma, ignorando el intentó de poner distancia entre los dos.

Marguerite se sonrojó hasta la raíz del cabello. No eran necesarias las palabras. Podía imaginar las acusaciones que cruzaban por la mente de él.

No le cabía duda de que, cuando se decidiera a pronunciarlas, ella no podría defenderse.

No importaban cuáles fueran sus acusaciones, ella no podía contarle la verdad sin mezclarlo en los problemas de Thornson, y eso era algo que no pensaba hacer. De momento podría protegerlo todavía y lo haría todo el tiempo que le resultara factible.

Ahogó un gemido. ¿Por qué tenía que sorprenderla abandonando el cuarto secreto? ¿Qué le había hecho subir desde el campo de prácticas hasta la habitación?

Cuando pensaba que ya no podría soportar más su mirada silenciosa, Darius se inclinó hacia su oído y preguntó en un susurro:

—¿Sir Everett y tú habéis solucionado vuestras diferencias?

¿Diferencias? ¡Santo cielo! No podía haberlos oído a través de la pared. ¿O sí?

—No tenemos diferencias.

—Por favor, Marguerite, no me tomes por tonto. Era evidente por tu tono que discutíais y, puesto que Everett está ausente del campo de prácticas, sólo me queda pensar que estaba contigo.

Antes de contestar, Marguerite rezó en silencio para pedir fuerzas y astucia suficientes para mentirle a la cara. Haría lo que fuera, incluido rendir su alma, si así podía evitar que él descubriera la verdad de lo que iba a hacer.

—No he visto a sir Everett desde esta mañana temprano. ¿No está con los demás hombres?

Darius emitió un sonido mezcla de tos y respingo. En lugar de discutir con ella, bajó la mano y abrió de nuevo la puerta de madera.

—Enséñame cómo funciona esto.

No podía rehusar. Ahora que sabía que había un cuarto secreto y dónde estaba la puerta, tendría que enseñarle cómo funcionaba y adónde llevaba el corredor. De no ser así, él lo exploraría por su cuenta, y eso sería poco inteligente por parte de ella y posiblemente peligroso para él.

Marguerite le agarró la muñeca y guió su mano al espacio entre las puertas.

—¿Tocas la palanca? Bájala hasta que choque y luego empuja hacia la piedra.

Él lo hizo así y entró por la apertura, sujetando la antorcha ante sí. Se volvió y le ofreció la mano.

—¿Vienes?

Marguerite entrelazó los dedos con los de él.

—Por supuesto. No quiero que te pierdas.

—Ni que encuentre cosas que no debería.

Marguerite perdió el paso y estuvo a punto de chocar con él.

Darius fingió que no pasaba nada y continuó caminando a lo largo del corredor, con ella detrás.

—¿Esto lo ideó Thornson?

—Sí. Cuando construían la casa, añadió este pasillo a los planos.

Él se detuvo para levantar la antorcha y mirar el espacio estrecho que lo rodeaba.

—¿Adónde conduce?

—Baja al gran salón.

—Interesante.

—¿Por qué?

—¿No es curioso que Thornson construyera una entrada oculta que lleva directamente a la habitación de su esposa?

Marguerite no pudo reprimir una carcajada. Darius la miró con severidad.

—Perdón —ella le apretó la mano—. Fue casi la misma pregunta que le hice yo.

—¿Y la respuesta? —él no parecía nada divertido.

—Para empezar, es imposible abrir la puerta de piedra sin la palanca. Y los cerrojos de la puerta de madera siempre están echados. Mi virtud nunca estuvo en peligro.

—¿Tu virtud? Cuando llegaste aquí, ya habías perdido la virtud.

Marguerite soltó un respingo. Aunque sabía que se había merecido ese comentario, pronunciado con rabia, eso no impidió que le doliera.

Darius se detuvo y se volvió. En cuanto hubo dicho la frase, deseó poder retirarla. Aquél no era modo de ganarse su cooperación.

Le soltó la mano y le acarició la mejilla.

—Ahora soy yo el que debe pedir perdón.

Ella negó con la cabeza.

—No. Has dicho la verdad.

—Eso no disculpa la grosería. Marguerite, estábamos casados. Tu virtud estaba intacta. No tengo derecho a decirte eso y lo siento.

Ella le puso una mano en el pecho y apoyó la mejilla en la mano.

—Gracias.

En aquel momento, Darius supo que no había fantasmas entre ellos. La rodeó con un brazo y la atrajo hacia sí. Marguerite alzó el rostro y esperó su beso.

Se mostraba cálida y sensual y a él le habría gustado tirar la antorcha al suelo y estrecharla contra su corazón.

Subió la mano para introducir los dedos en las trenzas de ella, sujetas en la parte de atrás de la cabeza. Ella le ayudó ladeando la cabeza y separando los labios.

Le recorrió el labio superior con la punta de la lengua, lo cual lo tomó por sorpresa. Envalentonado por la caricia, deslizó la lengua en la calidez húmeda de la boca de ella.

Marguerite le echó los brazos al cuello y se apretó

contra él, que apretó la suavidad de los pechos femeninos contra su torso duro y lanzó un gemido.

Ella se puso tensa y Darius comprendió que Thornson volvía a estar con ellos.

La soltó de mala gana, con el corazón oprimido y la mente nublada por el deseo, y tomó la mano temblorosa de ella en la suya.

—Darius...

—No —detuvo sus palabras con un movimiento de la cabeza—. No digas nada que arruine el momento. Dije que esperaría y esperaré. Vamos, enséñame el resto de este laberinto oculto.

—A la izquierda hay unos escalones —la voz de ella resonaba en el corredor—. Ten cuidado.

—¿Por qué no hay entrada al dormitorio del señor? —preguntó él.

—La habitación grande estaba reservada para los invitados.

—¡Ah! —eso explicaba que estuviera lista para recibirlo a su llegada—. ¿Quieres volver a tu antigua habitación?

El espacio entre ellos se hizo más grande y ella aflojó el paso.

—¿Sola?

Darius detuvo el descenso, se volvió a mirarla.

—¿Eso es lo que deseas? —preguntó ella.

—No. No interpretes mal mi pregunta. Si estás más cómoda en la habitación más pequeña, haré que trasladen nuestras cosas allí.

Ella respiró con fuerza y Darius sonrió. Si había esperado su respuesta con temor, quizá conseguirían exorcizar a los fantasmas antes de lo que había creído.

—No es necesario tomarse tantas molestias. La habitación de ahora está bien —ella sonrió con tristeza y añadió—: De hecho, la prefiero.

Darius no había pensado en eso. Seguramente para ella sería más fácil no dormir en la habitación que había compartido con Thornson. Pero no dijo aquello en voz alta.

—Me alegro —repuso—. Por muy segura que sea, tendría que estar siempre en guardia si durmiéramos en una habitación que tiene una entrada secreta.

Ella lo besó en la mejilla.

—Darius, prométeme que tendrás cuidado. Protege a tus hombres y protégete tú.

—Eso por supuesto. ¿Pero qué es lo que temes?

Marguerite se enderezó.

—Nada. Me preocupo como lo haría cualquier esposa.

Darius sabía que mentía, pero, hasta que pudiera convencerla de que confiara en él, tendría que dejarlo pasar. Entretanto, haría caso de sus miedos y advertiría a sus hombres de que estuvieran más alerta que de costumbre.

Reanudó la marcha por el pasadizo.

—¿Dónde estamos en relación con el salón?

—En el lado opuesto de la escalera. Cuando lleguemos al fondo, estaremos frente a la pared trasera del gran salón. El pasillo nos llevará a la pared de atrás.

—¿Cerca del corredor que va a las cocinas, donde están las mesas y los bancos?

—Sí. En ese mismo rincón. La puerta está en el pasillo.

Darius levantó los ojos al cielo.

—Detrás del arcón de la ropa blanca.

Ella rió con suavidad.

—Sí. O para ser más precisos, el arcón de la ropa blanca es la puerta.

El arcón era más alto que él. Se volvió a mirarla.

—¿Lo dices en serio?

—Oh, sí. El suelo de debajo está hueco y tiene sitio para ruedas. Se puede apartar rodando de la pared sin mucha dificultad. Ya lo verás.

Darius lanzó una maldición.

—Espero que estés disfrutando de este viaje.

—Será el último, ¿no? —suspiró ella.

—Sí —se encargaría personalmente de que cerraran la entrada de detrás del arcón.

Llegaron al final de las escaleras, donde el corredor se ensanchaba y podían caminar uno al lado del otro. Darius la atrajo hacia sí, le soltó la mano y le pasó el brazo por los hombros.

Marguerite apoyó la cabeza en él.

—¿Por qué no estás enfadado por este descubrimiento?

—Oh, lo estoy. Y mucho —la besó en la cabeza—. Pero creo que debemos dejar la discusión para más tarde.

Ella le clavó un dedo en el costado.

—Mientes. Lo que pasa es que antes querías descubrir lo que pudieras.

—Por supuesto.

Llegaron a la puerta y él dejó la antorcha en un aplique de la pared y la volvió hacia él. Puso una mano a cada lado de su rostro y le acarició las mejillas con los pulgares. Apoyó la frente en la de ella.

—Ah, Marguerite, ¿crees que no me doy cuenta de que tienes demasiados secretos? ¿Crees que dejaré de intentar sacártelos todos?

Ella cerró los ojos y soltó una risita.

—Yo no oculto nada.

—Lo ocultas todo.

—Yo nunca…

Él la besó para hacerle guardar silencio.

—Te lo advierto, amor mío, no dejaré que tus mentiras y tus secretos acaben con nosotros.

La soltó sin darle tiempo a contestar y empujó la puerta.

Antes de terminar de abrirla del todo, oyó los gritos y carreras de las personas que corrían por el pasillo. Tiró de Marguerite hacia fuera, cerró el arcón y paró al primer criado que pasó.

—¿Qué ocurre?

El sirviente, que tenía los ojos muy abiertos, balbució algo que no pudo descifrar. Darius se lo pasó a Marguerite.

—¡Explícate! —gritó ella.

El criado respiró con fuerza y bajó la cabeza.

—El conde, milady. Ha llegado el conde William.

Darius apretó la mandíbula hasta que creyó que se le iban a partir los dientes. ¿Por qué tenía que presentarse York precisamente entonces?

Ordenó a Marguerite que subiera a su cuarto y se dirigió al gran salón entre maldiciones.

El conde de York y él no se caían bien. William no lo consideraba más que un cachorro inútil atado todavía a la correa del conde de Faucon. Y él consideraba a William poco más que un imbécil arrogante y voluminoso que respondía bien a su apodo de Le Gros.

En realidad, William era conde de Albemarle, conde de York y señor de Holderness. Ese hombre poseía más tierras que el rey Stephen. Y se ocupaba de que todo el mundo lo supiera. Además, gobernaba sus tierras como un rey autoproclamado.

Y Darius sólo era el más joven de los Faucon, sin título ni más tierras que las que su hermano pusiera bajo su cuidado.

Lanzó más maldiciones cuando cruzaba el patio en dirección a la puerta. Era evidente que William no había llegado todavía al interior de los muros. Confiaba en que Osbert tuviera el buen sentido de no hacerle esperar allí.

Sólo le quedaba rezar para que la misiva que había enviado a su hermano Rhys unos días atrás llegara rápidamente y su hermano considerara oportuno desplazarse a Thornson. Albergaba pocas dudas de que, en cuestión de días, o incluso de horas, se encontraría encerrado en una mazmorra debajo de los suelos de Thornson o en una de las torres de encima del tejado.

Y esas opciones serían preferibles a la de que su cabeza adornara una pica en el muro, algo que bien podía hacer el conde. De hecho, no le costaba imaginárselo frotándose las manos de gusto justo antes de cortarle el cuello. Rhys no podría ayudar mucho a un hermano decapitado, pero con suerte, se dignaría cuidar de Marguerite y de su hijo.

Subió la escalera que llevaba al muro exterior, donde se reunió con Osbert.

—Me han dicho que tenemos visita.

Osbert señaló el campo con la cabeza.

—Sí. Y se ha traído a su ejército.

—Darius se golpeó el costado para asegurarse de que la bolsa con las órdenes del rey Stephen seguía a mano. Respiró hondo, con la esperanza de calmar su corazón galopante. Osbert tenía razón. El conde de York se presentaba rodeado de al menos cincuenta hombres.

Darius, que no quería medir las fuerzas de Thornson contra el poder del conde, ordenó a los hombres de la torre que subieran la puerta y le permitieran la entrada.

Era dudoso que se presentara allí para causar problemas a la gente de Thornson. Probablemente habría descubierto de algún modo la presencia de Darius y había decidido ir a molestarlo para aliviar su aburrimiento.

Doce

Marguerite sacó la antorcha de la anilla de hierro y volvió corriendo a su habitación por el corredor que Darius y ella acababan de descender. Habría sido inútil intentar abrirse paso entre el grupo que se amontonaba con frenesí a la puerta del salón. Sería más fácil hablarles desde el nivel superior.

Después de cerrar tanto la puerta de piedra como la de madera, se detuvo a recuperar el aliento. El conde de York no era amigo de Thornson. Su breve visita tras la llegada de ella años atrás lo había dejado claro. En lugar de celebrar con Henry y con ella sus votos matrimoniales, el conde había estado a punto de lograr que la fiesta acabara en guerra, simplemente porque Henry no apoyaba al rey.

Teniendo en cuenta las fuerzas de York y las de

Thornson, la guerra podía haber durado años. Por suerte, Henry se había tragado su orgullo, había cedido y jurado no desafiar abiertamente al rey Stephen.

El conde William, o bien no había oído la palabra abiertamente, o había comprendido que no podría impedir a Henry que apoyara a la emperatriz Matilda. Sea como fuere, Henry había ocultado su lealtad a la emperatriz y el conde no había vuelto por Thornson.

Hasta entonces.

¿Por qué había decidido presentarse después de tantos años? Si quería controlar la propiedad, ¿no lo habría hecho inmediatamente después de la muerte de Henry?

Desde luego, no era porque desconociera la muerte del señor de Thornson, pues se rumoreaba que Henry había recibido la flecha mortal en las afueras de York. Y todos habían asumido que la había disparado uno de los hombres del conde. Seguramente, como lord de la corte del rey Stephen, el conde sabía que habían enviado a Darius a Thornson. ¿Por qué, pues, iba allí? ¿Para ver si Darius cumplía con su deber? Hasta donde ella sabía, todos los Faucon eran siervos leales del rey, por lo que no necesitaban un supervisor.

¿Y por qué precisamente en ese momento? ¿Cómo iban a sacar el cargamento a la noche siguiente? Ya sería bastante difícil distraer a Darius y sus hombres, ¿cómo iba a impedir que el conde descubriera lo que sucedía?

El corazón se le subió a la garganta. ¿Estaría al tanto de los cargamentos que enviaban al norte? Esperaba que no fuera así.

Marguerite se golpeó la falda del vestido y se puso

en pie. No podía quedarse allí todo el día, preocupándose sin saber de qué; era mucho mejor hacer algo útil.

Miró la puerta elaborada y suspiró. Le gustara o no, tendrían que regresar a esa habitación. No podía permitir que el conde descubriera un cuarto oculto y buscara otros.

Darius seguramente se mudaría allí con ella. Ahora estaría muy ocupado con el conde. Y si por casualidad encontraba tiempo para buscar más habitaciones secretas, a ella le resultaría más fácil distraerlo a él que al conde William.

Se disponía a salir de la habitación, cuando llamaron a la puerta oculta de la alcoba. Marguerite se detuvo. Darius no podía haber vuelto a subir por el corredor. Tenía que tratarse de Everett.

No tenía tiempo de lidiar con los miedos del capitán. Tendría que esperar. Por el momento tenía bastante con acallar su propio miedo y calmar a los siervos y guardas antes de ponerlos a trabajar.

Salió de la estancia y se dirigió al rellano de encima de las escaleras. La actividad en el gran salón no había disminuido, en todo caso se había vuelto más caótica y ruidosa.

—¡Silencio! —gritó Marguerite por encima de las voces. Esperó a que los de abajo se calmaran lo suficiente para alzar la vista hacia ella.

Respiró hondo para frenar su corazón galopante y empezó a bajar las escaleras sin dejar de hablar.

—No hay razón para esta locura. Tranquilizaos. No es la primera vez que nos visita un conde.

Miró a una de las mujeres más viejas.

—Hawise, la otra vez que estuvo aquí el conde William, ¿no pudimos retener el control del feudo?

La mujer inclinó la cabeza antes de contestar.

—Sí, milady, pero entonces vivía milord.

—Cierto. Pero el nuevo señor también es capaz de controlar a los visitantes —escuchó murmullos de asentimiento en la parte de atrás de la reunión.

Bajó unos escalones más y señaló a otra de las mujeres.

—Jessie, ¿no recibimos al rey David en persona el año pasado?

La mujer abrió mucho los ojos y asintió con la cabeza.

Marguerite eligió ahora a uno de los hombres.

—Stefan, ¿tú no arreglaste la silla de la emperatriz Matilda antes de que nos dejara hace dos veranos?

Stefan sonrió sin dientes antes de contestar.

—Sí, milady, así fue.

Marguerite llegó al pie de las escaleras y abrió los brazos.

—Pues no creo que recibir a un simple conde al que ya hemos visto antes sea motivo para preocuparnos.

—¿Simple? Milady, es uno de los hombres más fuertes del rey Stephen. ¿Cómo podemos estar seguros de que no busca hacernos daño?

Marguerite se encogió de hombros, esforzándose por hacerles ver que no estaba nada preocupada.

—Lord Darius también es un hombre de Stephen. ¿Nos ha causado daños?

—No mucho, pero él no es el conde de York.

Marguerite no veía al que había hablado, por lo que se dirigió al grupo.

—Lord Darius está recibiendo al conde en la puerta en este momento. Seguramente permitirá su entrada en nuestra fortaleza.

Levantó una mano para acallar algunas voces de los hombres.

—Vamos a seguir con nuestros asuntos, tratar al conde con el respeto que se merece y dejar a los dos hombres las cuestiones de política o guerra. Mientras no provoquemos al conde William, lord Darius se ocupará de que no le ocurra nada malo a Thornson.

Nadie se mostró en desacuerdo con ella.

—Bien. Hemos capeado temporales peores. Esto sólo será una tormenta de verano, nada más —pidió en silencio que sus palabras demostraran ser ciertas—. Necesito unos cuantos brazos fuertes para trasladar mis pertenencias y las de Darius a los aposentos más pequeños. Y unos cuantos brazos rápidos para preparar todas las habitaciones. Alguien tiene que ir a la aldea y decirle a Bertha que la necesito aquí con mi hijo y conmigo.

Cuando el grupo se dispersó para cumplir sus órdenes, ella se reunió con la cocinera para discutir las comidas de los próximos días.

A sir Everett le temblaban las piernas cruzando el bosque de camino a la cabaña de caza. No quería entregar aquella información, pero sabía que era demasiado importante para eludirla.

Se detuvo en la puerta luchando por recuperar el aliento y hacer acopio de valor. Al fin, cuando su corazón recuperó un ritmo más normal, aunque todavía acelerado, llamó a la puerta.

—¿Milord?

Nadie contestó. Volvió a llamar y gritó con más fuerza:

—¿Milord?

—Dejad de aullar así, Everett.

—Milord, tenemos visita.

Lord Bainbridge se asomó a la ventana y observó la zona que rodeaba la cabaña con el ceño fruncido.

—¿Visita?

—Sí, milord, en Thornson.

Bainbridge apoyó los brazos en el alféizar de la ventana.

—¿Pensáis decirme quién es esa visita?

—Sí, señor —Everett se apartó un paso de alféizar. Si la noticia que iba a dar no era bien recibida, quizá pudiera ahorrarse un disgusto aumentando la distancia con el otro.

—York. Ha llegado el conde de York.

La rabia convirtió el rostro de Bainbridge en una máscara de maldad.

—¿Cómo que ha llegado el conde de York?

Everett no sabía cómo clarificar más la noticia, así que retrocedió otro paso y repitió:

—Sí, el conde de York está en Thornson.

Para su sorpresa, en lugar de gritar de furia, lord Bainbridge apoyó la cabeza en los brazos y se echó a reír. Aquella reacción inesperada dejó a Everett sin palabras.

Cuando Bainbridge se cansó de reír, levantó la cabeza y se secó las lágrimas.

—¡Oh, bendito seáis, Everett! Yo también iré de visita a Thornson. Eso va a ser demasiado bueno para perdérselo.

—Pero milord, Faucon dijo...

—Que no volviera a poner el pie en el feudo de Thornson. ¿Crees que Faucon se arriesgará a tener que explicarle mi muerte repentina al conde?

—No. Es dudoso que Faucon haga eso.

—Por supuesto, está el problema menor de mis lealtades —Bainbridge parecía hablar para sí mismo, por lo que Everett guardó silencio—. El conde William puede no recibir bien a alguien que se opone al rey Stephen. Me limitaré a mentir si sale el tema.

Se frotó un momento la barbilla y sonrió.

—Después del cargamento de las dos próximas noches, me iré al norte. Sólo necesito esconder la verdad hasta entonces.

—Lord Bainbridge, ¿cómo vamos a cargar los botes con el conde y sus hombres por aquí?

Bainbridge hizo una mueca burlona.

—¿Mañana no será el día perfecto para celebrar el nuevo matrimonio de lady Marguerite?

—¿Milord?

—Pensad, amigo mío, pensad. Por algo llaman al conde Le Gros. ¿Qué creéis que aprecia el conde William más que la batalla?

Everett sólo tuvo que pensar un momento.

—Una fiesta con mucha comida y mucha bebida.

—Sí. Apuesto a que sólo tenemos que correr la voz de que lady Marguerite no ha celebrado todavía como es debido su casamiento con Faucon.

—Lo cual dará al conde una excusa para que fluya la comida y el vino.

—No es que él necesite excusas, pero sí.

Everett estaba de acuerdo en que probablemente sería un plan fácil que no fallaría. No obstante, sabía que tenía que informar a Bainbridge de los planes de Marguerite para cargamentos futuros. Y estaba seguro de que esa noticia no produciría risas.

A riesgo de parecer cobarde, Everett se alejó todavía un paso más de la cabaña.

Bainbridge cruzó los brazos y los apoyó en el alféizar.

—Es obvio que tenéis algo más que decirme.

Everett tragó saliva.

—Lady Marguerite insiste en que el cargamento de mañana por la noche será el último. Desea que Thornson deje de ayudar a la emperatriz.

Bainbridge enarcó las cejas. Movió la cabeza.

—Oh, conque desea eso, ¿eh? Pues tendré que comunicarle a la dama lo poco que importan sus deseos en este caso.

—¿Y qué hay de Faucon, milord?

—Cuando se entere de lo que ocurre delante de sus narices, estará tan involucrado en los asuntos de Thornson que no tendrá más remedio que aceptar su papel de traidor al rey Stephen.

Everett no estaba de acuerdo, pero tampoco estaba dispuesto a discutir.

—Está todo en vuestras manos, lord Bainbridge.

—Sí, así es. Y vos haréis bien en no olvidarlo. Por el momento regresad a Thornson. Yo no tardaré en ir también.

Hasta que el conde William y su séquito no entraron en el patio, no se dio cuenta Darius de que tanto los hombres de Thornson como él mismo llevaban armadura.

Desde que salieran de Falcongate, se había convertido en costumbre usar la malla a diario. Cuando sus hombres y él no estaban practicando las artes de la guerra, estaban registrando la zona en busca de contrabandistas. Con suerte, el conde lo comprendería así y no asumiría que Thornson se preparaba para luchar contra York.

Darius pidió para sí toda la suerte que los santos pudieran ofrecerle mientras esperaba que desmontara William. Pronto se hizo evidente que los guardias y los criados de Thornson estaban acostumbrados a recibir visitantes de alto rango.

Para alivio suyo, todos conocían sus deberes sin que tuvieran que darles órdenes. Unos corrieron a ayudar a desmontar al conde; teniendo en cuenta el tamaño de éste, se requerían al menos tres. Otros se ocuparon de su caballo y otros de sus hombres.

Las criadas les ofrecieron refrescos para apaciguar la

sed. Darius miró hacia la casa y por un momento se preguntó si la bebida estaría envenenada.

Cuando William se acercó por fin, Darius clavó brevemente una rodilla en tierra en señal de respeto.

—Ah, el cachorro de Faucon. ¿Cómo estáis?

Darius luchó por ignorar el sarcasmo en la voz de William y se incorporó. Agarró los brazos del conde en un gesto de bienvenida.

—Todo va bien, milord. ¿Qué os trae por el feudo de Thornson?

William le clavó su mirada.

—¿No hay saludos de bienvenida, sólo preguntas?

Hasta donde Darius recordaba, William solía ir siempre al grano. ¿Llegaba sin ser invitado, sin anunciarse y quería matar el tiempo con conversaciones absurdas? Ese curioso deseo por aliviar la tensión sólo podía significar que había un motivo para aquella visita.

Con la mirada del conde fija todavía en él, Darius sonrió y señaló la casa.

—Perdón, milord; olvidaba mis modales —empezaron a cruzar el patio juntos—. ¿Qué tal el viaje? Espero que no haya sido agotador. ¿Desde cuándo no coméis? ¿Deseáis alimento? ¿Estáis cansado? ¿Queréis descansar un rato?

Cuando Darius se quedó sin preguntas, el conde inquirió:

—¿Habéis terminado?

—Sí.

Hicieron en silencio el resto del camino hasta el salón. Una vez dentro, William chasqueó los dedos a uno de sus hombres y tendió una mano.

—La misiva.

Darius reprimió un gemido. No le sorprendería que el conde llegara con órdenes nuevas del rey Stephen.

William le pasó un pergamino enrollado.

—Puede que lo encontréis interesante. A mí me lo pareció.

En cuanto Darius vio el sello roto, supo que su vida corría peligro. Era el mensaje que había enviado a su hermano Rhys. Lo tomó de la mano del conde y lo ocultó en su malla sin molestarse en fingir que lo leía.

—¿Cómo os habéis hecho con él? —tenía que avisar a Marguerite como fuera.

Lo mejor para todos sería que ella utilizara los túneles secretos para salir inmediatamente de Thornson con su hijo. Si conseguían llegar a la aldea, él encontraría el modo de que Osbert la llevara sana y salva a Faucon.

William hizo otra seña a sus hombres. Esa vez ellos no le entregaron una misiva, sino que hicieron adelantarse a uno de los hombres de Faucon. A Darius se le subió el corazón en la garganta, lo que le dificultaba la tarea de tragarse sus maldiciones.

Osbert entró entonces en el salón y se detuvo tan en seco, que estuvo a punto de dar un paso en falso. Cuando comprendió lo que sucedía en el interior, palideció. Darius se preguntó si su rostro trasluciría el mismo shock.

—¿No tenéis nada que decir, Faucon? —preguntó el conde con burla.

En realidad, Darius tenía mucho que decir. Por desgracia, la mayor parte no serviría para salvarle el pellejo.

En lugar de soltar lo que le pasaba por la mente, procuró calmarse y se consoló con la idea de que el conde parecía haber capturado sólo a uno de los tres mensajeros enviados a Rhys. Con suerte, los otros dos habrían llegado a su destino.

Movió la cabeza y preguntó:

—¿Qué queréis que diga, milord? No se me ocurre nada que no sepáis ya.

—¿No queréis saber cómo ha llegado vuestro hombre a mi poder?

Por supuesto, sí quería. Pero hablaría más tarde con su hombre. Y como estaba seguro de que el conde estaría encantado de responder a su propia pregunta cuando lo deseara, Darius guardó silencio.

William despidió a sus hombres con un gesto e hizo señas a Osbert para que se acercara.

—Llevaos a vuestros guardias y desapareced de mi vista.

Sin esperar a que se vaciara el salón, se volvió bruscamente, cruzó la habitación hasta la silla de respaldo alto colocada en la cabecera de la mesa y se sentó.

Una mirada de acero dirigida a él fue toda la invitación que necesitó Darius. Se preguntó qué ocurriría si ignoraba a aquel hombre y simplemente se marchaba del feudo, pero la imagen de su cabeza balanceándose en la torre alejó cualquier intento de huida de su mente.

Respiró hondo y se reunió en la mesa con el conde.

Entre ellos cayó un silencio pesado, que la mirada incesante de William volvía más insoportable. Darius decidió no romperlo. No contaría a aquel hombre más de lo necesario.

—¿Darius?

La voz de Margarita a sus espaldas le produjo un nudo de miedo en la boca del estómago. Tragó saliva, se puso en pie y se volvió para recibir a su esposa. Si el sonido de su voz no hubiera sido suficiente para provocarle escalofríos de terror, la visión del niño a su lado lo habría conseguido.

Y la risita satisfecha del conde. Darius respiró con fuerza. «Dios querido, protege a mi hijo». Miró a Marguerite y la incluyó también en su plegaria.

Ya no importaba lo que fuera de él. Era muy capaz de defenderse solo y sin duda merecía el destino que pudiera aguardarle.

Aunque estaba seguro de que Marguerite tenía un papel activo en las actividades del contrabando, también sabía que sólo lo hacía por lealtad a Henry Thornson. El niño era inocente; no podía hacérsele responsable de nada de lo que había ocurrido en su corta vida. Y Darius los protegería a los dos con su vida de ser necesario.

El conde William carraspeó, indicando a Darius que le presentara a su esposa. Darius extendió la mano y tomó los dedos fríos de Marguerite entre los suyos. Ella se agarró a él como a un clavo ardiendo. Y él deseó más que nada en el mundo poder prometerle que todo iría bien; pero era un deseo inútil que no se haría realidad.

Puesto que no pronunciaría una promesa que podría no ser capaz de cumplir, Darius la miró a los ojos y sonrió. Confió en que una muestra de valor por su parte le diera fuerzas a ella para afrontar lo que pudiera llegar.

Marguerite le apretó un instante los dedos y le devolvió la sonrisa. Al mismo tiempo, acercó a su hijo más a ella.

Darius sintió el corazón henchido al ver a aquel Rhys en miniatura. El niño se parecía a su tío de un modo increíble. El pequeño Marcus apenas le llegaba a la cintura a su madre, pero se mantenía firme, con los hombros echados hacia atrás y la cabeza erguida. Sus cejas negras se juntaban como alas encima de sus ojos. Puntos dorados brillaban en sus pupilas marrón claro y el niño miraba al conde con aire interrogante.

Darius no sabía si reír o llorar ante la arrogancia evidente que mostraba su rostro. Si el parecido físico no bastaba para identificarlo como un Faucon, sus modales lo harían.

El niño ya tendría ocasión de aprender lo que podía costarle su orgullo. Darius tendió el brazo y le bajó la barbilla. Aunque su orgullo paterno encontraba divertida tanta arrogancia en alguien tan joven, dudaba mucho de que el conde lo viera del mismo modo.

Un ruido procedente de la mesa le recordó la impaciencia del conde William. Darius se volvió hacia él.

—Milord, quiero presentaros a lady Marguerite de Thornson... mi esposa.

El conde apenas la miró un instante, pero sí posó la vista en el niño.

Darius notó el brillo malicioso de sus ojos cuando observaba al chico. No podía adivinar los pensamientos que cruzaban por su mente, pero no permitiría que utilizara a su hijo como un peón en ninguno de sus planes.

—Milord —Marguerite soltó la mano de Darius y se situó detrás de su hijo—. Os presento al hijo de Henry Thornson, Marcus de Thornson.

El conde la miró. Su risa resonó con fuerza en el gran salón. Cuando se fue apagando, movió la cabeza y declaró:

—Y mi caballo tiene alas.

Trece

El conde de York se limpió las lágrimas de risa de los ojos y golpeó la mesa de roble con el puño.

Marguerite sintió un escalofrío de miedo. Por el rabillo del ojo vio que Darius se movía como para adelantarse. Tendió la mano y le tocó el brazo para evitar un enfrentamiento que seguramente acabaría con su muerte.

Su otra mano descansaba en el hombro de su hijo, y para su sorpresa, éste también se había puesto tenso en preparación para... ¿para qué? ¿Comprendía la insinuación que había hecho el conde? Y de ser así, ¿qué pensaba hacer?

Antes de que pudiera adivinar sus motivos infantiles, Marcus se soltó de ella y avanzó unos pasos. Apuntó al conde con un dedo.

—Habéis asustado a mi madre.

Su voz aguda rebotó en las paredes e inundó de amor el corazón de Marguerite. Su hijo quería defenderla.

—Marcus, recuerda tus modales —la orden de Darius devolvió al niño al lado de su madre—. Os pido perdón, mi…

—No volváis a asustar a mi madre —cuando Marcus interrumpió la disculpa de Darius, Marguerite no pudo evitar un sonrisa al ver la expresión de sorpresa en las caras de los dos hombres.

Decidió intervenir antes de que la sorpresa se convirtiera en furia por la audacia del niño. Dobló rápidamente una rodilla en una reverencia y tomó la mano de Marcus.

—Perdón, señores; volveré inmediatamente.

Darius, sorprendido todavía por la desobediencia de Marcus, la vio subir las escaleras con el niño y desaparecer de su vista. ¿Cómo habían podido lidiar sus padres con tres hijos testarudos?

—Habría que azotar a ese niño.

La declaración del conde William apartó su atención de su esposa e hijo. Sí, los azotes habían sido también una táctica muy empleada por su padre. La larga cicatriz que tenía en la espalda le picó al recordarlo. Darius volvió al presente para responder:

—Eso es decisión de su madre, no mía.

—Vos sois su padre. Es vuestra responsabilidad ocuparos de su educación.

Aquello no sería fácil, pero Darius prefería el fuego eterno a darle la razón al conde. Aquel hombre podía sospechar e insinuar todo lo que quisiera, pero no estaría seguro hasta que él confirmara sus sospechas... y eso era algo que Darius jamás haría.

Por suerte, había tenido la precaución de no mencionar al niño en su misiva a Rhys. Sólo le había contado a su hermano la muerte de Thornson, las órdenes del rey y su subsiguiente matrimonio con Marguerite. Había informado a Rhys de que necesitaban hablar de otro tema en persona, pero sin mencionarlo.

Y por lo tanto, el conde de York no podía saber nada con seguridad.

Movió la cabeza y se acercó a la mesa.

—¿No habéis oído la presentación de lady Marguerite? El niño es hijo de Henry Thornson.

El conde lo miró de hito en hito.

—¿Me tomáis por ciego y por estúpido?

—No, creo que tenéis una impresión errónea, pero no que seáis ciego ni estúpido.

William achicó los ojos. Un hombre más débil se hubiera sentido intimidado y le habría dado la información que buscaba. Pero Darius no era ese hombre.

Se sentó en el banco a la izquierda del conde y le devolvió la mirada. Al final, William descruzó las manos y rompió el contacto visual.

Darius se relajó un tanto, pues sólo un tonto bajaría por completo la guardia al lado del conde. Apoyó los brazos en la mesa y preguntó:

—¿Por qué habéis venido a Thornson?

William lanzó una sonrisa desagradable y astuta que no le llegó a los ojos.

—Será mejor que esperemos el regreso de lady Marguerite.

Tal vez no fuera importante, pero Darius se preguntó por qué había usado así el nombre de Marguerite. Por qué no se había referido a ella como su esposa o su dama. Los pelos de la nuca se erizaron en señal de advertencia. Algo no iba bien, pero no sabía lo que era.

Todos sus instintos de supervivencia cobraron vida para avisarle de un peligro inminente. El lobo estaba a su lado, preparado para atacar sin previo aviso.

Darius se levantó despacio. Se acercó a la mesa lateral para tomar una jarra de vino y tres copas. Volvió a su asiento, llenó dos copas y le pasó una a William.

El conde no vaciló ni un instante. Llevó la copa a sus labios y la vació de un trago. Cuando Darius se la llenaba de nuevo, el conde se recostó en la silla.

—Comprenderéis que esos matrimonios vuestros no han sido sancionados ni por el rey Stephen ni tampoco, oficialmente, por la Iglesia.

Aunque no estaba de acuerdo con las conclusiones del conde, Darius rehusaba meterse en una guerra de palabras. Puesto que había sido más un comentario que una pregunta, guardó silencio. Se llevó la copa a los labios, sabedor de que el otro seguiría hablando.

Tenía razón. El conde se inclinó hacia delante antes de que pudiera tragar el primer sorbo de vino.

—Ninguna de las veces habéis pedido permiso ni comunicado vuestras intenciones.

Darius se encogió de hombros.

—Nuestras intenciones eran conocidas por las personas que importaban, nosotros. Y aunque la primera ceremonia pudo ser demasiado laxa para las leyes actuales, esta vez hicimos promesas e intercambiamos votos delante de un clérigo y...

—Obviamente.

La interrupción del conde era una alusión al hijo de Marguerite. Un cebo que Darius se negaba a morder.

Su silencio impulsó al conde a mover la cabeza y suspirar.

—Espero que vuestro corazón no se vea afectado por esa mujer.

¿Afectado? No. Su corazón no estaba afectado. Ella era todo lo que había soñado durante muchos años, todo lo que había deseado. Su corazón estaba atado por la más fuerte de las cadenas... el amor. Pero no afectado.

—¿Por qué? —preguntó.

La expresión de William no auguraba nada bueno. Su sonrisa astuta se parecía más a una mueca de intensa satisfacción.

—Prefiero explicarlo cuando vuelva la señora de Thornson.

Ya estaba otra vez. No decía vuestra dama sino la señora de Thornson. Darius había aprendido tiempo atrás a hacer caso de su intuición cuando le avisaba de que algo no iba bien. Y ese algo tenía que ver con Marguerite, de eso estaba seguro.

En ese momento, la dama en cuestión se acercó a la mesa.

El conde se puso en pie y le hizo señas de que se sentara en el banco a su derecha, colocándola enfrente de Darius. Se sentó después de ella.

—Ah, lady Marguerite, bienvenida de nuevo. Hablábamos de vos.

Ella lanzó una mirada interrogante a Darius antes de preguntar:

—Cosas buenas, supongo.

—Algunos dirían que sí —el conde miró a Darius con la misma sonrisa astuta de antes—. Otros puede que crean otra cosa.

El nudo que Darius tenía ya en el estómago se hizo más fuerte. Aquel hombre se había propuesto hacerle perder la compostura y empezaba a conseguirlo.

—¿Y qué es eso que algunos no considerarían bueno, milord? —Marguerite jugueteaba con las hojas de parra bordadas en los bordes de las mangas amplias de su vestido.

Una sonrisa amplia convirtió el rostro de William en una máscara de pura diversión. Una broma privada a expensas de Marguerite y Darius. Una broma que este último deseaba que terminara pronto, antes de que la tortura se volviera insoportable.

Al fin, después de lo que pareció una eternidad, el conde miró a Marguerite y le tomó una mano entre las suyas.

—Mi querida señora, mis modales dejan mucho que desear. Mis más profundas condolencias por vuestra reciente pérdida.

—Gracias —susurró ella.

—Sé que mi última visita aquí no hizo mucho por forjar una amistad entre Thornson y York, pero yo sentía un gran respeto por Henry.

Darius enarcó las cejas. Así que no era la primera vez que el conde visitaba a los Thornson. Y su anterior visita no había ido muy bien.

Marguerite guardó silencio, pero su mirada no abandonaba el rostro de William. El conde tomó aquello como una señal para continuar.

—Lady Marguerite, todos conocemos bien el poder de un feudo del tamaño de Thornson. Aunque estoy seguro de que Henry hizo lo posible para que fuerais capaz de dirigirlo, me temo que el rey Stephen desea otra cosa. Y yo estoy de acuerdo con él en este asunto.

Marguerite abrió la boca para responder, pero William levantó una mano para hacerla guardar silencio.

—Esperad a que termine. El rey ha encontrado un hombre de fuerza y experiencia para que sea vuestro compañero en el futuro del feudo de Thornson.

Darius apretó los dientes. Sabía que aquello llegaría, así que, ¿por qué sentía náuseas? ¿Por qué una niebla roja oscurecía su visión? ¿Por qué le costaba respirar?

—Milord, aunque me conmueve vuestro interés por Thornson, yo soy muy capaz de elegir a mi próximo esposo y ya lo he hecho.

Aunque hablaba con voz suave y firme, Darius captaba la dureza que había debajo de sus palabras y tuvo que reprimir un respingo ante lo que William consideraría posiblemente como una declaración rayana en traición.

—Vos habéis elegido sin consentimiento. Vuestro matrimonio con Faucon es nulo. No será reconocido ni por el rey Stephen ni por la Iglesia.

¿Cuántas veces más tendría que oír Darius esas palabras antes de atravesar con su espada el corazón negro de William?

Si el conde vio moverse la mano de Darius hacia la empuñadura de la espada, no dijo nada. Siguió concentrando su atención en Marguerite.

—Debéis dar gracias a que yo no sea de los que van con cuentos. Porque si no, extendería la noticia de vuestra pecaminosa unión por todas partes.

Marguerite sonrió.

—¿Y qué ganaríais con eso?

El conde soltó una carcajada.

—No creo que seáis tan ingenua. Quedaríais marcada como una ramera. Queráis o no, si deseáis permanecer en Thornson, iréis al altar con el hombre elegido por Stephen. ¿Cómo pensáis que os trataría ese nuevo esposo si supiera que le habéis abierto alegremente las piernas a otro?

El sonido de la espada de Darius al desenvainarse rompió el silencio del gran salón.

—Habláis de mi esposa. Si deseáis seguir haciéndolo, lo haréis sin insultarla.

El conde se levantó y Darius mantuvo la punta de la espada en su cuello. Hasta entonces no se había dado cuenta cabal de lo grande que era el conde. William le sacaba más de una cabeza. Darius había matado a hombres más grandes en su vida, pero nunca a un conde.

Apretó la espada con fuerza. Siempre había una primera vez para todo.

—Darius, por favor —Marguerite se colocó a su lado y apoyó la mano en la de él—. Por favor, sus amenazas huecas no pueden hacerme daño. Sólo busca forzaros a que hagáis algo sin pensar.

Ella no le decía nada que no supiera ya. ¿Y qué? Un movimiento de la muñeca resolvería algunas de sus preocupaciones.

Pero matar al conde de York les causaría otras muchas a ellos y a su familia. A él le garantizaría la muerte y Marguerite quedaría en la misma situación en la que se hallaba en ese momento.

Y sería una deshonra que sus hermanos se verían obligados a llevar encima toda su vida.

¿En qué estaba pensando? Una pregunta inútil, claro, pues no pensaba, sino que dejaba que sus sentimientos se impusieran a la lógica. Un error que podía costarle muy caro.

—Soltad vuestro juguete —William apartó la punta de la espada de su cuello con un dedo—. Si no fuerais un hombre del rey Stephen, no habríais vacilado; puede que todavía haya esperanza para vos, cachorro.

Darius frunció el ceño. Había visto matar a hombres por hacer menos que poner una espada en el cuello del conde.

—Lady Marguerite —William le hizo señas de que

se sentara—. Os pido disculpas por la vulgaridad de mis palabras. Sentaos, por favor.

Miró a Darius. Le brillaban los ojos y algo que podía ser ira reprimida apretaba su mandíbula.

—Por respeto a vuestro hermano el conde, os perdonaré la vida... esta vez. No cometáis la estupidez de volver a colocaros en esta posición. Sentaos.

Darius, confuso, envainó su espada. Sí, había hecho bien en escuchar a su intuición, ¿pero de qué le había advertido exactamente? Algo no iba bien. El peligro estaba cerca, ¿pero estaba mirando en la dirección equivocada?

Marguerite suspiró de alivio. Si Darius quería protegerla, lo haría mejor si no perdía la cabeza. Su impulsividad no ayudaba a nadie. Si moría, no podría protegerla.

Ella se alisó la falda del vestido para recuperar cierta medida de autocontrol. Aunque ya vieja, esa prenda de lino verde era la mejor que tenía, y se había lavado y teñido tantas veces que resultaba suave al tacto.

El solo hecho de acariciar la tela cumplió su función. Su corazón recuperó un ritmo más normal. Se arriesgó a mirar a Darius y vio que su furia había sido reemplazada por lo que parecía ser una gran confusión.

Marguerite no podía saber qué le producía tanta incertidumbre. Era un misterio con el que tendría que lidiar más adelante. Por el momento, tenía que resolver otro.

Respiró hondo y soltó el aire despacio.

—¿A quién quiere imponerme el rey? —preguntó al conde.

—¿Imponer? No es un término apropiado para referiros a vuestro futuro marido, ¿no os parece?

Marguerite se encogió de hombros.

—No sé de qué otro modo llamarlo. Hace años mi padre me impuso a Henry contra mis deseos. Aunque demostró ser un hombre bueno y amable, no fue elección mía. Y ahora vuelven a arrebatarme esa decisión.

William levantó las manos como si quisiera parar un ataque.

—Lady Marguerite, por favor —la risa ahogaba sus palabras—. Tenéis razón. Pues bien, el rey os impone a lord Marwood.

Darius emitió un gemido estrangulado y se puso en pie.

—¿Marwood? Supongo que no os referís a lord Peter Marwood. Ese viejo caballo de batalla no puede ser que viva todavía.

William también se levantó y golpeó la mesa con ambos puños.

—¡Basta!

Su gesto tiró una de las copas al suelo, donde rebotó y echó a rodar.

—Si se os ocurre llevar la mano hacia la espada —le advirtió el conde—, haré que os corten la cabeza.

Darius se dejó advertir, pero no amilanar.

—No podéis esperar en serio que me quede quieto viendo cómo entregan a mi esposa a un gnomo viejo y rijoso.

—Puedo esperarlo y lo espero. Más aún. Espero que vos cerréis la boca y hagáis lo que os dicen. Y espero que terminéis las tareas encomendadas por el rey y volváis a los tiernos cuidados de vuestro hermano.

Marguerite dio un respingo. Darius estaba demasiado furioso para darse cuenta de que William lo provocaba intencionadamente.

—¿A los tiernos cuidados de mi hermano? —su voz estaba tan cargada de sarcasmo como la del conde—. ¿Se parecen a los tiernos cuidados que os dispensa Stephen a vos?

—Salid de este salón, Faucon. Quedaos fuera con los animales hasta que aprendáis a controlar la lengua.

—Excelente sugerencia —Darius tendió la mano hacia Marguerite—. Venid. Dejaremos que el conde juegue solo.

William le apartó la mano.

—No —llamó a sus guardias—. Ella regresará a sus aposentos y permanecerá en ellos hasta que llegue su prometido. Y no se os ocurra intentar nada, Faucon. Su puerta estará vigilada. Los hombres tendrán órdenes de matar a todo el que se acerque sin mi permiso.

Cuando llegaron sus guardias, les señaló a Darius.

—Llevadlo al patio. Sus hombres y él pueden dormir en los establos. Mis hombres asumirán el control del feudo —tomó el brazo de Marguerite—. Yo escoltaré a milady a sus aposentos. Procurad que dos hombres guarden su puerta en todo momento.

No había nada como el olor a caballo y excrementos para aclarar la mente de un hombre. Darius estaba apoyado en un pesebre con los brazos cruzados y golpeaba la paja a sus pies con la punta de la bota.

Si el conde William creía ni por un momento que podía encerrar a Marguerite en su cuarto como una niña desobediente, estaba muy equivocado. Y si pensaba que podía echarlo a él a los establos y hacerse con el control de Thornson, también.

Por supuesto, por el momento parecía que había ganado. ¿Quién se mordía las uñas en el establo y quién se dedicaba a comer, beber y divertirse en el gran salón? ¿Y de quién eran los hombres que patrullaban los muros y guardaban las puertas?

—¿Milord Faucon?

—Aquí, Osbert.

Su capitán siguió el sonido de su voz hasta la parte de atrás de los establos.

—¿Habéis comido?

—No tengo hambre.

—Ahora no empecéis a actuar como un mentecato. No habéis comido desde que os levantasteis esta mañana y ya hace rato que atardeció.

Obviamente, había tenido tan poca suerte como sus hermanos a la hora de elegir un capitán para su guardia. Por alguna razón que sólo Dios conocía, todos acababan con hombres que insistían en convertirse en niñeras en los momentos más inoportunos.

—Osbert, no tengo hambre. No me tratéis como a un niño.

—Como digáis, señor.

El tono de voz del capitán casi le hizo gritar. No

necesitaba más problemas. Movió la cabeza y tocó el hombro del capitán.

—No, en serio, deseo algo con lo que llenar mi vientre antes de que me vuelva más amargado.

—Muy bien, milord —Osbert le puso un envoltorio de tela en la mano—. He ido a la cocina y he traído queso, pan, fruta y carne.

—Más que suficiente —Darius mordió el trozo de carne—. ¿Marguerite estaba en la mesa para la cena?

—No. Una sirvienta le ha subido comida.

—¿El conde celebra su victoria?

Osbert guardó silencio un momento.

—No, parece distraído y malhumorado.

—Mejor. Le está bien empleado. ¿En qué habitación ha recluido a Marguerite?

—En la suya de antes, milord.

La respuesta la dio la doncella. Los dos hombres se sobresaltaron y desenvainaron las espadas al oír la voz de Bertha en el pesebre al lado de donde estaban. Guiñaron los ojos cuando la luz de la antorcha que transportaba ella entró en su campo de visión.

Darius envainó la espada.

—¿Se puede saber qué hacéis?

La mujer se encogió de hombros.

—Milady me ha pedido que venga a llevaros con ella.

Darius casi soltó una carcajada.

—¿Y cree que puedo cruzar el gran salón para llegar al arcón de la ropa blanca sin que nadie me vea?

—Por favor, milord —repuso ella—. Sería una lástima tener un pasadizo secreto como ése con sólo una entrada.

—¿Y cuántas…? —no terminó la pregunta. Ella no le diría cuántas entradas había, así que, ¿para qué desperdiciar la saliva?

Osbert miró el pesebre contiguo.

—Id, milord. Yo puedo hacerme una cama con paja y montar guardia. Si alguien viene a veros, parecerá que estáis dormido.

—Hay que apresurarse —Bertha tiró del brazo de Darius—. Yo tengo a mi cargo el cuidado del joven lord. Lo he dejado en la cocina con la vieja Hawise y no me atrevo a faltar mucho tiempo.

Darius necesitaba hablar con Marguerite y agradecía la oportunidad de poder hacerlo sin distracciones. Envolvió de nuevo la comida en la tela y la metió dentro de su túnica.

—Guiadme.

La doncella se acercó al pesebre y abrió lo que parecía ser una sección más de la pared. Darius la siguió y la ayudó a cerrar la entrada cuando salieron al aire de la noche.

—Quedaos aquí, milord —Bertha hablaba en voz baja. Se asomó por el lateral del establo y, aparentemente satisfecha, le hizo señas de que la siguiera hasta una especie de cabaña almacén situada a poca distancia.

Darius cruzó esa distancia con el corazón en un puño. Si los hombres del conde lo sorprendían en ese momento, no descansarían hasta que descubrieran su motivo para merodear así por la noche. Y teniendo en cuenta las veces que él había pensado hacerlo, no le costaba imaginarse al conde William desmontando Thornson piedra a piedra.

Una vez en la cabaña, se arrodilló, metió el dedo en un agujero y levantó una puerta trampilla.

—Vos primero, milord.

Darius no se movió.

—Vos no habéis entrado así en los establos.

—No —ella negó con la cabeza—. No tengo mucho tiempo, lord Faucon.

Darius bajó la escala de cuerda y esperó para ayudar a la mujer. Pero ella se inclinó y le pasó la antorcha.

—Ese pasadizo sólo sigue una dirección, milord. Cruza el patio y entra en la casa. Cuando oigáis voces, sabréis que estáis en el gran salón.

Darius tomó la antorcha.

—¿Y vos?

Ella se echó a reír.

—Yo volveré a entrar en la casa por la puerta principal. Si alguien dice algo, diré que he tenido que salir porque el joven Marcus me ha pedido algo.

—¿Y quién ha ideado este plan?

—Milady —le hizo señas de que se alejara—. Vamos, vamos.

Cerró la trampilla y procuró recolocar la paja para esconder la entrada.

Mientras Darius recorría el pasadizo, se maravilló una vez más por el número infinito de túneles y habitaciones secretas construidas en Thornson. Las zonas estaban bien planeadas, con escalones cortados en los ascensos y descensos y vigas gruesas sosteniendo ciertas secciones.

Thornson había nacido en la profesión equivocada. Debería haber dedicado su vida a diseñar y construir edificios en lugar de perder el tiempo como señor feudal y traidor a su rey.

Subió un tramo de escaleras y dobló una esquina. A través de la pared se oían voces. Era evidente que estaba ya en el gran salón.

Otro tramo de escaleras al final de ese corredor, un pasillo más y terminaría su viaje.

El modo en que se le aceleró el corazón le hizo sonreír. La mera idea de ver a Marguerite lo llenaba de deseo. Pero su situación actual requería calma y conversación lógica, no abrazos apasionados.

Necesitaba calmar los nervios y fortalecer su resolución de no volver a compartir su lecho hasta que ella estuviera libre de Thornson. Y necesitaba hacerlo antes de dar el paso final que lo llevaría hasta su puerta.

El sonido suave de la puerta al deslizarse lo pilló por sorpresa. Se quedó inmóvil, con la espalda apoyada en la pared y una mano en la espada.

Catorce

—¿Darius?

El susurro de Marguerite le indicó que ella era la única que lo esperaba. Se relajó y susurró a su vez:

—Sí.

Se acercó a la puerta, que gimió al deslizarse más. A él le dio la impresión de que el sonido era muy fuerte, pero no oyó gritos ni pasos apresurados de hombres acercándose, por lo que quizá sólo había sido un estruendo para sus oídos.

—Darius —suspiró Marguerite. Y tiró de él hacia la habitación.

Cerró las dos puertas que había entre la habitación y el corredor mientras él dejaba el envoltorio de comida en una mesa y colocaba la antorcha en una argolla de hierro.

Se volvió a ella y detuvo la mirada en la piel pálida de su cuello y hombros. La bajó luego por los pechos, la cintura y la redondez de las caderas.

Se sacudió mentalmente y le dio la espalda. ¿No acababa de jurarse que la dejaría en paz hasta que desapareciera el fantasma de Thornson?

Se mordió el labio y se esforzó por superar su impulso de lujuria. Cuando estuvo seguro de tener su mente y su cuerpo bajo control, se giró a mirarla.

Y no pudo evitar que se le secara la boca y el corazón se le subiera a la garganta. Porque ella se había bajado el vestido y lo había dejado caer al suelo.

Se acercó a él sin nada más que su olor a lavanda y la sonrisa seductora de una cazadora que acechara a su presa.

Marguerite sabía que lo había dejado atónito. Lo leía en sus ojos y en su boca abierta. La idea le gustaba. Rápidamente, antes de que él se repusiera, le quitó el cinto de la espada y lo dejó encima de un baúl.

Quizá lo había sorprendido tanto como para hacerle olvidar su tontería de no acostarse con ella hasta que exorcizara el fantasma de Thornson.

Los recuerdos de los años compartidos con Henry nunca la abandonarían por completo. Todo lo que era ahora se lo debía a él. Pero con la visita del conde, se sentía más que dispuesta a dejar atrás a Henry y seguir adelante con su vida. Y esa noche parecía un buen momento para empezar a vivir esa vida.

Darius había ido allí a hablar, a hacer planes para su precario futuro. Y hablarían... más tarde. Mucho más tarde.

No sabía lo que le traería el mañana. Su futuro compartido bien podía verse interrumpido por el conde de York. Y ella quería... no, ella necesitaba esa noche. Necesitaba un recuerdo al que aferrarse en días venideros.

Marguerite se acercó lo bastante para captar en él un rastro de olor de los establos. Le puso las manos en el pecho y le sonrió. El corazón de él latía con fuerza contra sus manos. A pesar de lo que dijeran sus labios, su cuerpo la deseaba.

¿Pero no había sido siempre así? A pesar de que antes fuera joven e inexperta, el brillo de sus ojos, el sudor de su frente y la ronquera de su voz le habían dicho que la deseaba tanto como ella a él.

Darius la miró y sacudió la cabeza como si quisiera aclarar su visión. Con un gemido que sonaba sospechosamente a rendición, la tomó en sus brazos y la apretó con fuerza contra su pecho.

A ella le gustaba mucho sentir sus brazos rodeándola. Allí era donde quería estar, donde quería quedarse. Ya no podía imaginar un lugar más acogedor que el calor de su fuerte abrazo. El palpitar de su corazón creaba un ritmo suave en el pecho de ella, un ritmo que prometía un paraíso seguro en el que descansar.

Darius enterró el rostro en su pelo.

—¿Qué hechizos tejes a mi alrededor, amor mío?

Su aliento calentaba el cuello de ella y le provocaba

escalofríos de deseo que bajaban por su columna y se instalaban en su vientre.

Marguerite hundió los dedos en el pelo negro de él para atraerlo más hacia sí.

—Ni hechizos ni espíritus de los muertos. Sólo los dos.

Darius alzó la cabeza para mirarla a los ojos. Ella le acarició la mejilla, sabedora de lo que buscaba.

—No encontrarás nada aparte de mí —subió su pie por una de las piernas de él y notó que los músculos se tensaban bajo su contacto—. Sólo a mí y un deseo insaciable de sentirte encima.

Darius respiró con fuerza y ella le mordisqueó la barbilla y calmó luego el lugar con su lengua antes de susurrarle:

—Y una ardiente necesidad de estremecerme bajo tus caricias.

Darius le bajó las manos por la espalda y le apretó las nalgas. Ella le rodeó el cuello con los brazos y la cintura con las piernas.

Él enterró el rostro en el pelo femenino.

—¿Y si el conde o los guardias…?

Marguerite lo interrumpió con una risita.

—La puerta de esta habitación está cerrada por dentro, y gracias a mis doncellas, el conde dormirá esta noche como un bebé.

Darius alzó la cabeza un momento.

—No lo habrás envenenado.

—Cielos, no, no pienses eso. Sólo he hecho que duerma bien después de un viaje agotador.

—Recuérdame que tenga cuidado con lo que como y bebo —sonrió Darius—. Aunque me gusta cómo piensas.

Marguerite apoyó la mejilla en su hombro y susurró contra su cuello:

—Me alegro. Me resultaría mucho más difícil seducirte si estuvieras enfadado.

—¿Seducirme? —Darius rozó la mejilla de ella con la suya—. Nada me gustaría más.

—Bien —rió ella.

Darius la besó en la boca y entrelazó su lengua con la de ella. Marguerite se estiró hacia arriba para responder mejor al beso.

Él reprimió una sonrisa. Con las piernas de ella abrazadas a su cintura, aquel movimiento simplemente la abría más a él.

La acarició y buscó con la mano la entrada húmeda de ella.

Marguerite se tensó menos de un segundo y luego gimió y apretó sus paredes húmedas sobre el dedo de él. Darius lanzó un gruñido y maldijo la ropa que lo separaba de ella.

Tendrían que volver a probar eso más tarde, cuando estuviera tan desnudo como ella. Por el momento, sin embargo, estaba decidido a que ninguno de los dos olvidara nunca esa noche.

Acarició con la mano libre la parte trasera del muslo de ella y ajustó la oposición para poder tocar fácilmente entre sus cuerpos.

Rozó los rizos húmedos y acarició con gentileza la

piel estremecida que escondían. Seguía besándola, y fue aumentando la intensidad del beso a medida que ella aceleraba el ritmo sobre su mano.

Aunque anhelaba llegar a la cresta de esa tormenta con ella, disfrutaba también viéndola y oyéndola hacer el viaje sola.

Si estuviera tan inmerso en la pasión como ella, seguramente no se fijaría tanto en su aliento entrecortado ni en el temblor de sus piernas. No sentiría tanto el golpeteo rápido y furioso del corazón femenino en su pecho ni las contracciones calientes alrededor de sus dedos.

Ella terminó el beso, le clavó las uñas en los hombros y echó atrás la cabeza. El sudor bañaba su frente y su labio superior. El pulso le latía con violencia en el cuello.

Él bajó la cabeza y lamió despacio uno de los pezones. Marguerite gimió y le clavó las uñas con más fuerza en los hombros a través de la ropa. Sus piernas se tensaron alrededor de la cintura de él.

—Darius…

Era como un peso muerto en sus brazos.

—Chist, amor mío —susurró él.

Para que los guardias de la puerta no la oyeran gritar, volvió a besarla en la boca, recorrió los dos pasos que los separaban de la cama, la dejó caer sobre el colchón y colocó las piernas de ella sobre sus hombros. Trazó un camino por la parte interna de su muslo, alternando besos con mordiscos suaves. Cuando llegó al centro hinchado y palpitante de ella, lo cubrió con su boca.

Cuando oyó que sus gemidos se hacían más profundos, le cubrió los labios con la mano y no pudo reprimir una carcajada sobre su carne temblorosa. Si alguien los veía en aquel momento, no se creería que aquello era un acto consentido entre un marido y su esposa.

Marguerite se incorporó a medias y se agarró un momento a la ropa de la cama antes de echarse hacia atrás relajada. Él le quitó la mano de la boca y se tumbó encima de ella, apoyado en los codos.

La miró con admiración y besó una lágrima que le bajaba por la mejilla.

—¿Qué es esto?

Marguerite volvió la cabeza. Darius se la tomó y la obligó a mirarlo.

—No te escondas de mí. Contesta.

Marguerite lo abrazó con fuerza, como si no quisiera soltarlo nunca.

—Ahora que hemos vuelto a estar juntos, no puedo imaginarme no tenerte aquí conmigo.

—¡Ah, amor mío! —a él se oprimió el corazón—. ¿Podemos olvidarnos de mañana por esta noche?

—Mañana llegará de todos modos. No podemos escapar de los planes del conde, como no pudimos escapar de los de mi padre.

—Cierto, no podemos. El mundo siempre dictará nuestro futuro, la vida es así. ¿Pero no podemos vivir ahora este momento y ocuparnos de mañana cuando llegue?

Ella respiró con fuerza.

—Podemos intentarlo.

—Y lo conseguiremos —se incorporó—. ¿Tienes hambre?

—¿De comida? —se rió ella—. ¿Tienes ocasión de pasar la noche haciendo el amor y piensas en comida?

Darius saltó de la cama y la miró.

—Me parece que voy a necesitar fuerzas para terminar esta noche.

El rostro de Marguerite se tiñó de un rosa intenso, pero le devolvió la mirada.

—Ahora me toca a mí.

¿Qué hombre en su sano juicio negaría esa oportunidad a su dama? Darius no. La ayudó a incorporarse.

—Eres libre de hacer conmigo lo que quieras.

Marguerite rió con suavidad.

—Seguro que ya se ha enfriado, pero hay un baño esperándote.

Caliente o frío, un baño le parecía un paraíso.

—¿Insinúas que huelo mal?

Ella asintió.

—Sí, como las bestias del establo.

—¿Bestias?

—Sí, bestias —se inclinó hacia él y lo besó en la barbilla—. Aunque esta bestia me gusta bastante.

Darius sintió que se sonrojaba a su vez.

—Esta noche estás muy osada —la tomó en sus brazos y avanzó hacia el gran barreño de madera—. Por eso te permito que seas mi doncella.

Ella apoyó la cabeza en su hombro.

—Ésa era mi intención.

Cuando llegó al borde de la bañera, la sostuvo encima del agua. Marguerite se abrazó a su cuello.

—Ni se te ocurra.

Darius la bajó despacio hacia el agua. Ella se abrazó con más fuerza.

—Si lo haces, grito.

Él la giró un poco y dejó que sus pies tocaran el suelo.

—Esta vez te has salvado.

Marguerite metió una mano en el agua. Satisfecha de que no se había enfriado mucho, ayudó a Darius a desnudarse. Fue quitando una prenda tras otra, y aprovechando para rozar su piel con las yemas de los dedos o los nudillos. Saboreaba plenamente lo que hacía porque sabía muy bien que quizá no tuviera oportunidad de repetirlo.

Pocos días atrás lo había llamado un amigo de la infancia. Pero entre ellos habían pasado muchas cosas en ese corto período. Él había hecho que despertaran sus recuerdos y le había asegurado que seguía amándola.

Henry Thornson le había enseñado cómo funcionaba el mundo, cómo actuaban los hombres y las mujeres. Al final, le había dado la oportunidad de convertirse en una mujer lo bastante osada para tomar lo que quería. Y lo que quería era todo lo que le ofrecía Darius: pasión, deseo, seguridad y un amor interminable. Todo lo que siempre le había ofrecido. Todo lo que corrían el riesgo de perder otra vez.

Él quería que viviese ese momento, que olvidaran las preocupaciones del mañana. A ella le partía el corazón perderlo ahora, pero sabía que era mejor saborear la realidad de esa noche que regodearse en pesadillas sobre lo que pudiera ocurrir.

Cuando Darius estuvo desnudo ante ella, no pudo evitar acariciar la piel que le cubría los músculos del pecho. Se inclinó y le besó allí antes de abrazarlo.

El pulso de él se aceleró. Sus fuertes músculos sostenían los senos suaves de ella. Marguerite se arqueó contra él y empezó a girar las caderas contra el pene cada vez más duro de él.

—A este paso tu turno no durará mucho —susurró él con voz ronca.

—Puede —ella recorrió con el dedo la cicatriz que bajaba por la espalda de él y se preguntó un instante qué la habría causado. Bajó el brazo y le rozó las caderas antes de llevar la mano hasta su pene—. Pero entonces durará más la segunda vuelta.

Sintió en su mano el estremecimiento de él. Se dejó caer de rodillas.

—Marguerite...

Un beso ligero en su miembro detuvo sus palabras. Ella sonrió al oírle dar un respingo.

—Me toca a mí. No puedes hacer nada que no sea rendirte.

Él hundió los dedos en su pelo y le acarició la cabeza.

—Soy tu esclavo.

Ella rió con suavidad y decidió poner a prueba sus palabras. No tenía dudas de que él no sería su esclavo mucho tiempo, pues nunca había disfrutado cediendo el control. Y ella pensaba aprovechar ese tiempo, por corto que fuera.

El miembro de él estaba duro y caliente contra sus labios. Se estremecía bajo su lengua. Él le acarició el cuello antes de volver a introducir las manos en su pelo.

Para sorpresa de Marguerite, él le dejó marcar el paso, limitándose a tensar o relajar las manos en su pelo hasta que él dio un respingo y la hizo incorporarse.

—No. Quiero...

Ella quería lo mismo, tenerlo dentro, pero el lecho le parecía muy lejano. Vio los ojos vidriosos de él y supo que estaba tan cerca del límite como ella.

Lo sentó en el banco al lado de la bañera y se colocó a horcajadas sobre él. Se introdujo el pene con un movimiento rápido y Darius la abrazó con fuerza.

Encajaban perfectamente el uno en el otro, fundiéndose sin problemas. Sus corazones latían al unísono y ambos respiraban a la vez. Que Dios la perdonara, pero ningún otro hombre podía hacer que se sintiera tan completa.

Le mordió el hombro y saboreó su sudor. Él buscó en silencio el contacto de sus labios. Marguerite le devolvió el beso con la misma intensidad.

Daba totalmente la impresión de que una tormenta rugiera a su alrededor. Furiosa y llena de un peligro que amenazaba con consumirlos. Pero ella no sentía miedo, sólo un anhelo insaciable de que la tocara.

Lo deseaba, y deseaba la seguridad y el amor que tan libremente le ofrecía. Después de todo lo que le había hecho sufrir, había acudido a ella y aceptado que su hijo mayor llevara el apellido de otro hombre. Y no le guardaba rencor por haber compartido el lecho de otro.

En lugar de eso, le ofrecía su mano y su nombre como garantía de seguridad para su hijo y para ella. Sencillamente, le ofrecía su corazón. Y eso llenaba el alma de ella con tanto amor y gratitud que no pudo reprimir las lágrimas.

Cuando estalló la tormenta alrededor de ellos, Darius se estremeció contra ella. Le acarició el pelo con una mano y apoyó la cabeza de ella en su hombro. Con la otra mano le acariciaba la espalda. Cuando su corazón dejó de latir salvajemente, sintió el calor húmedo de las lágrimas de ella en su pecho.

—No, Marguerite. Otra vez no. No temas lo que pueda ocurrir.

Ella negó con la cabeza.

—¿Cómo puedes ser tan gentil, tan generoso... después de lo que yo te he hecho?

—¿Lloras por el pasado? —la apartó de él y le secó las lágrimas—. Desperdicias tus lágrimas en cosas que no podemos cambiar.

—Yo no te merezco.

Él sonrió.

—Tienes razón. Mereces más de lo que yo podré nunca ofrecerte.

Marguerite parpadeó para apartar la humedad que entorpecía su visión.

—No te burles de mí.

—No me burlo. No podemos cambiar el que tu padre te arrancara de nuestro lecho matrimonial y te entregara a otro. Nunca podremos cambiar que mi padre me azotara y después me repudiara. Es una pérdida de tiempo intentarlo. Pero tenemos hoy. Tenemos el futuro. Para mí será suficiente. ¿Lo será también para ti?

—Sí —ella se mordió el labio inferior. Ahora tenía una sospecha de cómo le habían hecho la cicatriz en la espalda. Se le oprimió el corazón al pensar que había sido por su causa.

Darius le apartó el pelo de la cara.

—Marguerite, escúchame bien —esperó a que ella lo mirara a los ojos—. Tú eres todo lo que siempre he soñado, todo lo que siempre he deseado. No permitiré que te suceda nada. Nada ni nadie volverá a interponerse entre nosotros. ¿Me comprendes?

La vio asentir con la cabeza.

—Tu matrimonio con Thornson ocurrió. Es un hecho y no puedo negarlo. Vino a tu vida aunque no fuera ni por deseo tuyo ni mío. Pero te cuidó. Cuidó a mi hijo. Os quiso a los dos y os protegió. Y yo le doy las gracias por ello, amor mío. Pero ningún hombre volverá a tener en sus brazos lo que es mío.

Marguerite sintió el corazón tan henchido que creyó que le iba a estallar. Las lágrimas que se había esforzado por detener fluyeron con más fuerza; se apoyó en el pecho de él, incapaz de encontrar palabras que describieran lo que sentía.

Él le dio una palmadita en el hombro y la abrazó con fuerza.

—Si te echas a llorar cada vez que te declare mi amor, tendré que dejar de hacerlo.

—No puedo evitarlo.

Darius suspiró y ella luchó por tragar el nudo que tenía en la garganta. Al fin se sentó y le puso una mano en el pecho.

—Te quiero tanto que prefiero morir a ser entregada a otro —dijo.

Él le besó la mano y apoyó la frente en la de ella.

—Entonces tenemos que encontrar el modo de procurar que llegues a vieja.

—Mañana —comentó ella—. Pensaremos en ello mañana.

—¿Y en qué vamos a emplear el resto de la noche? —sonrió él.

Ella señaló la bañera y arrugó la nariz.

—Todavía está el asunto de tu baño.

—Ah, sí. Me apetece mucho un buen baño frío.

Marguerite arqueó las cejas.

—Yo te calentaré.

Marguerite veía aclararse el cielo nocturno. Pronto llegaría Bertha anunciando el comienzo de un nuevo día.

Volvió la espalda al sol y se acurrucó contra el costado de Darius. ¡Vaya noche! Si algo malo ocurría ese día y la enviaba a la tumba, iría con una sonrisa en los labios.

Acarició el pecho de él y supo que estaba despierto.

—¿Has dormido bien? —preguntó.

—¿Dormido? —él se volvió a mirarla—. ¿Cuándo hemos dormido?

Ella bajó la mano a su pene y él le agarró la muñeca.

—Oh, amor mío, no. No hay ni un músculo en mi cuerpo que no me duela.

Ella lo besó entre los ojos.

—Es terrible hacerse viejo, ¿verdad?

—¿Viejo? —Darius la atrajo hacia sí—. Vigila tus palabras.

Marguerite se echó a reír y le lamió los labios.

—Eso casi ha sonado a amenaza.

Él la besó de un modo que la dejó sin aliento. En ese momento llamaron a la puerta. Margarita se mordió los labios para reprimir un grito de frustración. Darius lanzó una maldición en voz baja.

—Lady Thornson —la voz del conde atravesó la gruesa puerta de madera—. ¡Abrid la puerta!

Marguerite se levantó con piernas temblorosas. Se secó el sudor de la frente y se preguntó si el conde podría ver los restos de pasión en sus ojos.

Al menos no vería a Darius. Se congratuló en silencio de haber tenido la previsión de esconder su ropa y su espada debajo de la cama. Darius saltó de la cama y se metió también allí.

Ella se puso rápidamente un vestido con el corazón latiéndole con fuerza.

—Ya voy, ya voy —dijo.

Descorrió el cerrojo y abrió la puerta.

—Milord, ¿qué os trae tan temprano a mis aposentos?

El conde William entró en la estancia y la inspeccionó lentamente antes de hablar.

—Salgo para un día de caza y quería deciros que, aunque podéis moveros a voluntad por la casa y el patio interior, no podéis, bajo ninguna circunstancia, cruzar las puertas de Thornson.

A Marguerite le molestaba que le dieron órdenes en su propia casa, pero controló su temperamento y asintió.

—Como deseéis.

—Bien —el conde se volvió para salir, pero se detuvo en la puerta—. Oh, Faucon, vos tampoco podéis abandonar la fortaleza.

Marguerite se quedó sin aliento. ¿Cómo había adivinado…?

El conde William se echó a reír y se tocó la nariz.

—Los olores. A caballo y a sexo —cruzó la puerta—. Faucon, ya hablaremos de este asunto más tarde.

Quince

Darius salió de debajo de la cama y sacó también su ropa. Algunas de sus sospechas sobre el conde tenían ya respuesta. York se proponía algo y él dudaba de que tuviera que ver con Marguerite o con él.

Se vistió rápidamente.

—Haz como si no pasara nada —aconsejó.

Ella se había quitado el vestido y metido de nuevo en la cama.

—¿Te marchas?

—Sí —Darius se sentó en el banco a ponerse las botas—. El conde William se propone algo que no augura nada bueno. Necesito descubrir de qué se trata.

—Si no recuerdo mal, tiene que ver con un tal lord Marwood —repuso ella.

Darius captó el pequeño temblor de su voz y se acercó a la cama.

—Calla —le tomó las manos—. No creo que lord Marwood exista. O por lo menos, no en el sentido que nos han hecho creer.

—¿Cómo puedes decir eso? ¿Qué razón tiene el conde para mentir?

—Sé que la nuestra ha sido una noche larga, pero intenta pensar con claridad —ignoró la mirada de furia que le dedicó ella—. Si de verdad fueran a casarte con Marwood, ¿crees que el conde se habría tomado mi presencia aquí con tanta ligereza?

Marguerite movió la cabeza; no estaba de acuerdo.

—No sabía de cierto que estabas aquí, sólo lo suponía.

—¿Olor a caballo y a sexo? —a Darius le maravillaba todavía la astucia del conde—. Estaba tan seguro de mi presencia como yo de que está saliendo el sol.

—Si eso es cierto, ¿qué crees que planea? ¿Por qué se esconde detrás de una mentira?

Darius no tenía respuesta para eso.

—Quizá tenga algo que ver con Thornson y no con nosotros.

—¿Qué?

El respingo de la mujer hizo que la mirara con atención. Su rostro estaba pálido y tenso. Dirigía la mirada a todas partes menos a él.

A Darius se le oprimió el pecho.

—¿Qué has hecho? —la sujetó por la barbilla y la obligó a mirarlo—. ¿Qué ocurre aquí?

—Nada —ella se soltó—. No he hecho nada.

El conde no buscaba cazar animales. Quería cazar lo mismo que Darius desde su llegada a Thornson. A los contrabandistas.

—Tus túneles y cuevas sellarán nuestras muertes si el conde los encuentra antes.

Marguerite se escondió más en la cama, pero no podía escapar tan fácilmente. Darius la agarró con fuerza.

—Tenemos un hijo que criar. No dejes que un sentido equivocado del deber te haga destruir todo lo que tenemos por delante.

—No —ella se apretó contra su pecho—. No se destruirá nada. Ya se ha acabado.

—¿Acabado? ¿Qué se ha acabado?

—El contrabando. Con la muerte de Bainbridge no queda nadie que dé órdenes aparte de mí. Y yo les he dicho que paren.

Darius tragó saliva para combatir la bilis que le subía por la garganta.

—¿La muerte de Bainbridge?

Ella se soltó y lo miró con la frente arrugada en aire interrogante.

—Sí. ¿Cómo puedes no acordarte de haberlo matado?

—¡Santa Madre de Dios! —Darius saltó de la cama, se ató el cinto de la espada y se pasó una mano por el pelo—. ¿Qué te hizo pensar que lo había matado?

Marguerite se llevó un dedo tembloroso a la garganta.

—Dijiste que te habías ocupado de él y pensé...

—Pensaste mal. No tenía razones para matarlo, habría sido un asesinato. Sólo le ordené que abandonara el feudo de Thornson —necesitaba capturar a Bainbridge con las manos en la masa. ¿Había hecho Marguerite algo que torciera sus planes?

Ella salió también de la cama y buscó su vestido.

—Tengo que ir. Tengo que pararlos.

Darius le agarró ambos brazos con un grito de frustración.

—No harás nada semejante.

Cuando ella intentó apartarse, él la retuvo con más fuerza.

—¡Estate quieta! Ahora yo soy el señor de esto. Lidiaré yo con los problemas, no tú.

—Es mi deber —ella intentó alejarse.

—Mujer —Darius la sacudió—. Escúchame. Es mi deber y sólo mío. Tu deber es tu hijo. ¿Me escuchas?

—Marcus —susurró ella.

—Sí, Marcus. Búscalo y tenlo cerca de ti todo el día. Marguerite, no hagas nada impulsivo.

—Pero los hombres, las cuevas...

—Si me dices dónde están, me encargaré de ellos yo. Es una responsabilidad que acepto gustoso.

—No puedo —negó ella con la cabeza—. No, Darius, no lo hagas. No puedo enviarte a una muerte segura.

Él miró por la ventana estrecha al sol que salía fuera. El tiempo no estaba de su parte. No podía quedarse allí discutiendo todo el día.

Como no sabía qué más hacer, la apretó contra su pecho, la agarró del pelo y la besó en la boca con brusquedad. Sólo cuando a ella le temblaron las rodillas y descansó pesadamente en sus brazos, se volvió más gentil.

—¿Dónde? —susurró—. Dime dónde, amor mío.

Ignoró las lágrimas que asomaban a los ojos de ella y volvió a besarla en la boca. Sabía que, con el tiempo, ella le haría pagar eso, pero de momento haría lo que fuera preciso por obtener la información que necesitaba.

Ella sollozó y le empujó los hombros. Él levantó la cabeza, pero no le soltó el pelo.

—¿Dónde?

Marguerite cerró los ojos.

—Los mapas están en el arcón de al lado de la cama.

Darius la soltó y la abrazó con gentileza.

—Gracias, Marguerite.

—Te odio, Faucon —dijo ella. Pero su afirmación no sonaba convincente, y menos aún cuando la remató con un abrazo tembloroso.

Él se rió y la besó en la cabeza.

—Seguro que sí.

—Pagarás muy cara esta arrogancia.

—Prometo que te haré cumplir esa amenaza.

La abrazó un instante y se apartó.

Ella se acercó al arcón y le tendió unos mapas enrollados.

—¿Qué ocurrirá si el conde te descubre en compañía de los contrabandistas?

Darius le acarició la mejilla. Sería terrible no volver a verla, pero tenía que responder con sinceridad.

—Moriré como un traidor.

La mujer soltó un respingo y apartó los mapas.

Darius se adelantó y se los quitó con rapidez. Miró la puerta del túnel y luego de nuevo a ella.

—Marguerite, como esposa mía y madre de mi hijo, te suplico que prometas cumplir mis órdenes.

Ella se mordió el labio inferior y asintió con la cabeza.

—Protege hoy a Marcus y protégete tú también. Si ocurre algo y yo muero, idos a Faucon, acude a Rhys —deslizó la mano bajo su túnica y sacó un anillo pesado de la bolsa cosida al costado. Se lo pasó—. Dale esto y él se ocupará de que Marcus y tú estéis siempre a salvo.

Ella miró el anillo, que tenía tallado un halcón.

—Era de tu padre.

—Sí. Fue lo único que no me quitó cuando me echó de casa.

Marguerite le puso la mano en el pecho.

—Lo siento mucho, Darius.

Él le agarró las manos con gentileza.

—Ahora no hay tiempo de preocuparse por eso —se llevó las manos de ella a los labios y le besó los dedos—. Amor mío, tenemos que luchar por nuestro futuro. Prométeme que harás lo que te pido.

Ella asintió.

—No, Marguerite. Necesito oír esa promesa.

La mujer se apoyó en su pecho y lo miró.

—Darius, juro proteger a Marcus mientras esperamos tu regreso. Acudiré a Rhys sólo si es necesario.

—Osbert os llevará allí a salvo —le soltó las manos y la besó en los labios antes de acercarse a la entrada del túnel.

Abrió los cerrojos sin mirar atrás y entró en el pasadizo. Cuando estuvo seguro de que ella no podía verlo, apoyó un instante la frente en la pared fría.

Un estremecimiento recorrió su cuerpo. El temor a lo que podía deparar aquel día y la expectación de la batalla le producían un sabor amargo en la boca.

Eran sensaciones familiares. Todos los guerreros las sentían en los momentos anteriores a entrar en combate. La extraña emoción de una guerra próxima fluyendo caliente y líquida por sus venas le daba fuerzas para completar su misión. El aroma y el sabor de la sangre lo preparaban para los sonidos y actos que se acercaban. El temor contribuía a poner sus sentidos en alerta. Y todo ello servía para prepararlo ante lo que se avecinaba.

—Protégete, Marguerite —susurró. Y echó a andar hacia los establos.

Marguerite se apoyó en la puerta por la que había desaparecido de él. ¿Cómo podía quedarse allí quieta y no hacer nada para ayudarlo? Era imposible.

¿Y cómo podía no advertir a los hombres que tan fielmente habían servido a lord Henry Thornson? Aunque otros los consideraran traidores, esos hombres habían cumplido honorablemente las órdenes de su señor feudal. Y ella no podía consentir que sufrieran por cumplir con su deber.

Bertha entró en la habitación.

—Lady Marguerite, ¿estáis despierta?

—Sí —se apartó de la puerta y salió de la alcoba—. Ayúdame a vestirme.

La mujer miró a su alrededor.

—¿Lord Darius llegó aquí?

—Sí, gracias.

—¿Y habéis pasado una... noche agradable?

Marguerite se ruborizó, pero no contestó.

—¿Hay por aquí alguna túnica de Henry? —se inclinó a abrir el baúl que había sido de su marido.

Bertha se puso a su lado.

—¿Para qué, milady?

Marguerite sacó un jubón de lana marrón y lo sostuvo en alto.

—Esto responde a mis necesidades. Búscame una camisa, calzas y medias.

—¿Estáis pensando en disfrazaros de hombre? —la criada respiró con fuerza—. No, milady, no podéis hacerlo. Decidme que no estáis pensando en reuniros con los hombres.

—No tengo elección, Bertha. El conde y Darius les siguen el rastro y tengo que advertirlos de que se alejen de las cuevas.

Bertha la tomó por el brazo.

—No, no vayáis. No conseguiréis nada excepto enfurecer a lord Darius.

A Marguerite le dio un vuelco el corazón.

—Lo sé, pero su furia acabará por desaparecer —intentó hacerse entender—. ¿No lo entiendes? Podré soportar su furia porque sé que acabará por perdonarme. Pero no podré vivir con los remordimientos si mueren los hombres de Thornson y yo no he hecho nada por intentar salvarlos.

—Oh, milady, nos castigará a las dos —la doncella se estremeció, pero buscó las prendas en el baúl.

Cuando estuvo vestida, Marguerite le tomó las manos.

—Gracias. Ahora necesito que me hagas otro favor.

—Lo que sea.

—Llévate a mi hijo a la aldea. Quédate allí con él hasta mi regreso.

Bertha frunció el ceño.

—Lady Marguerite, lo que queréis hacer es muy peligroso. ¿Y si os atrapan? ¿Y si los hombres no quieren escucharos?

Marguerite cruzó la alcoba, tomó el anillo familiar de Faucon y se lo puso a Bertha en la mano.

—Llévate esto. Si nos ocurriera algo a Darius y a mí, busca a los hombres de Faucon, dales esto y enséñales a Marcus. Ellos lo llevarán a Faucon.

—No comprendo. ¿Cómo sabrán que no he robado el anillo?

—Bertha, cualquiera de Faucon que vea a Marcus, sabrá que es de su sangre.

La doncella sonrió.

—Sí, ya he notado que se parece mucho a lord Darius.

Marguerite se echó a reír.

—¿A Darius? Cielos, tú no tienes modo de saberlo, pero mi hijo es igualito a su tío el conde.

Bertha cerró los dedos en torno al anillo.

—Eso es todavía mejor. Cumpliré vuestro deseo, milady. Pero preferiría que milord y vos regresarais sanos y salvos.

—Yo también —le aseguró Marguerite. Empujó a la doncella hacia la puerta—. Tengo que irme ya. Marchaos.

Cuando se quedó sola, entró en el túnel con una plegaria en los labios. «Dios querido, haz que me perdone por lo que voy a hacer».

Bainbridge se apoyó en la torre del muro y sonrió. La vida era interesante. Reprimió una carcajada de satisfacción. La vida era muy interesante.

Gracias a la criada imbécil de Marguerite, sus planes habían empezado a cobrar forma.

La noche anterior había visto a la doncella dejar al niño en las cocinas y cruzar el patio. La había seguido hasta el establo y escuchado su conversación con Faucon. Mientras Darius y Marguerite probablemente pasaban la noche revolcándose, él había puesto su plan en acción.

Como servidor fiel de la Corona, aunque no diría de qué Corona, había considerado su deber comunicar sus preocupaciones al conde de York. Con los hombres de Faucon fuera de la casa, no había sido difícil llegar hasta el conde William. Moviéndose en las sombras, había conseguido cruzar el patio interior sin ser visto. Como los hombres del conde guardaban los muros y entradas, tampoco le había costado mucho acceder al gran salón. Una cosa tenía que reconocerle a Marguerite: había estado a punto de quedarse dormido por la droga que ella había echado en el vino.

Pero los bostezos de los hombres congregados en el gran salón lo habían puesto sobre aviso. Cuando algunos empezaron a quedarse dormidos, él sustituyó el vino drogado del conde por otro fresco. Y la nueva bebida les permitió a los dos hablar de traidores y contrabandistas hasta altas horas.

Había tenido mucho cuidado. El conde no era ningún idiota, por lo que sólo había insinuado cosas que había oído. Y había lamentado que lord Faucon, un hombre del rey Stephen, no hubiera sido capaz de descubrir la verdad.

Bainbridge soltó una risita al recordar la expresión de sorpresa y desmayo del conde William. Resultaba claro que éste pensaba encargarse personalmente de espiar lo que sucedía en Thornson.

Cuando vio al conde salir de la casa, supo que había acertado.

También había calculado bien el orgullo tanto del conde como de Darius. No había que ser muy listo para darse cuenta de que los dos querrían ser los primeros en encontrar a los contrabandistas. Y teniendo en cuenta el gran interés de Marguerite por Darius, había llegado a la conclusión de que ella acabaría por entregarle los mapas.

Sus espías lo habían informado ya de que Darius, efectivamente, los tenía. Una noticia excelente. Con esa información en la mano, Faucon estaría con los contrabandistas cuando el conde William encontrara las cuevas.

Faucon no tardaría en desaparecer. Bainbridge se apresuraría a ofrecer sus servicios a York en lo referente a Thornson. Después de todo, un feudo tan grande necesitaba un hombre fiel al cargo.

Y con Thornson, ganaría también posesión de lady Marguerite. Sintió que la sangre fluía a su bajo vientre. Si se casaría o no con ella, sería algo que decidiría más adelante. Por el momento le bastaba con saber que aquella ramera calentaría su cama y haría todo lo que le ordenara.

—¿Milord Bainbridge?

La interrupción de sir Everett le sobresaltó.

—¿Qué queréis? —aquel hombre sólo tenía que guardar la torre de la puerta.

Everett señaló primero los acantilados y movió luego el dedo en la otra dirección.

—Milady va hacia las cuevas. La criada lleva al niño al pueblo.

Bainbridge lanzó una maldición. Ya era hora de que alguien enseñara a esa mujer a obedecer órdenes. Y ya que parecía que ni Faucon ni York eran capaces de ello, tendría que encargarse personalmente.

Sonrió al pensar en la alegría que le produciría esa tarea.

—Reunid a tres de los hombres. Hay que alcanzarla, rápido.

Darius desenrolló los mapas en el suelo del establo. Lo rodeaban Osbert y los hombres de Faucon.

—Tenemos que encontrar la ruta más rápida a la cueva de la playa.

—¿Milord?

Mientras estudiaba el mapa más grande, explicó:

—Estoy seguro de que los contrabandistas estarán activos esta noche cuando baje la marea. El conde William ha salido en su busca. Si queremos salvar el cuello, tenemos que encontrarlos antes que él. De no ser así, parecerá que he fracasado en mi misión con el rey Stephen.

Todos se acercaron más y estudiaron los mapas con atención. Todos sabían lo que el fracaso podría entrañar para Faucon y también para ellos mismos.

Uno de los hombres señaló un túnel.

—Ése, milord.

—¿Y ése? —preguntó otro de ellos al mismo tiempo.

Darius tomó ambos mapas y los colocó en el centro del círculo de hombres. El primero parecía ser un túnel que salía hacia el bosque y viraba luego en dirección a los acantilados. Tocó las marcas que había al borde del agua.

—¿Qué pensáis que representa esto?

Osbert se encogió de hombros.

—¿La situación de las bocas de las cuevas?

—¿Suponéis que los hombres de Thornson bajan por la pared del acantilado hasta la cueva?

Su familia criaba y entrenaba halcones. En ocasiones era necesario sacar las rapaces jóvenes de sus nidos situados en salientes rocosos elevados. A él no le preocupaba mucho tener que subir o bajar por una pared de piedra, pero no estaba seguro de que sus hombres tuvieran el mismo tipo de práctica.

—Sí —Osbert hizo una pausa—. Puede que no sea buena idea.

—Estoy de acuerdo —Darius dejó el mapa a un lado y extendió el otro. Miró al hombre que lo había elegido—. ¿Qué habéis visto aquí?

El interpelado siguió una línea con el dedo.

—Esto, milord. Parece un sendero que va desde la parte de atrás de las cocinas a lo largo del patio hasta el muro interior y termina allí.

Darius recordó algo que había visto antes y tomó el mapa más pequeño de todos. Lo colocó al lado de donde parecía desaparecer el sendero del otro mapa. Osbert asintió.

—El túnel cruza el patio y baja en el borde del muro.

Darius enrolló los dos mapas juntos y se los metió en el jubón.

—Llevaos los demás por si acaso, pero empezaremos por probar éstos.

Osbert miró la puerta del establo.

—¿Cómo llegamos hasta el túnel?

Darius se encogió de hombros.

—Andando.

—¿Y el conde William?

—Ya se ha ido de aquí y se ha llevado a sus hombres —Darius pasó un trapo por el filo de su espada antes de colgársela al cinto—. Somos nueve. Si alguien nos para, desenvainad las espadas.

Los hombres se echaron a reír. Osbert movió la cabeza.

—Puede que eso no sea prudente.

Darius puso una mano en el hombro del capitán.

—¡Santo cielo, amigo! Si ahora empezara a tomar decisiones prudentes, os quejaríais de que no era lo bastante Faucon para vuestro gusto —sonrió—. Bien, Osbert, vamos a la batalla.

Tal y como esperaba, los ojos del capitán se iluminaron con una luz familiar y sonrió con expectación.

—Excelente, milord.

Marguerite se detuvo en la escalera de cuerda a la que se agarraba con una mano y utilizó la otra para devolver su trenza al interior del jubón. Nunca había agradecido tanto poder usar la ropa de Henry, pues le hubiera sido imposible descender hasta la boca de la cueva superior ataviada con uno de sus vestidos.

Aun así, se había roto una manga del jubón peleando con la pesada escalera. Siempre se la había atado uno de los hombres al tronco del árbol y la había dejado caer por él acantilado. Era la primera vez que lo hacía sola.

Las duras lecciones de Henry le habían servido de

mucho. Los nudos que había atado sujetaban la escalera con fuerza. Pero sin un hombre que intentara mantenerla firme desde abajo, el viento la movía adelante y atrás por la pared de roca. Y ella tenía que llegar a su objetivo o sus esfuerzos habrían sido en vano.

Miró hacia abajo, intentando decidir cuánto trecho más tenía que bajar y la alivió ver que quedaban pocos travesaños. Cerró los ojos y rezó para que no le fallara la fuerza en los brazos antes de llegar a la entrada.

Respiró hondo y comenzó la última parte del descenso. El viento arreciaba y ella ahogó un grito cuando la escalera golpeó la roca, que le cortó los nudillos y le arañó la cara.

Se agarró con fuerza y esperó a que el viento se calmara un instante antes de intentar aferrar un agarradero que apenas resultaba visible al lado de la entrada de la cueva.

—¡Maldita sea! —su primer intento falló y ella apretó los dientes. Se llenó los pulmones de aire y volvió a intentarlo.

—Esperad, lady Marguerite; dejad que os ayude.

Bainbridge la sobresaltó y estuvo a punto de soltar la escalera.

Dieciséis

Marguerite esperó a pisar tierra firme dentro de la boca de la cueva antes de intentar soltarse de Bainbridge.

Él se echó a reír y la agarró con más fuerza.

—¡Traed aquí esa antorcha y alumbrad el camino! —ordenó a Everett.

Ella miró al capitán de hito en hito.

—Quedáis relevado del servicio.

Everett no le hizo caso; era obvio que aceptaba órdenes de Bainbridge. Marguerite se preguntó cuánto tiempo llevaría haciéndolo.

El capitán los precedió al interior de la cueva. Caminaban con rapidez, Bainbridge tiraba de ella, arrastrándola casi.

—O me seguís el paso u os arrastro por el suelo. Elegís vos.

Marguerite tropezó, sorprendida por el tono diabólico de su voz, pero recuperó enseguida el equilibrio y apretó el paso.

—¿Qué hacéis aquí, Bainbridge? Pensaba que Darius os había dicho que salierais del feudo de Thornson.

Él volvió a reír.

—Ésa es una orden de la que pronto no tendré que preocuparme. Mañana a estas horas, o pasado como muy tarde, Thornson será mío —la miró por encima del hombro y sonrió—. Y vos también.

—Por encima del cadáver de Darius.

Él asintió con la cabeza.

—Ése es el plan, sí.

A ella le dio un vuelco el corazón.

—¿Qué es lo que decís?

Bainbridge se detuvo, se volvió y la estrechó contra su pecho.

—Tesoro, la primera lección que tenéis que aprender es cuándo cerrar la boca. Y éste sería un buen momento para empezar.

—Idos al...

Él cortó la imprecación cerrándole la boca y la nariz con la mano libre. No sólo detuvo sus palabras, sino que también impidió que el aire entrara en sus pulmones.

Marguerite se debatió inútilmente. Cuanto más intentaba liberarse, más apretaba él la mano en su cara. Tuvo la sensación de que las paredes se cerraban sobre ella, dejó de luchar y bajó la cabeza.

Bainbridge apartó la mano.

—¿Veis? No ha sido tan difícil, ¿verdad?

Segura de que no le importaría matarla de ser necesario, ella mantuvo la boca cerrada y negó con la cabeza.

Él se volvió y reanudó su marcha rápida a lo largo del túnel.

Marguerite lo siguió. Ya no dudaba de que la arrastraría por el suelo de la cueva de ser necesario.

¿Qué había hecho? ¿Cómo iba a avisar a los hombres del peligro inminente? Otra idea más terrorífica cruzó por su mente. ¿Saldría de aquello con vida? ¿Volvería a abrazar a su marido y a su hijo?

—Ya estamos —Bainbridge tiró de ella al interior de una habitación pequeña dentro de la cueva. La soltó y ella tropezó y cayó de rodillas en el duro suelo—. Ésa es una buena posición para vos. De rodillas.

Marguerite oyó el ruido de una cadena arrastrándose e intentó alejarse a la parte trasera de la estancia.

—Oh, no temáis. Sólo usaré esto de ser necesario —Bainbridge le susurró a Everett algo que ella no pudo oír y luego se acercó.

Tendió el brazo y le acarició la mejilla.

—Mi querida Marguerite, ahora no estáis al mando, ¿verdad? —tiró de su trenza—. Acostumbraos, preciosa.

Ella resistió el impulso de escupirle. Se mordió la lengua para reprimir los insultos.

—Quedaos aquí. Everett os protegerá —Bainbridge le pasó un dedo por la mandíbula—. Prometo que, cuando todo haya terminado, os escoltaré personalmente a Thornson y a nuestro lecho.

Ella se estremeció con repulsión ante la mera idea de compartir un lecho con él. Bainbridge la miraba con la frente arrugada en un gesto interrogante y una mueca de satisfacción en los labios.

Al fin, cuando ella estaba a punto de gritar de frustración, dijo:

—¿No contestáis nada a mi promesa?

Marguerite tuvo que hacer un gran esfuerzo para negar en silencio con la cabeza.

Él abrió mucho los ojos por la sorpresa.

—Teniendo en cuenta cuánto parecéis odiarme, no puedo por menos de preguntarme si quizá detestáis más a Faucon. ¿Es por eso que la idea de compartir mi cama os deja sin palabras?

—Estáis loco si pensáis eso —nada iba a hacerla callar ante algo así—. Prefiero morir que acercarme a vuestro lecho.

Él se echó a reír.

—Eso se parece más a la respuesta que esperaba de vos.

A Marguerite le hubiera gustado retirar sus palabras. Había sido un error darle una prueba verbal de su ultraje.

Bainbridge buscó algo dentro de su jubón y se inclinó hacia ella.

—¿Por quién sufriríais más, milady, por Faucon o vuestro hijo?

Darius podía defenderse solo y, por suerte, su hijo estaba a salvo.

—¿Por qué me preguntáis eso?

Él hizo señas a Everett de que acercara la antorcha y extendió la mano. La luz se reflejó en el objeto que descansaba en la palma.

—Mi generosidad debería complacerlos. He dejado con vida a vuestra doncella.

Marguerite se esforzó por ver lo que le mostraba. El anillo del halcón hizo que le subiera una oleada de pánico hasta el corazón. Alargó la mano para tomarlo, pero Bainbridge se apresuró a cerrar el puño.

—No, permanecerá en mi posesión hasta que decidáis cumplir el juramento que hicisteis a Thornson.

Marguerite intentó aplacar el miedo que le cerraba la garganta y nublaba la mente. ¿Le ofrecía la oportunidad de salvar a su hijo? ¿Y qué le costaría eso?

—¿Qué juramento?

—El que hicisteis justo después de la muerte de Henry.

Ella entonces estaba furiosa, dolida, perdida y de luto. ¿Qué había jurado? Intentó recordar.

Bainbridge la ayudó.

—Seguir con los cargamentos para el rey David.

—No —había hecho promesas más recientes... a Darius—. No puedo.

—Que así sea —Bainbridge se enderezó—. Pero cuando enterréis a vuestro hijo y a vuestro nuevo esposo, recordad que les habéis negado la oportunidad de vivir.

Empezó a alejarse y Marguerite extendió los brazos y se agarró a su jubón.

—Esperad. Por favor, esperad. ¿Qué debo hacer?

La sonrisa de satisfacción de él la hizo estremecerse. Comprendió que acababa de vender su alma al ayudante del diablo y podía hacer poco para recuperarla. Estaba de rodillas delante del hombre al que odiaba y temía más que a ningún otro.

Inclinó la cabeza en actitud de derrota y preguntó:

—¿Qué debo hacer?

—Es muy sencillo. Permaneceréis aquí, guardada por Everett, hasta que yo os lo diga. Luego iréis a la cueva principal y procuraréis que ni Faucon ni sus hombres salgan de allí hasta que llegue yo con el conde.

—¿Vais a acusar a mi esposo de traición?

—Sí. Ésa es la idea.

Marguerite soltó un grito de frustración.

—Lo matarán.

—Y yo bailaré sobre su tumba.

—¿Mi hijo?

—Cuando Faucon esté confinado en una celda de la torre, os daré este anillo y a vuestro hijo. Seréis libres de salir de Thornson y no regresar. Ni siquiera os obligaré a ver la muerte de Faucon. No se puede ser más generoso.

¿Adónde iría? No podría acudir a Rhys. El conde de Faucon le cortaría el cuello para vengar la muerte de su hermano. No tendría más remedio que volver al feudo de su padre. La idea de vivir con él le resultaba aborrecible, pero vivir sin su hijo sería imposible.

—¿Qué os ha hecho Darius para merecer este tratamiento?

—Es un hombre del rey Stephen. No sólo me ha quitado a vos sino que quería también arrebatarme el feudo.

—Yo nunca he sido vuestra.

Él suspiró.

—Lo habríais sido. Cuando hubierais visto el peligro que podía suponer contradecirme, habríais venido a suplicarme que os hiciera mía.

Ella jamás le habría suplicado nada. Antes lo habría matado. Pero era demasiado tarde para hacer otra cosa que lo que le habían ordenado.

—¿Cumpliréis mis deseos?

Marguerite vaciló, tratando desesperadamente de buscar el modo de eludir su plan. Como no se le ocurría ninguno, acabó por asentir.

—Lo haré.

—Vuestra palabra no es suficiente —él la hizo incorporarse—. Sellad vuestro voto.

La atrajo hacia sí.

—No temáis, encanto; esto no dolerá mucho.

Marguerite cerró los ojos para no ver lo que él iba a hacer. Antes de que pudiera entender lo que ocurría, él se apartó, le sujetó la muñeca y deslizó algo afilado por la palma.

Marguerite gritó de dolor y apartó la mano que sangraba. Miró la herida sorprendida.

—¡Me habéis cortado!

Bainbridge limpió la daga en la manga del jubón de ella y volvió a guardarla en la vaina que colgaba del cinto.

—No es nada comparado con lo que os haré si me falláis.

Su tono de voz la hizo estremecerse. Él le dio una palmadita en la mejilla, se volvió y la dejó sola en la oscuridad. Ella cayó de rodillas. Estaba perdida. Todo estaba perdido. No habría futuro para Darius y ella. Ningún futuro en el que pudieran criar juntos a su hijo. No habría nada, excepto muchos años largos y fríos llenos de remordimientos.

No podía vivir la vida que le entregaba Bainbridge. Prefería morir con Darius a vivir sin él. Pero tenía que considerar otras cosas aparte de sus deseos. Si ella moría, Marcus se quedaría solo.

Golpeó el suelo de la cueva con el puño. Piensa, imbécil, piensa. Tenía que haber una salida. Un modo de salvar a Darius y a Marcus.

Se tapó la boca con la mano para tapar los sollozos que le subían por la garganta. No se le ocurría ningún plan factible. Bainbridge descubriría fácilmente todo lo que ella intentara antes de llegar a la cueva con el conde. Aunque consiguiera escapar a la vigilancia de Everett y llegar hasta Darius a tiempo de convencerle de que se llevara a sus hombres de regreso a la casa, Bainbridge lo sabría.

¿Y qué le haría a Marcus? No podía arriesgar la vida de su hijo de aquel modo.

El corazón le dio un vuelco. Si no podía hacer nada por adelantado, ¿por qué no después? Cuando Marcus estuviera a salvo en sus brazos, ¿qué le impedía ir al conde y contárselo todo?

¿Bainbridge? No. Sería su palabra contra la de ella. ¿Y a quién creería el conde de York?

Frunció el ceño. ¿La creería a ella? ¿Era un riesgo que quería correr?

¿Pero y si conseguía encontrar rápidamente al conde de Faucon? ¿No podría convencer a York de la sinceridad de sus palabras? Rhys no creería a su hermano capaz de cometer traición y lucharía por la libertad de Darius.

Aquello podía salir bien. Tendría que encontrar el modo de conseguir que el conde aplazara la ejecución de Darius. Lo mínimo que podía concederle a la señora de Thornson era algo de tiempo.

Primero tenía que encontrar el modo de mentirle a Darius. Contuvo el aliento al pensar en lo que haría cuando descubriera su traición. Se enfadaría. No volvería a confiar en ella nunca más.

Y no podía culparlo por ello. Pero pasaría el resto de su vida probándole que lo amaba. Por lo menos estaría vivo para poder hacerlo. Y eso era lo que importaba.

—Lo siento, amor mío. Lo siento mucho —susurró. Y se dio cuenta de que volvía al punto en el que estaba antes de su noche de pasión con Darius.

Le había dicho a Everett que llevaría adelante aquel cargamento y se ocuparía de Darius y sus hombres. Pero después de la noche con su esposo había cambiado de idea y dejado que Darius asumiera el control.

Desgraciadamente, ninguno de los dos había contado con la intromisión de Bainbridge. Ahora se arrepentía de haberle dado a Darius los mapas de los túneles. Si no los hubiera tenido, quizá no habría encontrado las cuevas antes de que llegara la noche.

No, no podía cambiar el pasado. Lo único que podía hacer ya era confiar en que Everett la liberara. Esperar y rezar para que aquel plan suyo diera resultado.

Darius estaba en la puerta de las cocinas e hizo señas a sus hombres de que lo siguieran al interior.

—¿Pero qué...? —la cocinera cortó en seco la pregunta al ver la cara de Darius. Señaló la alacena con la cabeza y ordenó a sus ayudantes que siguieran trabajando.

Darius siguió la dirección indicada y miró la alacena, sin ver nada que pudiera ser una entrada a los túneles. Osbert golpeó las paredes con el pomo de su espada.

—Aquí, milord.

Darius tiró de la hilera de estantes y la estructura de madera se apartó de la pared y reveló una apertura por la que no perdieron tiempo en entrar sus hombres y él. El último en cruzarla colocó en su sitio el mueble de estantes.

Darius alzó la antorcha y echó a andar guiando a sus hombres en dirección al mar. La anchura del túnel sólo les permitía andar en fila india.

Sería imposible luchar en un espacio tan cerrado. Sin sitio para maniobrar con la espada, se verían reducidos a combatir cuerpo a cuerpo sin más armas que su ingenio y las dagas.

Cuando el túnel se ensanchó y bifurcó en tres direcciones, se detuvo para desenrollar el mapa y estudiarlo. Osbert se asomó por encima de su hombro. Entre los dos decidieron no seguir el camino que tenían delante y que, según el mapa, terminaría mucho antes de los acantilados.

El túnel de la derecha parecía llevar al bosque y a la aldea de detrás.

Eligieron, pues, el pasadizo que se bifurcaba a la izquierda.

—Por aquí —dijo Darius en voz baja—. Sólo nos queda esperar que el diseñador de los mapas no nos haya engañado a propósito.

Los hombres lo siguieron en fila india. Al doblar una esquina, una ligera brisa le azotó el rostro. El olor del océano le indicó que estaba en el camino correcto.

El túnel se fue ensanchando hasta que Darius pudo ver la entrada de una habitación delante de ellos. Levantó el brazo para indicar a sus hombres que no hicieran ruido.

Osbert se situó a su lado y señaló la entrada. Darius asintió, dándole permiso para investigar. Lo último que necesitaba en ese momento era llevar a sus hombres a una trampa.

Su capitán avanzó pegado a la pared y silencioso como un espíritu. Se asomó dentro y llamó a los demás con un gesto del brazo.

Entraron todos en la amplia cueva y se detuvieron. El suelo estaba cubierto de cajones de madera y sacos cargados con lo que seguramente serían armas y oro.

Un pequeño sendero se abría paso entre la mercancía almacenada y conducía a otro túnel.

Darius se acercó con cautela. Oyó el sonido de agua cerca y comprendió que, cuando bajara la marea, aquélla sería la salida a la playa. Se volvió hacia sus hombres.

—Moved esos cajones a los lados.

—Dejad espacio suficiente detrás de ellos para usarlos para protegerse —añadió Osbert.

Los hombres empezaron su tarea y Darius inspeccionó el contenido de algunos de los cajones. Su suposición había sido correcta. Estaban cargados de espadas, butacas, joyas y oro suficientes para financiar una guerra.

Y tenía pocas dudas de que esas riquezas irían pronto camino de la emperatriz Matilda a través de su tío, el rey David de Escocia.

A menos que él pudiera evitarlo. Al rey Stephen le escaseaba el oro a menudo y aquello le iría bien para rellenar sus cofres.

Los hombres colocaban los cajones y sacos de modo que pudieran esconderse detrás de ellos y mantener su presencia en secreto hasta que llegaran los hombres de Thornson a empezar a cargarlos. Osbert se aseguró de que dejaran mercancía suficiente esparcida por la entrada para que no sospecharan nada al acercarse.

Darius se apoyó en la pared del pasadizo que llevaba de vuelta a la casa. Si la suerte lo acompañaba ese día, todo estaría logrado mucho antes de que el conde William descubriera la cueva.

Un ruido se introdujo en sus pensamientos. Se apartó de la pared, hizo señas a sus hombres de que se escondieran y esperó.

Allí estaba de nuevo. Pasos suaves que anunciaban que se acercaba lo que parecía una sola persona. Quizá habían enviado a alguien para que comprobara si el cargamento estaba listo.

Se iba a llevar una buena sorpresa.

La antorcha que se acercaba oscilaba a lo largo de la pared del túnel. Darius desenvainó la espada con cuidado y la dejó colgando a lo largo de su pierna.

Los pasos se acercaron más. El corazón le golpeó con fuerza en el pecho. Miró a Osbert y vio que también había desenvainado.

La luz de la antorcha se hizo más brillante. Darius plantó el pie con fuerza en el suelo de la cueva para no perder el equilibrio al maniobrar con la espada.

Osbert se colocó despacio y en silencio al otro lado de la apertura. La experiencia y el instinto hizo que formaran un plan de ataque sin necesidad de hablar. El capitán agarraría al intruso y Darius le colocaría la espada en el cuello. Lo derrotarían antes de que se diera cuenta.

Cuando los pasos estaban ya encima, Osbert se lanzó sobre el intruso como un ave de presa, lo agarró por el brazo y le dio rápidamente la vuelta para que se encontrara con la espada de Darius.

Un respingo lanzado por los hombres contuvo la mano de Darius. Siguió la mirada por la longitud de su espada hasta el punto en que se apretaba contra el cuello de Marguerite.

Apretó los dientes hasta que pensó que le iba a saltar la mandíbula.

—Creo que sería mejor para los dos que asestara el golpe con la espada —comentó.

Ella no contestó, se limitó a parpadear con ojos muy abiertos.

Él envainó la espada con furia y le quitó la antorcha.

—¿Nuestro hijo está bien?

Ella vaciló un instante antes de asentir.

—¿Y nuestros aposentos están ocupados por mi esposa y su hijo?

Ella negó con la cabeza y se encogió de hombros. Abrió la boca para hablar, pero él le puso dos dedos en los labios.

—Lo último que quiero oír es vuestra voz.

Osbert carraspeó.

—Milord, quizá debería acompañarla a la casa.

Darius no respondió. Un pesado silencio cayó sobre la cueva. Nadie se movía ni nadie hablaba. Parecía que todos contuvieran el aliento. Cuando la situación se hizo insoportable, Darius pasó la antorcha a Osbert y tiró de Marguerite hacia un lado.

—Quizá deberíamos hablar —gruñó entre dientes.

Ella señaló con la cabeza en dirección a la salida situada al otro lado de la cueva.

Darius le pasó un brazo por los hombros y la apretó contra sí. Le clavó los dedos en el brazo para transmitirle su furia. El modo en que se tensó el cuerpo de ella le indicó que entendía el mensaje.

Él mantenía la vista fija en el frente. Sabía que sus hombres los miraban y esperaban lo que consideraban una diversión a expensas suyas. Y que lo condenaran si pensaba darles esa satisfacción.

Cuando estuvieron al borde del agua, empujó a Marguerite contra la pared húmeda y respiró hondo.

—¿En qué narices estabas pensando? ¿No comprendes el peligro en el que te has colocado? ¿No te importa la seguridad ni el futuro de nuestro hijo?

Ella seguía guardando silencio.

—¿No has oído lo que te he dicho esta mañana? ¿No me has jurado proteger a Marcus? ¿Cómo me voy a concentrarme en la lucha si tengo que preocuparme de protegerte al mismo tiempo?

Marguerite se mordió los labios. El galope de su corazón frenó lo suficiente para que pudiera oír claramente la última pregunta.

La preocupación evidente de él le daba la confianza en su amor que necesitaba. Estaba enfadado, sí, pero su ira de ese momento no era nada comparada con la que no tardaría en sentir.

No podía permitirse ceder al pánico. Necesitaba pensar con lógica. Lo primero que había que hacer era convencer a Darius de que había ido allí a ayudar.

Alzó las manos y lo agarró por el jubón.

—¿Y cómo iba a quedarme quieta en nuestra habitación si estaba muerta de preocupación por mis hombres y por ti? Éste es mi feudo. Mío. ¿No es mi deber proteger a la gente de Thornson? ¿Esperas que me quede en casa retorciéndome las manos y esperando a ver lo que me depara el destino? ¿Es que no me conoces? ¿Crees que tengo menos orgullo porque soy mujer? ¿Que mi convicción es más débil? ¿Que tengo menos honor?

Honor. ¿Qué condenación eterna tendría que sufrir por afirmar que tenía honor? Enderezó los hombros y lo miró a los ojos.

—¿No fui una Faucon antes de adoptar el nombre de Thornson? —las palabras casi se clavaron en su garganta.

Darius dejó de fruncir el ceño y la abrazó.

—¿Qué voy a hacer contigo?

—Puedes ayudarme a salvar a mis hombres —aquello, al menos, era verdad. Al final ayudaría a salvar a la gente de Thornson. Rezó a Dios para que pudiera salvarlo también a él.

Darius asintió y su barbilla golpeó la parte superior de la cabeza de ella.

—Sí, mi amor. Pero te prometo una cosa. Si haces que te maten, te daré una paliza.

Marguerite se rió ante el absurdo de su promesa. Frotó la mejilla en su pecho, sin importarle la dureza de la malla metálica que llevaba debajo del jubón. En días venideros necesitaría recordar esos momentos pequeños, en apariencia insignificantes.

—Me gustaría verte intentarlo.

Él la estrecho con más fuerza y luego la soltó.

—Basta ya. Tenemos trabajo.

Ella le pasó una mano por el pecho y Darius se quedó mirándola.

—¿Qué es eso?

—Nada —la risa nerviosa de Marguerite le sonó falsa incluso a ella—. No es nada. Me he cortado al bajar por la escala de cuerda hasta la entrada de la cueva superior.

—¿Cueva superior? —Darius achicó los ojos—. ¿Has usado la entrada del acantilado?

Marguerite rió de nuevo.

—Vamos, vamos. ¿Cuántas veces hemos subido y bajado por los acantilados de Faucon para tu padre?

—Cierto, pero explícame cómo puede hacer una cuerda una herida así.

—Sí, bueno... he usado la escala de cuerda para bajar la pared del acantilado.

—Eso ya lo has dicho.

Marguerite tenía que pensar con rapidez.

—He resbalado. Hace mucho viento y la escalera se golpeaba contra la roca. He intentado agarrarme a la pared y me he cortado la mano.

—Con la cuerda.

Ella notaba que él empezaba a dudar de sus palabras.

—No, claro que no. Me la he cortado con una roca saliente.

Darius le soltó la mano y cruzó los brazos al pecho. Tenía un tic en la mejilla.

—¿Has sufrido más daños?

—No, algunos moratones, pero nada más.

—Tienes que cuidar esa mano para que no se infecte —pasó la mirada por su cuerpo—. Pero no pareces tener más heridas.

—No las tengo.

—Bien. ¿Y no te has encontrado con nadie en el camino a la cueva?

A ella le dio un vuelco el corazón.

—No. ¿Hay más gente aquí aparte de tus hombres y tú?

—No que yo sepa. Pero estoy convencido de que Bainbridge ha hablado con el conde.

—¿Y por qué crees eso?

Darius achicó los ojos, pero contestó a la pregunta.

—El conde ha salido con mucha prisa esta mañana. No creo que sea coincidencia.

—¿Y crees que Bainbridge le ha llenado los oídos de información?

—De información y de mentiras. Me pregunto qué espera ganar con eso.

—Quizá Thornson —Marguerite deseó retirar sus palabras en cuanto las hubo dicho.

—¿Por qué dices eso?

Sintió la mirada de él clavada en ella. ¿Cómo había podido pensar que sería capaz de hacer aquello? Pero se había metido ya demasiado para retroceder ahora.

—Ha querido reclamar Thornson desde que murió Henry. No se parará ante nada con tal de conseguir lo que considera un premio merecido.

—Pues tendremos que procurar que no lo consiga —repuso él—. Una cosa más. Puesto que estás aquí en aparente buena salud, ¿cómo y dónde está nuestro hijo? —su tono de voz era acusador.

—Oh, sí, lo siento. Lo he enviado a la aldea con Bertha. Allí estará a salvo.

Darius enarcó las cejas.

—¿Y si ocurre algo que impida nuestro regreso?

Marguerite miró el techo y se esforzó por mantener la voz firme.

—Le he dado tu anillo a Bertha —bajó la mirada hasta él—, con la orden de que busque al conde Faucon si nos sucede algo.

—Rhys estará encantado.

—Y cuidará de él, ¿verdad? —preguntó ella ansiosa. Más aún, ¿cuidaría de él si ella no podía salvar a Darius?

Él la tomó por el codo y volvió a entrar con ella en la cueva.

—Osbert, traed los mapas —dijo—. Venid todos. Tenemos mucho que discutir.

Diecisiete

Darius soltó el brazo de Marguerite para tomar los mapas, que extendió encima de uno de los cajones de madera.

—¿Por dónde entrarán los hombres de Thornson en esta cueva?

Marguerite quería decirle que los hombres no entrarían, pero en lugar de eso, señaló una zona no lejos de donde estaban en ese momento.

—Allí —Allí es donde aparecerán el conde y Bainbridge para sellar tu destino.

—¿Cuándo podemos esperar los botes y a los hombres de Thornson?

—Muy pronto —Everett la había retenido en la cueva pequeña hasta poco antes del atardecer. La marea no tardaría en bajar del todo, si era que no lo había hecho ya—. Los botes echarán el ancla un poco más abajo, detrás del promontorio, y permanecerán allí hasta que Everett encienda un fuego en el punto más alejado de la costa cuando la marea baja y deja al descubierto la playa que hay debajo de la salida de esta cueva. Sólo entonces se acercarán.

—Bien. Entonces nuestra espera no será larga —Darius hizo una seña a uno de los hombres—. Tenemos diez hombres esperando órdenes en el bosque. Id a enviar a uno que haga de vigía en el promontorio. Cuando terminéis, volved aquí y traed a cuatro de los hombres más fuertes con vos.

—Darius, entonces sólo quedarán tres allí —Marguerite no comprendía su lógica. Si quería ver los botes antes de que llegaran, tal vez ya fuera tarde para eso. Y en el proceso, pensaba llevar más hombres a las cuevas para que los capturara el conde. Pero no podía advertirle de esa locura sin traicionarse.

—Sólo dejaré tres hombres de Faucon para que los interrogue el conde. Tres hombres leales que saben poco de lo que nos proponemos.

—Sólo es una táctica para ganar tiempo con el conde si descubre a los hombres —le explicó Osbert.

—¡Ah!

Puesto que ellos no sabían que el conde se dirigía allí y no a la playa, lo que hacían era lógico. No pudo por menos de compadecer a los tres que se iban a quedar como cebo. ¿Y si el conde William, en su impaciencia, tropezaba antes con ellos y decidía matarlos allí mismo?

—Pero milord, ¿darán voluntariamente su vida por esto?

Darius la miró de hito en hito.

—Harán lo que se les ordene —vio que ella se estremecía—. No temas. El conde William y yo no nos apreciamos mucho, pero William y Rhys son amigos. En contra de lo que has visto aquí, York y Faucon son aliados. Mis hombres no hacen nada que pueda considerarse traición. William se limitará a hacerles unas preguntas y me he asegurado de que no tengan motivo para mentir. Simplemente no tendrán la respuesta.

—¡Ah! —repitió ella, que no podía decir lo que de verdad pensaba, que York no era aliado de Faucon, o por lo menos de Darius de Faucon.

—¿Y los hombres de Thornson? —preguntó Darius—. ¿Cuántos habrá? ¿Irán armados? ¿Están entrenados en el uso de las armas?

—Vendrán unos veinte hombres. La mayoría son aldeanos y estarán armados sólo con horcas y hachas. Cinco o seis de ellos son guardias de Thornson.

—¿Quién los mandará?

—Eso era cosa de Henry —ella movió la cabeza—. Pero desde su muerte, no lo sé. Everett no es un líder y nunca ha sido tarea suya. Tú mataste a Matthew cuando llegaste, así que probablemente será Bainbridge.

Podía mezclar verdades con mentiras, pero eso no disminuiría el precio que tendría que pagar. Cada mentira y cada verdad a medias se clavaba en su corazón como un cuchillo.

—¿Quién los mandaba la última vez? —preguntó Darius—. El día que interrumpimos la carga.

—Yo —susurró ella. Lo miró a los ojos—. Era yo —esa vez su respuesta contenía la fuerza que él esperaba de ella.

La risa de los hombres que la rodeaban le sorprendió, pero se sorprendió más aún cuando ellos vocearon su aprobación.

—No te extrañe —Darius le tocó el hombro—. Aquí somos todos Faucon. Nuestras mujeres no son famosas por huir de la pelea.

—Pero yo no lo hice muy bien, ¿verdad?

—No temáis. Esta vez será diferente —le aseguró Osbert.

Ella colocó la mano en el cajón.

—Esta vez no puedo fallar.

Darius le cubrió la mano con la suya.

—No fallarás. No lo permitiremos.

Los demás murmuraron su aprobación. Marguerite se estremeció. Ellos no comprendían su afirmación ni comprenderían lo que estaba a punto de hacer. Lo entenderían más adelante, ¿pero no sería ya tarde para salvar su amor?

Darius la observaba con atención. Sabía que le preocupaba algo, algo que no había dicho. De momento no tenía más remedio que confiar en ella. Aunque el resultado de la misión descansaba en sus manos, ella sería un factor importante. Sería más capaz de impedir que sus hombres hicieran alguna locura. Y Darius no quería segar vidas innecesariamente.

Pero no había razón para preocuparse. La había elegido como compañera hacía tiempo. Aunque los años los habían separado, estaba tan seguro de ella ahora como la primera vez que intercambiaron votos. Ella no tenía motivos para dudar del apoyo de los hombres allí presentes ni de ninguna de las gentes de Faucon. Quería que lo entendiera así.

Dobló una rodilla en tierra y acercó la mano de ella a su pecho.

—Marguerite de Faucon, mis hombres y yo estamos a tu servicio. Nada nos apartará de nuestro empeño de salvar a Thornson y a sus gentes.

Osbert y los demás lo imitaron.

—Sí —juraron a coro.

Cuando Darius se levantó, la estrechó contra su pecho y le susurró al oído:

—Ya me compensarás más tarde.

Ella se apartó con el rostro enrojecido. Se puso una mano en el corazón.

—Gracias, pero... no soy digna de ese regalo.

Darius captó el temblor de su voz y temió que fuera a ablandarse ahora. Pero ella respiró con fuerza y él dio una palmada para atraer la atención de sus hombres.

—Tenemos trabajo. Bainbridge y los demás llegarán muy pronto.

—¿Creéis que traerá al conde? —preguntó Osbert.

—Es posible —Darius miró a sus hombres—. En

ese caso, no ataquéis al conde. Escoltadlo fuera de peligro inmediatamente.

—¿Y no podríamos arrojar este cargamento al mar, volver a la casa y acabar de una vez? —preguntó Marguerite.

—Sí podríamos. Pero eso privaría a Stephen de un oro que necesita y yo no haré eso.

—¿O sea que, de uno u otro modo, esta riqueza se usará para financiar la guerra?

Los hombres la miraron escandalizados. Darius se acercó a ella.

—Marguerite, no intentes interponerte entre nosotros y nuestro rey.

—Yo no pretendía faltarle al respeto —ella retrocedió un paso y levantó las manos—. He dicho lo mismo del rey David y la emperatriz Matilda. A veces es difícil calmar el miedo de una madre por el futuro.

Darius le tomó las manos entre las suyas y se las llevó a los labios.

—Te preocupas sin motivo. Esto terminará muy pronto.

Marguerite cerró los ojos. Aquello terminaría antes de lo que él pensaba. Sintió un nudo en el estómago. No podía hacerles eso ni a él ni a los hombres que acaban de jurarle lealtad.

Cuando él le soltó las manos y fue a volverse, un miedo mayor que todos los que había conocido nunca le partió el corazón. Marguerite no podía continuar con las mentiras.

—Darius... —el terror y los remordimientos la

embargaban. Se abrazó a él, buscando el modo de protegerlo—. Darius, lo siento, perdóname.

Sonaron pasos en el túnel. Él la miró confuso. Escuchó el sonido de los hombres que se acercaban, con las espadas tintineando al costado y las espuelas golpeando el suelo de piedra. Cerró los ojos y volvió a abrirlos. La apartó con mano temblorosa.

—¿Qué has hecho?

Sin esperar respuesta se volvió a sus hombres. Colocó su espada y su daga encima del cajón y se quitó los guantes de batalla y el casco.

—Desarmaos. No luchéis —al ver que no le obedecían, golpeó el cajón con el puño, astillando la madera de arriba—. Dejad las armas. Haced lo que ordeno.

Osbert se adelantó. Marguerite se encogió ante la mirada que le dirigió cuando colocaba sus armas encima de las de Darius.

Los demás lo siguieron. Un momento antes se arrodillaban y juraban protegerla y servirla; ahora la miraban con rabia y con odio.

Cuando todos hubieran entregado sus dagas y espadas, Darius respiró hondo, levantó la barbilla y la miró con fijeza.

—¿Has entregado sólo mi vida o también la de mis hombres?

Marguerite, que no podía soportar su mirada de dolor, mantuvo la vista clavada en el suelo. Reprimió un sollozo.

—Nadie ha mencionado a los hombres.

—Guarda tus lágrimas para más tarde, cuando no tenga que verlas sabiendo las mentiras que ocultan —Darius soltó una risita dura—. Te doy las gracias por las vidas de mis hombres.

Marguerite no podía dejar que creyera que había hecho aquello voluntariamente.

—Yo no...

—Basta, cierra la boca y guarda tus palabras para alguien que quiera oírlas —se volvió para apartarse de ella—. ¿Tu odio por mí siempre ha sido tan fuerte? —preguntó, ya de espaldas.

Ella esperaba furia y dolor. Creía haberse preparado para soportar el peso de su engaño, diciéndose que era algo necesario antes de que pudieran tener un futuro libres de Bainbridge, libres de la amenaza de la traición.

Pero se había equivocado. Nada podía haberla preparado para la agonía que oprimía su pecho ni la quemazón de las lágrimas que fluían como fuego de sus ojos.

No podía soportarlo sola, no sin que él supiera por qué.

—Darius, por favor...

—¡No! —él levantó una mano—. Ya no más —siguió caminando hacia el túnel—. Prefiero ir a la muerte sin tu traición resonándome en los oídos.

Se detuvo en la entrada del túnel y miró a Osbert.

—Haced lo que podáis por llevar a los hombres a casa. Y llevad a mi hijo con su tío.

—¡No! —Marguerite se adelantó, pero Darius hizo

caso omiso de ella y salió de la cueva para entrar en el túnel por donde se acercaba el peligro.

Ella miró a Osbert.

—No, no os lo permitiré.

Sir Osbert la sujetó por el brazo.

—¿No habéis hecho ya bastante daño? ¿Cómo podéis pensar que ninguno de nosotros os vamos a permitir que tengáis el mismo poder sobre otro Faucon, aunque sea tan joven como Marcus?

—Yo intento salvar a mi hijo y a su padre.

—¿Haciendo que parezca un traidor a su rey? —el capitán hizo una mueca de incredulidad—. Contádselo a otro.

—Osbert, por el amor que tenéis a vuestro señor, Bainbridge tiene cautivo a mi hijo, el hijo de Darius, bajo amenaza de muerte si no le ayudo a capturar a Darius.

El capitán lanzó una ristra de maldiciones. Miró a los hombres y volvió de nuevo su atención a ella.

—Queréis engañarme.

—No. Juro por la vida de mi hijo que digo la verdad —Marguerite se soltó de él, se lanzó hacia el cajón de madera y agarró una daga del montón de armas.

Los guardas de Faucon lanzaron maldiciones, pero Osbert levantó la mano para hacerles guardar silencio.

—Dadme la daga, lady Marguerite.

Jamás podría amenazar con la daga el pecho de Osbert. Los hombres la detendrían antes de que diera un paso. Por lo tanto, la apoyó contra su cuello.

—Prefiero morir ahora que vivir con el peso de las muertes de Darius y Marcus sobre mi alma.

Osbert abrió mucho los ojos. Los hombres murmuraron a sus espaldas, alentándola unos a quitarse la vida, pidiendo otros la oportunidad de hacerlo por ella. El capitán bajó la mano.

—Si lo que decís es cierto, ¿debo asumir que tenéis un plan para salvar la vida de Darius?

Marguerite asintió, pero no apartó la daga.

—No me fío de vos, pero no veo otra opción que escuchar vuestro plan. Si volvéis a traicionar a Faucon, os entregaré a la guardia del conde. Ellos se asegurarán de que sufráis mucho.

Marguerite suspiró de alivio. Comprendía su amenaza. Por alguna razón que escapaba a su comprensión, el conde de Faucon había conseguido crearse una imagen de diablo que se extendía a sus hombres.

Ella conocía a Rhys. Si le ocurría algún daño a Darius, su hermano la mataría encantado. Pero de un modo rápido y limpio. Sus hombres, por otra parte, no serían tan amables. Había oído historias del capitán de la guardia de Faucon, conocido por su gusto por la tortura prolongada. Se decía que era un modo muy eficaz de conseguir información, salvo por un pequeño detalle: los hombres que hablaban no sobrevivían.

Su plan saldría bien. Y si no era así, prefería condenar su alma por toda la eternidad quitándose la vida a caer en manos del capitán de Faucon.

Osbert estiró el brazo, le arrebató la daga y la arrojó sobre el montón de armas.

—Estoy esperando, lady Marguerite. ¿Qué creéis vos que tenemos que hacer?

—Enviar un hombre a Rhys rápidamente, antes de que el conde y Bainbridge lleguen a esta cueva.

—¿Rápidamente? Lady Marguerite, ya hemos enviado hombres al conde de Faucon. El conde de York capturó a uno de ellos y robó la misiva que le habían encomendado.

—¿Los demás escaparon al conde?

Osbert se encogió de hombros.

—Por lo que sabemos, sí. No han vuelto a Thornson todavía.

—Bien. Entonces quizá Rhys esté ya de camino aquí. Enviad a otro hombre que le salga al encuentro en el camino de este a oeste.

—¿Y por qué asumís que ése es el camino correcto?

Marguerite quería gritar; estaban perdiendo un tiempo precioso.

—¿El conde no fue visto por última vez en Brezden? —vio que Osbert asentía—. Eso está a menos de dos jornadas de aquí. Si va hasta la aldea de Thornson, mi doncella puede ofrecerle un guía de confianza hasta las mismas puertas de Brezden de ser necesario.

—Y si no están allí, puede que ellos sepan adónde se dirigía —Osbert pensó un momento en aquello—. Estoy de acuerdo con esa parte del plan —señaló a uno de los hombres—. Coged las armas e id a buscar a la doncella de milady.

—¡Esperad! —Marguerite sujetó el brazo de Osbert—. Mi hijo. Antes buscad y liberad a mi hijo. Si no lo hacéis, no puedo decir nada para salvar a Darius sin arriesgar la vida de Marcus.

Osbert cambió la orden dada a su hombre.

—Primero liberad al niño y luego traed al conde de Faucon aquí lo antes posible.

El hombre asintió con la cabeza y se alejó por uno de los túneles.

Osbert se volvió a mirarla.

—¿Qué más habéis pensado?

Ella tragó saliva y pidió en silencio ser capaz de explicar sus planes al capitán de su esposo.

—Rendíos como os ha dicho Darius. No luchéis con el conde.

Osbert cerró los ojos un instante y movió la cabeza.

—Ah, sí, eso parece un modo muy lógico de salvar a lord Darius.

Darius avanzaba hacia el conde William y Bainbridge desarmado y sin antorcha, indefenso en la oscuridad.

En ese momento, su seguridad no le importaba nada. Le daba igual que el conde le quitara la vida o le dejara vivir. De hecho, vivir podía resultarle más duro que morir.

¿Cómo podía haberle hecho eso? ¿Por qué? ¿Por qué razón lo había traicionado así Marguerite?

Él no representaba ninguna amenaza para la gente

de Thornson. No era ninguna amenaza para su hijo. ¿Acaso no lo había probado una y otra vez?

Tendría que haberlos encadenado a sus hombres y a ella por traidores en cuanto llegó allí. Tendría que haber cumplido las órdenes del rey y detenido aquella noche a los contrabandistas y a su jefa.

En lugar de eso, la había salvado de las garras de Bainbridge y la había desposado para protegerlos a su hijo y a ella.

Se estremeció. Era demasiado blando. Pensaba demasiado. Si conseguía salir de aquello con vida, no volvería a cometer el error de querer demasiado. A partir de ese momento, haría su vida más fácil; se limitaría a cumplir las órdenes al pie de la letra.

Guiñó los ojos para protegerlos de la luz de la antorcha que se acercaba y se detuvo. Aquel punto era tan bueno como cualquier otro para enfrentarse a la muerte.

—¡Faucon, alto! —gritó el conde, y su orden innecesaria resonó en las paredes de piedra.

Darius levantó las manos para mostrar que iba desarmado.

—No voy a ninguna parte.

Bainbridge soltó una carcajada y apoyó la espada en el pecho de Darius.

—Yo tenía razón. Faucon está coaligado con los contrabandistas.

El conde William colocó su espada encima de la de Bainbridge y la apartó de Darius.

—Encontrar a un hombre en un túnel no prueba su culpabilidad.

—Estoy seguro de que encontraremos a sus hombres con la mercancía cerca de aquí.

Darius hizo una mueca. Por supuesto, aquel hombre sabía muy bien lo que encontrarían en la cueva.

—Teniendo en cuenta que vos habéis montado esta farsa, estoy seguro de que encontraréis justo lo que buscáis.

Bainbridge sonrió con satisfacción.

—Seguro que sí.

El conde William le hizo señas de proseguir.

—Guiadnos —miró a Darius y movió la cabeza. No parecía sorprendido, enojado ni tampoco contento con el descubrimiento.

Darius frunció el ceño. Allí había algo más de lo que pensaba.

William lo empujó con el codo y Darius se volvió y siguió a Bainbridge con el conde detrás.

—Seguidme la corriente —le susurró éste de modo que sólo él pudiera oírlo.

¿Había dicho el conde esas palabras o era un engaño de sus oídos? Por desgracia, no era un buen momento de volverse y pedirle que las repitiera. Sólo le quedaba esperar y ver lo que sucedía.

Cuando los tres hombres llegaron a la entrada de la cueva, Bainbridge se hizo a un lado.

—Vos primero, milord. Dejemos que esta sorpresa sea completa.

William murmuró algo que sonó sospechosamente a juramento y entró en la cueva llena de mercancías. Darius lo siguió con la vista clavada en la espalda del conde. No quería mirar a sus hombres a los ojos, y tenía todavía menos deseos de posar la vista en Marguerite.

Bainbridge se adelantó a ellos con un bufido de impaciencia y tomó la mano de Marguerite para atraerla hacia sí. Darius dio un paso lateral para poner más distancia entre la mujer que lo había colocado en esa posición y él.

—Mi querida, querida lady Marguerite —Bainbridge deslizó la mano en la bolsa que colgaba del cinto de su espada y sacó un objeto que Darius no pudo ver—. Puesto que habéis cumplido vuestra parte del pacto, dejad que os recompense.

Le colocó el objeto en la mano y Marguerite cerró los dedos en torno a él. Bainbridge señaló el túnel del lado contrario de la cueva y dijo:

—Sois libre de marcharos.

Para sorpresa de Darius, ella se dejó caer de rodillas delante de William.

—Milord, os lo suplico, no os apresuréis a juzgar lo que veis aquí; no sin antes escuchar a Darius y a sus hombres.

William la miró.

—En verdad que no juzgo nada. Yo sólo veo un grupo de hombres desarmados que están aquí sin hacer nada.

Bainbridge se acercó al cajón más cercano y arrancó la tapa.

—¿Nada? ¿Qué hay aquí? Espadas, dagas, hachas, escudos. Todo preparado para viajar al norte, a las tropas de la emperatriz Matilda —abrió otro cajón—. Oro, joyas, monedas. Suficientes para financiar meses de combate.

El brillo en los ojos del conde informó a Darius de que las mercancías acumuladas en la cueva no irían a ningún sitio que no fuera York y a los cofres del conde William.

Bainbridge miró a Marguerite de hito en hito.

—Si no salís de aquí inmediatamente, vuestro hijo puede estar...

Antes de que terminara la frase, Darius se lanzó sobre él y lo agarró por el jubón.

—Si le tocáis un pelo a ese niño, os veré en el infierno.

Los guardias de Faucon se adelantaron lanzando maldiciones.

—¡Faucon, controlad a vuestros hombres! —gritó William por encima del rumor de sus voces.

Bainbridge empujó a Darius y sacó su espada para protegerse.

Darius levantó el brazo.

—¡Osbert, quietos!

William se colocó rápidamente entre Bainbridge y Darius.

—Exijo una satisfacción —gritó Bainbridge—. Encadenad a este traidor y enviadlo con su Hacedor.

—¡No! —Marguerite se incorporó y tomó el brazo del conde—. No, milord, por favor; esto no es obra suya.

El conde William miró primero a uno y luego a la otra. De no haberlo conocido, Darius habría pensado que no sabía qué hacer. Pero aquello no era posible... William siempre sabía su próximo movimiento.

Antes de que tomara una decisión, un grupo de hombres que se acercaba atrajo la atención de todos hacia el túnel. Darius miró a Bainbridge y sintió que se le ponían de punta los pelos de la nuca. ¿Qué más había tramado?

La respuesta a la pregunta apareció en el umbral.

—Lord Faucon, los hombres están preparados para cargas los suministros en los botes —declaró Everett justo antes de entrar en la cueva.

Darius lanzó un gemido. Una cosa no se podía negar; Bainbridge había pensado en todo.

Marguerite liberó el brazo del conde y lanzó un respingo.

—¿Qué hacéis? —su mirada de incredulidad se posó en Bainbridge—. ¿Qué habéis hecho?

Bainbridge se encogido de hombros.

—Milady, ¿de qué me acusáis? Yo no he hecho otra cosa que procurar que el conde William pudiera ver el nivel de tradición en el que ha caído Faucon.

William suspiró.

—Faucon, no me queda otra opción que encerraros en una celda hasta que enviemos noticias de esto al rey Stephen.

—¡No! —Bainbridge movió la cabeza—. No hay necesidad de esperar las órdenes del rey. Lo habéis pillado con las manos en la masa. Debe pagar su traición con la vida inmediatamente.

—Creo que soy la persona de más rango aquí —el

conde se inclinó hacia Bainbridge—. Haremos esto a mi modo. No ejecutaré a Faucon sin el conocimiento del rey Stephen.

Aunque sus palabras procuraban cierto alivio a Darius, se preguntó por qué habría decidido William entregar el control al rey. Era una táctica que el conde empleaba pocas veces.

El rostro de Bainbridge se puso rojo.

—Eso no fue lo que hablamos.

—Seguro que no estáis ciego —contestó William—. A mí me parece que en este momento estamos en minoría y que sólo la orden de Faucon a sus hombres les ha impedido atacar —se apartó de él—. Pero si vos queréis combatir solo contra Faucon y sus hombres, os deseo suerte.

Darius vio con sorpresa que Bainbridge parecía considerar la invitación. Pero acabó por declinarla.

—No. Pero exijo que Faucon quede confinado y no pueda moverse libremente por Thornson.

William asintió.

—Sí, estoy de acuerdo —hizo una seña a Darius—. De hecho, creo que es su momento excelente para volver a la fortaleza.

—¡No, esperad! —lo detuvo Marguerite—. ¿No veis que todo esto estaba planeado? Faucon ha venido a detener a los contrabandistas, no a ayudar a cargar los botes. A mí me han amenazado con matar a mi hijo si no venía a entretener aquí a sus hombres y a él para que vos pudierais sorprenderlos.

—Miente. Yo no he necesitado amenazar a un niño

para conseguir su cooperación. Ha hecho falta mucho menos que eso.

Marguerite miró a Darius.

—Eso no es verdad. Hasta que el hombre que Osbert ha enviado a rescatarlo tenga éxito, Marcus estará prisionero. Yo jamás habría puesto tu vida en peligro si Bainbridge no hubiera amenazado a mi hijo.

Darius no sabía qué creer. Si habían amenazado al niño, ¿por qué no se lo había dicho? ¿Por qué mentir y asegurarse de que sorprendieran a sus hombres y a él con la mercancía?

Marguerite señaló a Bainbridge.

—Ese hombre no diría la verdad ni bajo amenaza de muerte —señaló a Everett—. Pero sir Everett ha sido un cobarde desde que puedo recordar. Retorcedle el brazo y lo confesará todo.

—Lady Marguerite, basta. ¿No podemos continuar esto en el calor de la mansión?

—Pero...

William la tomó por el brazo y la empujó delante de él.

—Vamos. Tengo frío y quiero el calor del fuego y el sabor de vuestro vino —gritó por encima del hombro—. Sir Osbert, decid a vuestros hombres que se retiren y escoltad a vuestro señor hasta la casa.

—Milord, yo puedo llevar a Faucon.

William se rió de las palabras de Bainbridge.

—Deseo que lleguéis los dos sanos y salvos. Vos podéis escoltar a sir Everett hasta el gran salón. Él también debe quedar encerrado.

Los gritos de inocencia de Everett pudieron oírse durante todo el camino hasta Thornson.

Cuando entraron en el patio de la fortaleza, Bertha se adelantó gritando:

—¡Lady Marguerite, estáis a salvo!

—¿Y por qué no iba a estarlo?

La doncella miró a Bainbridge con nerviosismo.

—Me dijeron que estabais cautiva y que Bainbridge necesitaba el anillo de Faucon para conseguir vuestra libertad.

Marguerite lanzó un gemido.

—¿Dónde está Marcus?

La sirvienta señaló los establos, donde el niño jugaba alegremente con un palo en la tierra.

—Y vos habéis dicho a estos hombres que yo lo tenía cautivo —protestó Bainbridge—. ¿Quién es ahora el mentiroso, milady?

Darius apenas oyó los gritos de protesta de Marguerite, que lo seguían mientras se dejaba guiar por el conde hacia la casa y lejos de las mentiras de ella.

Dieciocho

Darius se estiró en el camastro, con las manos unidas detrás de la cabeza y miró el techo de la celda de la torre. En realidad no tenía quejas sobre su prisión. La celda tenía un camastro, un banco, chimenea y un ventanuco estrecho. Había pasado muchas noches en sitios peores.

No sabía cómo terminaría aquella acusación falsa. ¿El rey creería a Bainbridge o le permitiría hablar en defensa propia? No lo sabía. Y tampoco sabía lo que pensaba el conde William.

Todavía no habían tenido ocasión de hablar. El conde había ordenado a Osbert que lo encerrara en la habitación de la torre y desde entonces no había visto a nadie. Cosa que le parecía bien, pues le había dado ocasión de dormir sin interrupciones.

Estiró los brazos y movió al cuello. No esperaba disfrutar mucho tiempo de paz y tranquilidad. Pronto estaría mortalmente aburrido. Hasta entonces, lo mejor que podía hacer era disfrutar del momento.

Se cubrió bien con la manta y se puso de costado. Con suerte, Marguerite dejaría de invadir sus sueños.

Marguerite paseaba por su habitación como una bestia enjaulada. Había quedado como la mentirosa que había sido. Habría sido mejor tener la boca cerrada y hacer simplemente lo que Bainbridge le había ordenado. Pero no, se había sentido obligada a defenderse ante el conde y ante Darius.

Un error que no podía borrar.

Si hubiera guardado silencio, Darius y sus hombres no habrían sabido que había permitido que Bainbridge la engañara a base de mentiras. No había capturado a su hijo; sólo había conseguido que Bertha le diera el anillo con más mentiras. Y ahora hasta sir Osbert dudaba de su palabra.

Y Everett había resultado ser tan horrible como Bainbridge. Los dos hombres no podían haber calculado mejor su llegada a la cueva con los guardias de Thornson. Y entrar fingiendo actuar a las órdenes de Darius había sido, o un ejemplo de buena planificación, o pura suerte.

Prefería pensar que, por parte de Everett, había sido sólo suerte. No quería ni considerar que tuviera la inteligencia suficiente para planear algo tan retorcido.

Bertha entró en la habitación e interrumpió sus meditaciones.

—¿Qué ocurre abajo? —preguntó Marguerite.

La sirvienta movió la cabeza.

—Bainbridge sigue contando mentiras al conde.

—Lo imagino. ¿Pero parece que el conde William las crea?

—No puedo estar segura, milady. A veces parece que oye todas sus palabras, pero otras veces parece que no supiera siquiera que Bainbridge está en el salón.

¿Qué se proponía el conde? Cada vez resultaba más evidente que él también tenía un plan. Marguerite apartó aquella idea. Tenía que preocuparse de sus propios planes.

—¿Adónde han llevado a Darius? ¿Y sus hombres? ¿Quién lo guarda a él? Se sentó en el banco de la alcoba.

—Lord Darius está en la celda trasera de la torre. Uno de sus hombres y otro de York guardan su puerta. Al resto de los hombres de Faucon no se les permite entrar en la fortaleza.

Marguerite sintió alivio al saber que al menos lo guardaban hombres que no intentarían asesinarlo durante la noche.

—Me pregunto si me permitirían verlo —comentó.

—No sin mi permiso —el conde había entrado en la estancia sin que ninguna de las mujeres se percatara.

Marguerite se puso en pie.

—Perdonadme, milord. No he oído vuestra petición de entrar en mis aposentos.

William se encogió de hombros.

—No lo he pedido.

—Lo que os falta de modales os sobra de osadía —dijo ella; y pensó que quizá sería un buen momento para morderse la lengua—. Perdonadme, señor.

—No os disculpéis. Estáis preocupada por vuestra persona y...

—¿Mi persona? —lo interrumpió ella—. Es el bienestar de Darius lo que me consume.

—Eso me sorprende, después de haberlo traicionado de tal modo.

—Nunca fue mi intención traicionarlo así —repuso ella—. Yo sólo quería salvar a mi hijo y ayudar a salvar a mis hombres.

—Creo que debéis explicarme eso, porque me resulta difícil seguir vuestra lógica.

—Milady —Bertha hizo una reverencia y se acercó a la puerta—. Tengo que ocuparme del joven lord.

—Sí, por favor. Esta noche tráelo a su habitación, Bertha.

Cuando salió la doncella, Marguerite pensó un momento en lo que debía contarle al conde.

Él pareció darse cuenta, ya que la sujetó por el brazo y la llevó de vuelta al banco.

—No planeéis lo que vais a decirme, simplemente contadme lo ocurrido.

Marguerite movió la cabeza. No confiaba en aquel hombre. ¿Qué haría si le daba información que marcaba como traidores a todos los de Thornson? ¿Y no parecería tonto Darius si admitía haberle ocultado información?

El conde se sentó a su lado en el banco y tomó una mano de ella entre las suyas.

—Lady Marguerite, sé que pensáis que Darius y yo somos enemigos. Eso está tan alejado de la realidad que resulta risible.

—Ah, sí, ya nos hemos dado cuenta todos de que sois amigos íntimos —dijo ella con sarcasmo.

—Es cierto que no sentimos un gran aprecio mutuo, y la verdad es que es culpa mía. Siempre he disfrutado atormentando al joven Faucon y no sé qué le gusta menos, si mis tormentos o su reacción a ellos. Pero estoy tan seguro de su lealtad al rey como de la mía propia.

Ahora ella se sentía aún más confusa.

—¿Y por qué está en una celda?

—Vamos detrás de un peligro mayor para el rey Stephen y para Thornson.

—Bainbridge.

—Sí.

—¿Y por qué no está encerrado él? ¿Por qué no se le ha acusado de traición?

—Porque no tengo pruebas, ¿verdad? He sorprendido a Darius en una posición más dudosa que a Bainbridge.

—Darius estaba allí para parar a Bainbridge.

Eso dice él. Y por el momento, son su palabra y la vuestra contra la de Bainbridge.

—¿Por el momento? —repitió ella.

Sir William suspiró con impaciencia.

—Bainbridge hará algún movimiento antes o después. Cree que soy un tonto sediento de poder y de oro que me dejaré guiar por cualquiera que me ofrezca ambas cosas.

—Entonces el tonto es él.

—Sí, pero, desgraciadamente, también es muy retorcido, lo cual lo convierte en peligroso.

Marguerite se mordió el labio.

—Me temo que sólo habéis conseguido confundirme más.

—He permitido que me convenza de que sería buena idea poner a los hombres de Thornson a guardar la cueva.

—¿Cómo?

Él le apretó la mano y se rió.

—Está deseando enviar esas mercancías al norte, al rey David.

—¿Y se lo vais a permitir?

—No. Sin embargo, le dejaré creer que confío en él. Y él actuará, llamará a los botes y cargará la mercancía —soltó una carcajada—. Pero los hombres que guíen esos botes serán de York, de Faucon y del rey Stephen.

A Marguerite le dio un vuelco el corazón.

—Si Bainbridge sospecha lo que planeáis, esos hombres morirán.

—Lo sé. Pero mientras Darius permanezca confinado en una celda y yo finja que sospecho de la traición de Faucon, Bainbridge no recelará nada.

—¿Darius sabe eso?

—No.

Marguerite soltó su mano.

—Pues debería. Se lo diré yo.

—¿Por qué? ¿Porque pensáis que así os perdonará por haberlo traicionado con Bainbridge?

Ella miró el suelo.

—Necesito intentarlo.

—Lady Marguerite, habéis obrado mal. Habéis actuado a la desesperada de un modo que podría haber puesto en peligro vuestra vida y procurado mucho daño a Darius y sus hombres. Aunque comprendo que sólo buscabais ayudar, habéis perdido la confianza del hombre que más os amaba.

Si en ese momento le hubieran golpeado la cabeza con un saco lleno de grano, no se habría sentido más sorprendida. Miró al conde en silencio, incapaz de poner voz a los pensamientos que chocaban en su mente.

Él le tocó la barbilla.

—Cerrad la boca. No hay un alma viva en todo el reino que no sepa que mi esposa vivió un año con otro hombre. Y ahora todos se preguntan por qué volví a aceptarla.

—Dios mío, la amáis.

—¿Tanto os sorprende eso? ¿Por qué? ¿Porque soy lo bastante grande y poco refinado para que me llamen Le Gros? ¿Porque soy un hombre fuerte y poderoso que piensa sólo en sus propios placeres?

En realidad, aquello era justamente lo que ella pensaba de él. Pero no lo dijo.

—Sois conde de York, señor de Holderness, conde de Albemarle. ¿Cómo ha podido alguien de vuestra estatura sufrir esa humillación en silencio?

—¿Silencio? —la risa de William rebotó en las paredes—. Estoy seguro de que eso divertiría mucho a Cecily. Pero a pesar de mi enfado, me era tan difícil renunciar a ella como cortarme un brazo. Creo que puede llamarse amor. Yo sigo pensando que es una enfermedad del corazón, pero me he resignado al hecho de que sin ella sufro más.

Marguerite sonrió.

—Saber eso os hace más humano, milord.

—¿Humano yo? —el conde se incorporó y le lanzó una mirada asesina—. No se os ocurra decirle a nadie que soy simplemente humano. Correríais un grave peligro.

Marguerite se encogió por la fuerza de la costumbre. Después abrió los ojos y lo miró con fijeza.

—¡Vaya! Sois tan burlón como los Faucon.

—Culpable —él le dio una palmada en el hombro y la expresión de fiereza abandonó su rostro—. No confundáis mi confesión con un ideal elevado de amor inmortal—. Lo que tenemos Cecily y yo nos ha costado lo nuestro. Muchos gritos, muchas lágrimas e incontables noches de dolor que pensábamos que nunca terminarían. Descubriréis que en este momento Darius sólo desea verse libre de vos. Yo he oído su deseo y tengo intención de ignorarlo... un tiempo.

A ella se le encogió el estómago y le dio un vuelco el corazón.

—¿Y Marwood? Milord, yo no puedo dejar a Darius así para ir al lecho de otro hombre.

—¿Marwood? —el conde no pareció saber de qué

le hablaba. Al fin desfrunció el ceño—. No hay ningún Marwood.

—¿Cómo? ¿Y por qué dijisteis…?

—Sólo quería burlarme de Faucon. Él no lo sabe aún, pero su verdadera misión en Thornson era casarse con vos y educar a su hijo.

Marguerite se quedó sin aliento. Parpadeó rápidamente, pero no supo qué decir, qué pensar ni cómo reaccionar.

William le solucionó el problema.

—El rey sabe desde hace años que Marcus es hijo de Darius.

Ella negó con la cabeza. ¿Cómo podía saberlo? Henry y ella no se lo habían dicho a nadie. Y ellos eran los únicos que lo sabían.

—No.

—Sí, milady. Lo sabía. Y tenía una petición que había jurado honrar. Si Darius seguía siendo un hombre libre a la muerte de lord Thornson, debía entregarle vuestra mano en matrimonio.

—¿Cómo? ¿Quién le pidió algo tan osado?

—Henry Thornson.

—¿Qué?

—Lady Marguerite. Tengo los documentos en mi posesión. La misiva de Henry, las órdenes del rey Stephen y un informe de un clérigo que visitó a Henry inmediatamente después de su petición. El clérigo confirmó la admisión de Henry de que vuestro hijo era en realidad un Faucon. Y después de ver al niño, no me extraña que llegara a esa conclusión.

—El único clérigo que vino a Thornson fue el que llevó a cabo el bautizo de Marcus. ¿Cómo iba a saber a quién se parecería más tarde el bebé?

El conde le apretó el hombro.

—El clérigo era de Faucon... a petición de Henry.

Marguerite se puso en pie y sintió que el suelo oscilaba bajo sus pies. Apoyó una mano en el pecho de William para sostenerse.

—¿Por qué hizo algo así?

—Por su misiva, sólo puedo asumir que sentía un gran amor por vos y quería asegurar vuestra felicidad en el caso de que le ocurriera algo.

—Mi felicidad...

—Un tesoro que quizá vos hayáis dilapidado.

Ella se apartó.

—Necesito ver a Darius.

—No —William le tomó el brazo—. El conde Rhys ha entrado en el feudo de Thornson. Cuando él y yo hayamos hablado con Darius, os permitiré unos momentos.

—¿A solas?

—No. Lo siento, milady, pero él no desea hablar con vos. No os dejaré entrar sola en su celda.

Ella lanzó un gemido estrangulado.

—Dadle tiempo —le pidió él—. Sólo dadle tiempo.

—¿Tiempo? Él ya ha pedido que me aparten. No tengo tiempo.

—No le concederé ese deseo hasta que vos también me pidáis lo mismo. Estoy seguro de que el rey Stephen estará de acuerdo conmigo.

—Yo no os lo pediré nunca.

—Entonces no tenéis motivo para preocuparos —se dirigió hacia la puerta—. Sólo tenéis que darle el tiempo que necesita para aclararse.

Marguerite se sentó en el borde de la cama. Tiempo. ¿Cuánto necesitaría Darius para aceptar que su esposa siempre lo traicionaba?

Podía culpar al conde. Después de todo, si les hubiera dicho por qué estaba allí y que su plan era atrapar a Bainbridge, nada de aquello habría pasado.

Pero en último término, el conde no la había obligado a conspirar con Bainbridge. Ella había creído en la amenaza contra la vida de su hijo y había actuado por sí misma, sin avisar a su esposo de lo que ocurría.

En su mente, el simple hecho de ocultar esa información la hacía culpable de traición. Y estaba segura de que Darius opinaba igual.

Tiempo. Rezó para que el tiempo pasara con rapidez... antes de que se le rompiera el corazón por completo.

Darius miró el sol poniente a través del ventanuco. Había pasado una noche en la celda. Otra noche más y quizá pudiera salir de allí, aunque la idea de volver a Falcongate no le producía tanta paz como hubiera creído.

El motivo era sencillo: volvía allí para llevar la misma vida de siempre... solo.

Todos los argumentos que su hermano y el conde

habían probado con él no habían cambiado los hechos. Marguerite confiaba tan poco en él que le había mentido.

Rhys pensaba que era un tonto. Y quizá tenía razón. Lo era. Un tonto que amaba desesperadamente a una mujer que había querido presentarlo como un traidor a su rey.

Sí, conocía la razón para sus actos. El conde William le había obligado a escuchar el razonamiento de Marguerite.

Pero eso no cambiaba nada. Si hubiera confiado en él, le habría dicho lo que planeaba Bainbridge. Le habría informado de lo que iba a suceder en la cueva.

Él jamás habría hecho nada para poner a su hijo en peligro. Habría continuado la farsa de buena gana y terminado exactamente en el mismo punto. Pero lo habría hecho como compañero de ella, no como un idiota engañado.

Ahora ya era tarde. Aunque Rhys y William habían intentado repetidamente convencerlo de que hablara con ella, se había mantenido firme en su negativa. No tanto porque estuviera enojado, como porque era débil con ella. No tenía intención de verla hasta que supiera que podía hacerlo sin que el corazón le latiera con fuerza y la sangre galopara por sus venas.

No confiaba en ella lo suficiente para saber que ella no utilizaría su amor contra él. Aquel razonamiento no tenía ningún sentido para Rhys. El conde, por su parte, había levantado las manos con disgusto y había acabado por rendirse.

Pero lo que había dicho era cierto. Después de todo, ella había contado con que su amor fuera tan grande que pudiera perdonárselo todo, incluso la traición. Y se había equivocado.

No la perdonaría ni le daría otra oportunidad de volver a hacer algo tan terrible. No, jamás volvería a ser tan débil en lo relativo a ella.

En cierto modo, la situación resultaba bastante cómica. Años atrás la había perdido por Thornson y ahora, según el conde, parecía que Thornson se la había devuelto.

¿Tenía que agradecérselo? Porque no lo hacía. Le habría agradecido más que no se la hubiera llevado en primer lugar.

El pomo de una espada golpeó la puerta de su celda e interrumpió sus pensamientos.

—Entrad.

Se volvió y movió la cabeza ante la expresión de concentración de su hermano. ¿Por qué Rhys siempre sentía la necesidad de estudiarlo con atención antes de hablar? ¿Tan extraño era para él? ¿Las acciones de su padre aquel día lejano habían puesto tanta distancia entre Rhys y él?

El viejo conde de Faucon había repudiado a su hijo y lo había echado del feudo con órdenes de no regresar nunca. Rhys le había pedido que volviera a la muerte de su padre. ¿Por qué lo trataba ahora como a un extraño?

—¿Qué piensas, Darius?

Él se sentó en el camastro y negó con la cabeza.

—Nada.

—No hagas eso.

—¿Qué?

—Lo que haces siempre últimamente. Te hago una pregunta y te cierras en banda.

—Dime una cosa, Rhys. Si Gareth hubiera estado aquí en mi lugar, ¿qué habrías hecho?

—Seguramente le habría golpeado antes de decirle lo imbécil que era —frunció el ceño—. ¿A qué viene esto?

Aquél era precisamente el problema.

—Hace seis años habrías hecho lo mismo conmigo. ¿Qué ha cambiado ahora?

—Tú —declaró su hermano—. Te fuiste de Faucon como un muchacho furioso con el corazón roto y has vuelto convertido en un hombre callado y cerrado en sí mismo. ¿Cómo quieres que te trate, como un chico al que su padre ha azotado y repudiado, o como un hombre que siempre mantiene las distancias?

—Quiero que me trates como a Darius, como a tu hermano. No puedo cambiar lo que le pasó al chico...

—En eso te equivocas —Rhys se acercó a él—. ¿No lo entiendes? Sí puedes cambiarlo. Todo lo que te quitaron está ahora a tu alcance, sólo tienes que extender la mano y tomarlo.

—Si te refieres a mi esposa, ya lo he intentado —abrió los brazos—. Y he terminado aquí.

—Pues mátala por intentar proteger a su hijo.

—No había nada que proteger.

Rhys levantó los ojos al cielo.

—Ella no lo sabía. La castigas injustamente.

—¿Yo la castigo a ella? —una niebla roja nubló su visión. Se levantó, empujó a su hermano y se acercó al ventanuco—. Oh, sí, la castigada es ella, claro.

Rhys lo agarró por el brazo y le obligó a volverse.

—Sí, ella. Nos lo ha explicado todo a William y a mí. Los dos te hemos contado todo lo que ha dicho. Que Dios la perdone, se equivocó. Cometió un error. Pero basado en el miedo. Ella no es un hombre, Darius. No afronta las mentiras y la traición diarias que afrontamos nosotros. Nosotros estamos entrenados para la batalla y ella está entrenada para proteger a su familia a toda costa. Y gracias a Dios, no hay ninguna vergüenza en eso.

—Por si lo has olvidado, todo eso ya lo he oído —Darius intentó soltarse sin conseguirlo—. Suéltame, te lo advierto.

—Adviérteme todo lo que quieras, hermanito —Rhys lo miró con la mandíbula apretada y los ojos echando chispas—. No te soltaré hasta que escuches lo que te digo.

Sin pensar lo que hacía, Darius apretó el puño y lanzó un puñetazo a la mandíbula de su hermano.

Rhys se tambaleó levemente, y se echó a reír.

—No está mal. ¿Quieres probar otra vez?

Se abrió la puerta de la celda y el conde William se interpuso rápidamente entre ellos y los obligó a separarse.

—Basta ya. Santo cielo, ¿qué os pasa a los dos?

Rhys apuntó a Darius con el pulgar.

—Mi hermanito está pidiendo a gritos una paliza.

El conde movió la cabeza.

—Puede, pero no se la daréis vos.

—¿Y quién lo hará? —Darius hizo una mueca—. ¿Os creéis lo bastante hombre para intentarlo?

—¡Por el amor de Dios! —exclamó sir Osbert desde la puerta. Sacó su espada y golpeó la pared con ella—. ¡Muchachos, basta ya!

Los tres hombres se volvieron a mirarlo. Él hizo una leve inclinación con la cabeza, salió de la celda y cerró la puerta.

Darius se mordió la lengua para reprimir una carcajada. Se encogió de hombros.

—Mi capitán puede ser muy eficaz a veces.

William fue el primero en recuperar la compostura.

—Abajo hay una comida preparada. Espero que los dos os reunáis conmigo. Tenemos que hablar de las actividades de esta noche.

—¿Estará ella presente? —preguntó Darius, que quería estar preparado para lo peor.

Rhys y William se miraron.

—Sí —dijo el primero—. Es su feudo y sus hombres.

—Muy bien. Yo sólo quería saberlo de antemano. ¿Estarán Bainbridge y Everett?

—Los he enviado a los dos a la aldea por esta noche. Les he dicho que vigilen las idas y venidas de los hombres de allí.

—Sólo nos queda esperar que aprovechen la situación —Darius quería que eligieran esa noche para actuar. De no ser así, tendría que estar en Thornson más tiempo del que era su intención.

—Oh, lo harán —le aseguró su hermano—. Son demasiado avariciosos para no hacerlo.

—Bien —el conde se acercó a la puerta—. Terminaremos los planes durante la cena. Con suerte, mañana habrá terminado todo.

Darius asintió con un suspiro. Lo que más deseaba en el mundo era salir de allí lo antes posible.

Respiró hondo. El día siguiente llegaría a su tiempo. De momento necesitaba prepararse para su traición particular.

Diecinueve

A Marguerite el corazón le latía con tal fuerza en los oídos que apenas podía oír. La pared de piedra del túnel estaba fría en su espalda. Las gruesas capas de la camisa, la malla y el jubón de lana no impedían que la humedad de la piedra le penetrara en la piel, provocándole escalofríos en la columna.

El punto de luz de una antorcha interrumpió la oscuridad. Contuvo el aliento y se apretó todo lo que pudo en el saliente que tenía detrás.

Cuando los hombres que se acercaban frenaron el paso, espero inmóvil y en silencio. Al fin uno de ellos avanzó solo, con la antorcha en alto iluminando la espada que sostenía ante él

—¿Lady Marguerite? —el susurro de sir Osbert pareció resonar como un grito en la quietud del túnel.

Ella soltó el aire que retenía y salió a la luz.

—Sí.

—¿Estáis preparada?

—Sí. Mis hombres están en la playa esperando mi señal.

Osbert hizo un gesto a sus hombres para que lo siguieran.

—Vos primero, milady.

Marguerite se puso en cabeza y los guió hasta un pasadizo que apenas se usaba y que unía el túnel con la cueva.

La túnica de malla de Henry le quedaba grande y le golpeaba los tobillos. De no haber sido por las ranuras que tenía delante y detrás, no habría podido andar con facilidad.

Darius se había encargado de limpiar la armadura. Después de haberle quitado el orín, los eslabones de las cadenas se movían con más fluidez en su cuerpo. Osbert se la había llevado a su cuarto con órdenes de su señor.

Tenía que llevar aquella protección o quedarse en la casa con Rhys y el conde.

Bertha la había ayudado a ponérsela y Marguerite había cumplido las órdenes que le diera Osbert.

Aunque no podía negar la pesadumbre de su corazón por el modo en que Darius trataba aquella salida, al menos la había incluido en ella. Se negaba a permitirse la esperanza de que aquello significara otra cosa que lo que había dicho Osbert, que Darius pedía su ayuda con los hombres de Thornson porque no quería arriesgar vidas innecesariamente.

Darius y sus hombres estaban agachados en el suelo de los botes. En preparación para esa noche, el conde William se había encargado de que los hombres de los botes fueran de York y de Faucon. Darius había entrado en acción sin que lo supieran esos hombres, mientras el conde William y Rhys planeaban su ataque durante la cena.

La posesión de los mapas que le había dado Marguerite era una ventaja que no podía ignorar. Mientras todos pensaban que estaba encerrado en su celda, había podido ir y venir con bastante facilidad para reunirse con Osbert.

Por mucho que Rhys quisiera ayudarle a completar con éxito su misión en Thornson, el orgullo no le permitía aceptar esa ayuda. Darius se encargaría personalmente de la caída de Bainbridge y Everett. Y con la ayuda de Marguerite, lo harían con el mínimo de muertes.

El corazón le dio un vuelco al pensar en ella. Pero nada había cambiado. Sus hombres habían recogido sus cosas y regresarían a Falcongate en cuanto hubieran completado la misión.

Por el momento tenía que concentrarse en ésta. Su estómago amenazaba con rebelarse por el modo constante en que se mecía el bote.

—Milord, no miréis el agua. Fijad la vista en la orilla —le aconsejó uno de los remeros.

Eso ayudó un poco, pero Darius no podía ignorar por completo la llamada del mar y su mirada volvió de nuevo al agua.

—Ahí está, milord —otro de los hombres señaló el promontorio que se elevaba en la playa.

Tal y como esperaban, sir Everett o uno de los contrabandistas hacía señas a los botes con una antorcha.

Rhys tamborileo con los dedos en la mesa de roble.

—¿Cuánto tiempo esperamos?

—Tened paciencia —William vació otra copa de vino y la dejó con fuerza sobre la mesa para volver al cerdo asado—. Sabéis tan bien como yo adónde han ido los botes.

—Eso es lo que me preocupa.

—Es vuestro hermano, no vuestro hijo; dejad de tratarlo como a tal —se secó la boca con la manga del jubón—. Por si no os habéis dado cuenta, Darius es un hombre adulto. Y por cierto, ¿cómo está la mandíbula?

—Bien, gracias —Rhys levantó su copa y bebió el vino. Lo tragó con una mueca—. ¿Cómo podéis beber esto? ¡Santo cielo, William, es casi vinagre!

—Los viñedos de Faucon os tienen muy mal acostumbrado. Los demás lo encontramos pasable.

Rhys pidió a gritos una jarra de ale y suspiró.

—No puedo soportar la espera.

—No tenéis elección.

—¿Y si falla algo?

William negó con la cabeza.

—Faucon, lo harán muy bien sin nuestra ayuda.

—Habría sido más fácil hacerlo según el plan.

—Sin duda. ¿Pero qué habríais hecho vos? ¿Esperar

a que vuestro hermano y su aliado acudieran en vuestra ayuda o tomar el asunto en vuestras manos?

—Tenía que quedarse en su celda. Nunca ha sabido cumplir órdenes.

William carraspeó.

—¿Os gustó a vos la celda de la torre de Brezden?

El recuerdo, todavía fresco, de su cautividad en la torre de su esposa, hizo lanzar una mueca a Rhys.

—No.

—Pues eso. Ahora disfrutad de la cena.

Antes de que Rhys pudiera decir nada más, se abrieron las puertas del gran salón y uno de los guardias de York hizo una seña al conde con la cabeza.

Éste y Rhys se incorporaron. Pero para desmayo del segundo, el conde se limitó a ordenar que retiraran la mesa y los bancos y colocaran las dos sillas de respaldo alto encima de la plataforma.

—¿Qué hacéis?

—Sentaos. Esperaremos aquí a que Darius y sus hombres nos traigan a los traidores.

Rhys, exasperado, se dejó caer en la silla a su lado.

—Ahora recuerdo por qué ya no lucho a vuestro lado.

—Oh, dejad vuestros interminables quejidos y bebed ale. Nunca habéis podido soportar la espera.

Marguerite levantó la mano para que se detuvieran los hombres que la seguían y apagó la antorcha frotándola en el suelo.

No necesitaba luz para saber que los hombres de Thornson se acercaban para empezar a cargar los botes. Oía sus pasos pesados y sus voces aproximándose a la cueva desde el túnel principal.

Dio gracias a Henry en silencio por haber mantenido aquel pasadizo pequeño en secreto para todos menos para ella. Desde el túnel principal, sólo parecía haber una larga grieta vertical en la pared, a menos de la longitud de dos hombres de la entrada de la cueva.

Desde allí podía ver y esperar hasta que el último hombre entrara en la cueva y llevar después a Osbert y a los hombres de Faucon detrás de los contrabandistas.

Darius y los de los botes habrían recibido ya la señal y no tardarían en llegar a la orilla. Una vez que lo hicieran, el resto del grupo de Rhys se uniría a ellos desde su escondite en los acantilados.

Bainbridge y Everett se verían atrapados por todos los lados. Y Marguerite no sabía cómo reaccionaría Bainbridge cuando viera que no podía escapar.

Los hombres entraron en la cueva delante de ella. Osbert le puso una mano en el hombro y se lo apretó con gentileza en una muestra silenciosa de apoyo.

Cuando el último hombre entró en la cueva, ella se echó levemente hacia adelante, esforzándose por respirar lentamente. Darius le había dado instrucciones de que fuera paciente y esperara hasta que los hombres de Thornson pusieran manos a la obra.

La conversación disminuyó pronto entre los hombres, que empezaron la tarea de trasladar los sacos y cajones hasta la playa.

Segura de que estaban ocupados con el trabajo, salió del pequeño túnel y se situó en la entrada de la caverna tan silenciosamente como le fue posible. Un vistazo rápido por encima del hombro le confirmó que Osbert y los demás estaban preparados para la acción.

Marguerite entró en la cueva gritando:

—¡Thornson, alto! Desarmaos y viviréis.

Se situó entonces contra la pared para dejar a los hombres de Darius el paso libre a la cueva.

Vio con alivio que todos los aldeanos soltaban sus armas, y horcas, palas y hachas golpeaban el suelo de piedra. Ellos también fueron a situarse contra la pared.

Unos cuantos de los guardias de Thornson comprendieron la sabiduría de rendirse y siguieron su ejemplo, dejando caer dagas y espadas antes de alinearse en la pared de la cueva a su lado.

Marguerite los miró de hito en hito.

—¡De rodillas! —ordenó.

Les resultaría más difícil cambiar de idea si tenían que levantarse cargados con la malla. Todos sin excepción se dejaron caer de rodillas.

Osbert y sus hombres dominaron rápidamente a los que quedaban. Hubo un asomo de lucha, pero el chocar de las espadas no tardó en ser reemplazado por el sonido de los jadeos de los hombres.

Marguerite deslizó la mano en una bolsa que llevaba colgada a la cintura y sacó trozos de cuerda de cuero. Miró al hombre arrodillado al lado de sus piernas, le tendió las correas y señaló con la cabeza al resto de los guardias de Thornson.

—Atadles las manos a la espalda.

Mientras él cumplía sus órdenes, miró a los aldeanos. La mayoría de ellos bajaron la vista ante su inspección.

Ahora que contaba con la atención de todos, miró al más alto.

—¡John, explicaos!

Él se adelantó e inclinó la cabeza.

—Milady, no puedo dar una explicación, sólo una disculpa por nuestros actos de esta noche.

—¿Qué os ha impulsado a ayudar en este asunto?

—Sir Everett nos trajo órdenes de Bainbridge.

Marguerite suspiró.

—¿Y siempre cumplís las órdenes de Bainbridge?

—Sí, cuando no está lord Thornson.

Ella fue clavando una mirada interrogante en los hombres uno por uno.

—Pronto llegará el tiempo de la cosecha. Y después el invierno. ¿Queréis permanecer en Thornson como hombres honrados y trabajadores o queréis hacer otra cosa con vuestra vida? Garantizaré un paso seguro a todos los que queráis servir al rey David.

Todos abrieron mucho los ojos. Murmuraron entre ellos y se fueron adelantando uno por uno.

John se golpeó del pecho con el puño cerrado.

—Yo me quedaré en Thornson.

Los demás siguieron su ejemplo.

Marguerite se hizo a un lado y señaló el túnel.

—Idos de aquí. Volved a casa y esperad noticias mías.

Miró a continuación a los guardias de Thornson. Osbert había terminado de atar las manos del último de ellos.

—¿Vosotros también cumplíais órdenes de Everett y Bainbridge?

Ellos asintieron.

—Darius de Faucon es ahora el señor de vuestro feudo. Lo habéis sabido desde mi matrimonio con él. Todos vosotros conservaréis la vida, pero seréis enviados al norte.

Para su sorpresa, ninguno protestó. Siguieron tensos en sus sitios, mirando el suelo.

—Bien, que así sea.

Uno de los guardias se adelantó andando de rodillas.

—Milady, perdonadme. Para mí sería un honor continuar fielmente a vuestro servicio.

Aquello se parecía más a lo que ella esperaba. Asintió.

—Tendréis que hablar del asunto con Darius —vio la expresión temerosa de él—. Yo os daré mi apoyo. Pero si volvéis a fallarme, será mi brazo el que separe vuestra cabeza del cuello.

Osbert ordenó a uno de los hombres de Faucon que se quedará guardando a los prisioneros. Señaló el túnel que los llevaría hasta la playa.

—¿Estáis segura, milady?

—Sí —suspiró ella.

Él se colocó detrás.

—Habéis obrado bien —dijo.

—¡Daos prisa! —gritó sir Everett desde la playa a los remeros de los botes—. ¡Más brío!

Darius hizo una mueca y se cubrió mejor con la capucha del manto. Pronto le daría brío.

Cuando el bote se detuvo en el agua superficial, ayudó a los otros a tirar de él hasta la playa.

Everett no ayudaba, sino que paseaba adelante y atrás a lo largo de la línea de botes. Miraba sin cesar por encima de su hombro y Darius se preguntó a quién buscaría. Si era a los hombres que tenían que llevar los cajones a la playa, se iba a llevar una decepción.

No le cabía ninguna duda de que Osbert, sus hombres y Marguerite habían completado con éxito su parte de la misión. Con Osbert al cargo, a ella no se le ocurriría intentar nada raro.

Al fin Everett levantó la mano hacia una figura que avanzaba por la playa hacia él. La mueca de Darius se convirtió en una sonrisa.

Bainbridge miró los botes y esperó que los hombres que lo seguían llegarán hasta él. Darius sólo contó veinte de ellos. Volvió su atención a Bainbridge, que conversaba con Everett. El viento transportaba sin problemas su conversación.

—¿Han llegado todos los botes?

—Sí, están los seis, milord.

Bainbridge miró la boca de la cueva.

—La mercancía llegará en cualquier momento —señaló la apertura con la cabeza—. Id a aseguraos de que los hombres no pierden un tiempo precioso —dijo. Y ordenó a sus hombres que se extendieran a lo largo de la playa.

Cuando Everett desapareció en la cueva, Darius reprimió una carcajada. Hizo seña a sus hombres de que esperarán. El momento llegaría pronto, pero la espera haría más dulce el éxito.

Miró a Bainbridge caminar adelante y atrás a lo largo de la playa. Traicionó a su nerviosismo sacando una daga del cinto y lanzándola al aire, antes de pasarse la hoja por la palma de la mano.

Darius frunció el ceño. La herida en la mano de Marguerite también parecía haber sido causada por un puñal. Ella había dicho que se la ha había hecho en la roca del acantilado. Se preguntó si no habría sido obra de la misma daga con la que tan fácilmente jugaba ahora Bainbridge.

De ser así, ella había mentido también en ese asunto para proteger a Bainbridge.

Apretó los dientes. No podía soportar aquellos toques constantes. ¿Cómo iba a vivir con Marguerite si recelaba de todas las palabras que pronunciara?

Apretó los puños y se ordenó pensar en otra cosa. Tenía que concentrarse en el trabajo, no en Marguerite.

Everett salió de la cueva como si lo persiguiera el mismísimo Satanás.

—¡Lord Bainbridge! ¡Nos han traicionado!

Darius se arrancó el manto y desenvainó la espada. La levantó en el aire y gritó:

—¡Por Faucon!

Sus hombres de la playa siguieron su ejemplo, librándose de sus disfraces y desenvainando sus armas.

Los guardias de Rhys y William, que estaban escondidos en las sombras de los acantilados, se adelantaron también con las espadas en la mano.

Osbert, Marguerite y los demás salieron de la cueva. Darius se reunió con ellos.

Mientras sus hombres corrían a luchar a los acantilados, Bainbridge lo hizo en todas direcciones, buscando un modo de huir. Darius rió en voz alta cuando lo vio correr hacia uno de los botes. Ése era su plan, mandar al enemigo hacia el agua y a los brazos de los hombres del conde que esperaban allí.

Sabía muy bien que Bainbridge no tenía dónde ir, por lo que volvió su atención a un guardia que se abalanzaba sobre él con ánimo de atacarlo. Darius lo ensartó con su espada.

Oyó cerca la voz de Marguerite.

—¡Dadme una espada! —y sin pensarlo dos veces, tomó la del hombre al que acababa de quitar la vida y se la lanzó. Ella la agarró en el aire y clavó la hoja en la espalda de un hombre que intentaba matar a Osbert.

Darius parpadeó. Evidentemente, Thornson la había entrenado bien.

La lucha en la playa terminó tan rápidamente como había empezado. En cuestión de momentos, los hombres de Darius habían dominado a los traidores que se habían unido a Everett y Bainbridge.

—¡Atad a los prisioneros! —ordenó.

Cuando los traidores estuvieron encadenados y unidos juntos formando una línea, se los llevaron por la playa. A su vuelta a Thornson, Darius los entregaría a los tiernos cuidados de William y Rhys.

Un grito salvaje cercano a los botes atrajo su atención. Evidentemente, Bainbridge no estaba dispuesto a afrontar su destino con dignidad.

Darius se dirigió hacia allí. Nada le gustaría más que tener la sangre de Bainbridge en su espada, pero había jurado entregar al traidor vivo.

—¡He dicho que cerréis la boca!

Darius se detuvo. Era la voz de Marguerite.

Apretó el paso y corrió donde los hombres sujetaban antorchas cerca de los botes. Allí se detuvo. Everett yacía boca abajo en la playa con una daga clavada en la espalda. Aquello no complacería lo más mínimo al rey Stephen ni al conde.

Bainbridge estaba de rodillas delante de Marguerite, que tenía la punta de su espada en el cuello de él.

—Me mentisteis. Hicisteis falsas amenazas contra mi hijo.

—Necesitaba haceros ver qué era lo correcto. Por eso os obligué a ayudarme.

—Destruisteis mi matrimonio.

—Tenía que matarlo. Él tenía todo lo que yo deseaba. Su momento había terminado, me tocaba a mí asumir el control.

Marguerite se quedó inmóvil. Darius también. ¿Matar a quién? Oh, Dios mío, no a Henry Thornson.

En ese preciso momento, ella abrió mucho los ojos y levantó la espada para asestar un golpe en el cuello de Bainbridge. Darius se lanzó sobre ella y la arrojó sobre la arena húmeda.

Marguerite se debatió debajo de él.

—¡Maldito seas, déjame levantarme! Lo mataré.

Darius le arrebató la espada.

—No puedo permitirte hacer eso.

—¡Suéltame! —ella se debatía, pero la larga túnica de malla obstaculizaba sus movimientos y no podía librarse de él.

Darius se sentó a horcajadas sobre ella y le clavó las muñecas en la arena.

—Déjalo. No puedes matarlo. El rey Stephen se ocupará de él.

—¡Él mató a Henry!

Darius se encogió al oír su grito ronco.

—Lo sé, lo he oído. Te prometo que pagará por ello.

—¿Pagará? Yo lo mataré con mis propias manos.

Darius la creía.

—Llevaos a esa basura de aquí y entregadlo a la custodia de William —ordenó a Osbert.

—¿Y qué hago con Everett, milord?

—Si esa piltrafa está vivo, lleváoslo también. Si no, dejad que lo reclame el mar.

—Te odio por detenerme —le gritó Marguerite—. Tengo derecho a vengarme.

Darius esperó a que cesaran los ruidos detrás de él antes de mirarla. Su rostro estaba lleno de lágrimas y le temblaban los labios.

—Sé que me odias. Lo has dejado bastante claro, ¿no te parece?

Ella intentó liberar una muñeca.

—Suéltame. Vete de aquí. Déjame en paz.

—Lo haré. En cuanto regresemos a Thornson, saldré de tu vida.

Marguerite dejó de debatirse.

—Darius...

Su voz era poco más que un susurro.

—Darius, abrázame una vez antes de marcharte.

Él tuvo el loco impulso de reírse. Si la abrazaba, ¿podría marcharse? Apartó la vista hacia las olas que lamían la playa.

—Déjame algo que pueda recordar —le suplicó ella.

Él cerró los ojos.

—Tienes a Marcus. Tienes lo único bueno que ha habido entre nosotros. Siempre que lo mires, recordarás.

—Darius, no te vayas. Quédate y críalo a mi lado.

—No puedo —le soltó las muñecas y se sentó recto—. Siempre que hables, me preguntaré si mientes. Recelaré de cada frase que salga de tu boca.

—Pues no hablaré.

Lo irracional de su comentario le hizo sonreír.

—Ah, sí, seguro que eso duraría mucho —extendió el brazo y le tomó la mano herida—. ¿Cómo te hiciste esto?

Ella frunció el ceño.

—Ya te lo dije.

Él dejó caer la mano y se esforzó por ignorar la opresión que sentía en el pecho.

—Te cortó Bainbridge.

Marguerite cerró los ojos y apartó la cara, y él supo que había acertado y que tenía que marcharse.

Se levantó y la ayudó a incorporarse. Ella tenía los hombros hundidos y la cabeza baja, como resignada ya a su marcha.

—¿Tienes que irte tan deprisa? —preguntó cuando cruzaban la playa.

Darius tragó saliva para aliviar la sequedad de su boca.

—Sí.

—¿Y qué le diré a Marcus? —a ella se le quebró la voz, pero él se negó a mirarla.

—Dile que he ido a luchar con el rey Stephen.

—¿Me estás pidiendo que le mienta?

Él se detuvo.

—No. No lo hagas. Dile que me he ido a casa.

—Eso le partirá el corazón.

Darius siguió andando.

—Entonces tendremos algo en común.

—Llévatelo contigo.

Darius casi estuvo a punto de tropezar en la arena.

—¿Cómo has dicho?

—Llévate a Marcus. Llévatelo a Faucon. Sácalo de aquí, llévalo lejos de aquí, del recuerdo constante de Thornson. Te lo suplico, llévatelo a un lugar donde esté seguro, lejos de esta batalla entre Stephen y Matilda.

Él tenía que admitir que no le faltaba razón. Pero por muy enfadado que estuviera con ella, no podía hacerle algo así.

—Tú estarías perdida sin tu hijo.

—De todos modos me dejará un día. Es ley de vida. Se irá a servir al señor feudal que tú lo envíes. ¿Qué importa si es ahora o dentro de unos años?

—Marguerite...

—Darius, lo digo en serio. Dale la oportunidad de conocer a su padre y su familia antes de que el mundo haga un hombre de él.

—Yo no tengo hombres suficientes para guardar a un niño pequeño.

—Pues dile a Rhys que lo lleve a su casa.

Él tendió la mano y le tocó la mejilla, y ella la apoyó en su mano.

—Rhys permanecerá dos días más en Thornson. Si entonces sigues decidida a enviar a Marcus a Faucon, mi hermano lo llevará allí sano y salvo.

Le secó una lágrima con el pulgar.

—Pero si cambias de idea, lo comprenderé.

—No cambiaré.

Darius se acercó más a ella.

—Tal vez no pueda traértelo en un par de años.

—Lo sé —ella le besó la palma de la mano—. Lo sé.

Él se inclinó y la besó brevemente en la frente.

—Siempre cuidaré de él.

—Pues claro que sí. Su madre te matará si no lo haces.

Darius se apartó.

—Yo no esperaría menos.

Le tomó la mano y la condujo hasta los caballos atados a una raíz saliente. Montaron y cabalgaron hasta Thornson en silencio.

Una vez en el establo, Darius la ayudó a desmontar. Al hacerlo, la sostuvo en sus brazos, sin querer soltarla, pero sin querer tampoco quedarse.

—Darius, no hagas esto más difícil todavía. Vete.

—Marguerite, lo siento.

Ella no intentó ocultar las lágrimas. Le acarició la mejilla.

—¡Oh, amor mío! Yo también, yo también.

Veinte

Falcongate, principios de otoño, 1142

Darius lanzó una piedra al arroyo desde el punto en el que estaba sentado debajo de un roble grande.

Sonrió al oír las risas de Osbert y Marcus. El capitán enseñaba al niño a montar a caballo y los dos parecían disfrutar juntos tanto como siempre.

Darius daba gracias a Dios todas las mañanas y todas las noches por la oportunidad de tener a su hijo en Falcongate. Y siempre añadía una plegaria para que Marguerite no lamentara su decisión.

—El día no te resulta muy agotador, ¿verdad?

Darius miró a Rhys.

—No, no mucho —se desperezó y se cruzó de brazos—. La indolencia me sienta bien.

Los dos sabían que aquello no era cierto. Estaban tan ocupados reconstruyendo partes de los muros de

Faucon antes de que llegara el invierno, que por la noche caían agotados en la cama.

Pero Darius se había levantado esa mañana y se había negado de plano a hacer ningún trabajo manual. Para su sorpresa, Rhys se había mostrado de acuerdo.

—Me preguntaba si podrías hacerme un favor.

—Hoy no trabajo —repuso Darius.

—No es un trabajo duro. Joshua se ha hecho daño en la pierna y faltan dos cabañas por inspeccionar antes de que decidamos cuáles vamos a reconstruir y cuáles derribaremos.

Darius suspiró.

—Y el constructor llega mañana.

Rhys asintió.

—Sí, desde luego.

—¿Cómo está Lyonesse? —Darius sabía bien que su hermano no quería ir a inspeccionar las cabañas porque su esposa estaba bastante enferma en su embarazo.

—Esta mañana parecía estar bien —Rhys se rascó la cabeza—. Pero se ha puesto peor desde que se ha levantado y vestido.

Darius se puso en pie.

—¿Qué cabañas quedan?

—Las dos más al este.

Darius miró a Osbert y Marcus, que habían parado el caballo a poca distancia de él.

—Me voy a inspeccionar un par de cabañas. Vosotros id con el conde. Volveré a la caída de la tarde o poco después.

—¿Puedo jugar con mi espada? —preguntó Marcus.

Rhys se echó a reír.

—Pues claro que sí. Seguro que alguno de los otros chicos está encantado de pelear con un espadachín como tú.

Darius movió la cabeza.

—Diviértete y procura no causar ningún daño con esa arma tuya.

De momento Marcus era demasiado pequeño para hacer mucho daño con una espada de madera, pero pronto llegaría el día en el que cambiaría eso.

Darius iba a caballo por la colina próxima a la última cabaña. Su mente se inundó de recuerdos y el corazón le palpitó con fuerza. Se dijo que debía controlar aquello. Aquella separación dolía más que la primera. Habían pasado semanas y no podía recordar un solo día en el que no le doliera el corazón. O en el que no deseara poder ignorar su estúpido orgullo.

Rhys había regresado de Faucon poco después que él. Lo acompañaba Marcus y el primer pensamiento de Darius fue que Marguerite hubiera tenido la osadía de acompañarlos.

Pero no había sido así.

¿Cómo culparla? Había perdido la cuenta de las veces que había llamado a un clérigo para dictarle una misiva ordenándole ir a Faucon. Luego eso no le parecía suficiente y se decía que debía viajar a Thornson, pero pronto llegaría el invierno y no quería someter a su hijo a un viaje tan arduo.

No sería fácil, pero esperaría la llegada de la primavera. Y entonces iría en busca de su esposa.

Se preguntó si a ella le dolería la separación como a él. ¿Permanecía despierta por las noches, sola y con frío y con sólo sus recuerdos que la calentaran?

Carraspeó en un esfuerzo por apartar aquella locura de su mente. Tenía una tarea de la que ocuparse y era mejor hacerlo antes de que saliera la luna.

La oscuridad sólo fortalecería aún más sus sueños, que ya eran casi insoportables. ¿Cómo iba a poder sobrevivir al largo invierno?

Arreó a su caballo. En esa época del año sería raro que encontrara las cabañas vacías. Rhys no impedía que la gente cazara en sus bosques, sólo pedía que comieran lo que cazaban y no mataran por deporte.

Su inspección no duraría mucho y los cazadores podrían seguir con sus asuntos sin su interferencia.

Tiró de las riendas del caballo en la puerta de la cabaña, desmontó y ató al animal a un árbol cercano. Dio una vuelta al pequeño edificio y vio que estaba en buen estado. Se alegró. Prefería dejar aquella cabaña en pie.

Llamó a la puerta cerrada.

—Soy de Faucon y sólo deseo inspeccionar el interior.

Nadie respondió su llamada. Quizá estuvieran durmiendo. Darius llamó con más fuerza. Tampoco hubo respuesta.

Se acercó a la ventana estrecha y miró al interior. Veía que el pequeño brasero estaba encendido, pero ni rastro de nadie.

¿Qué imbécil dejaba una cabaña con un fuego encendido en el brasero? Dio la vuelta a la cabaña y abrió la puerta de atrás.

El calor del brasero no fue nada comparado con el fuego salvaje que encendió en él lo que vio ante sí.

Ella se arrodillaba en el suelo de tierra, vestida sólo con una camisa fina y una expresión tan atormentada, tan llena de hambre y dolor que él no pudo evitar acercarse.

Darius se dejó caer de rodillas ante ella, temeroso de tocarla pero aterrorizado de no tomarla en sus brazos.

—Marguerite.

Ella levantó los brazos. En sus manos había una daga incrustada de joyas.

—Prefiero morir a seguir viviendo sin ti.

Él le quitó la daga de las manos y la abrazó con fiereza.

—Entonces vive conmigo.

Enterró su rostro en el pelo de ella para inhalar su aroma a hierbas y humo.

Ella se abrazó con fuerza a él.

—Perdóname, por favor. Te he querido desde que éramos niños y planeábamos nuestro futuro en esta misma cabaña. Juro que no volveré a mentirte nunca.

Él casi se desmayó por la vergüenza de lo que había hecho. Se aparto y tomó su rostro entre las manos.

Cada lágrima que escapaba de los ojos de ella hacía que se despreciara todavía más.

—Marguerite, no tengo nada que perdonar. Estaba equivocado. Estaba furioso, herido y muy equivocado.

—Mentí. Te traicioné.

—Para proteger a nuestro hijo. Hiciste lo que haría cualquier madre. Entonces no lo comprendí del todo, pero ahora sí. Lo arriesgaste todo por salvar a tu hijo —la atrajo contra su pecho—. Y has sufrido mucho por algo que no fue culpa tuya. Soy yo el que te pido perdón. Y te lo pediré todos los días; por favor, quédate conmigo.

La risa suave de ella tembló contra el pecho de él.

—No te dejaré nunca, Darius. Los dos podemos pasarnos la vida pidiendo perdón al otro.

Él le acarició la espalda.

—O podemos pasarnos la vida dándonos amor.

Marguerite se apartó un poco.

—Eso me gustaría más.

Se estremeció y él se incorporó y la ayudó a levantarse.

—Tienes frío. Ven, déjame calentarte.

El aire frío le acarició la piel cuando se desnudó con ayuda de Marguerite. Se metieron entre las mantas abrazados.

—Nuestra última vez en la cama no terminó bien —susurró ella sobre el hombro de él.

—Pero todos estos años nos han llevado de vuelta adonde empezamos, amor mío.

—Yo ya no soy aquella chica y tú no eres aquel chico. ¿Y si...?

Él se colocó encima de ella y la miró a los ojos.

—Tú eres la mujer que da un propósito a mi vida. Yo soy el hombre que te ama más allá de todas las cosas.

Bajó los labios hacia ella. Muchas semanas de hambre alimentaban la fiereza de aquel beso. Marguerite correspondió con la misma pasión. El gimió cuando las uñas de ella se clavaron en su espalda.

Ninguna palabra interrumpió el ritmo de su pasión.

Darius tocó, acarició y besó el cuerpo de ella hasta que Marguerite gritó de placer.

Ella también tocó, besó y acarició el cuerpo de él hasta que su grito fue un eco del deseo de ella.

Cuando él se dejó caer de espaldas, ella apoyó la cabeza en su pecho y le acarició los músculos con las yemas de los dedos.

—¿Cómo está Marcus?
—Bien. Te echa de menos.
—¿Te gusta tenerlo cerca?
—Sí. ¿Por qué?

Marguerite le tomó una mano y la colocó sobre su estómago.

—Pronto tendrá un hermano o hermana y quiero estar segura de que es algo que deseas.

Darius se colocó de costado y la miró. El nudo que tenían la garganta apenas le dejaba pensar y mucho menos hablar.

—¿Desear? Amor mío, estoy encantado.
Ella sonrió.

—Mejor. Porque no voy a ser la persona más racional del mundo en los próximos meses.

—Con todo lo que ha pasado entre nosotros y todo lo que nos espera en el futuro, te aceptaré como seas… para siempre —la besó en la frente—. Marguerite, tú eres lo que siempre he soñado.

Ella lo besó en la barbilla.

—Darius, tú eres lo que siempre he deseado.

Él la besó en los labios con suavidad.

—Amor mío.

La estrechó contra su corazón y ella le puso los labios en el pecho y susurró:

—Vida mía.

TÍTULOS DE LA COLECCIÓN

Amor interesado – Nicola Cornick
El jeque – Anne Herries
El caballero normando – Juliet Landon
La paloma y el halcón – Paula Marshall
Siete días sin besos – Michelle Styles
Mentiras del pasado – Denise Lynn
Una nueva vida – Mary Nichols
El amor del pirata – Ruth Langan
Enamorada del enemigo – Elizabeth Mayne
Obligados a casarse – Carolyn Davidson
La mujer más valiente – Lynna Banning
La pareja ideal – Jacqueline Navin

www.ingramcontent.com/pod-product-compliance
Lightning Source LLC
LaVergne TN
LVHW091624070526
838199LV00044B/931